下町やぶさか診療所

池永　陽

集英社文庫

目次

下町やぶさか診療所

第一章　左手の傷

浅草警察署のすぐ近く。

大正ロマン風とでもいうのか、丸い灯《あか》りをのせた石造りの門柱が二本立っていて、古ぼけた木製の看板がかけてある。長い年月に消えかかった文字をよく見ると『真野《まの》浅草診療所』とかろうじて読める。

敷地内の建物は木造で、これもとにかく古い。築五十年以上はたっている代物のようだが、玄関を入ったところにある待合室からは賑《にぎ》やかな声が響いている。どうやら、この診療所、地域の連中の集会所と化しているようだ。

そんな待合室の騒《ざわ》めきを聞くともなしに耳に入れながら、院長の真野麟太郎《りんたろう》は両目を閉じて腕をくみ、診察室のイスに大きな体と尻を深く落しこんでいる。

別に寝ているわけではない。強いていえば一種の安堵《あんど》感——麟太郎の健康に対する格言ともいえるものは「よく笑い、よく喋《しゃべ》る」、この一言だった。どんな健康法よりも、莫迦《ばか》なことをいい合って大笑いしながら暮すのが体には一番の薬。これが長年医療に従事してきた麟太郎の答えだった。

「大先生《おお》、そろそろ、患者さんを入れてもいいですか」

傍らから、女性にしては野太い声がかかった。

看護師の八重子《やえこ》だ。

正確な年齢は誰も知らないが、六十四歳の麟太郎より、かなり上なのは確かだ。

「おっ、いいよ」

という返事より早く、老婆が一人さっさと診察室に入ってきて麟太郎の前のイスにべたっと座る。

「どうした、米子《よねこ》さん」

気さくに麟太郎は声をかける。

「近頃、何というか目がかすんでな」

両目をしょぼしょぼさせながら米子はいう。

「それは困ったな。俺は眼科医じゃねえからよ。目のほうはよくわからねえ」

面白そうにいうと、

「じゃあ、腹だ。腹のほうの塩梅《あんばい》がよくないんだよ」

しゃあしゃあと米子はいった。

「どう、よくねえんだ。ちゃんと、説明してくれるかな」

「重いというか、もたれるというか、気持悪いというか。とにかく尋常じゃないことは確かだね」

眉間に皺《しわ》をよせていう米子の服を看護師の八重子が後ろからまくりあげる。麟太郎はどれどれといいながら、ぺしゃっとした腹に聴診器を当てる。仮病だとはわかっているが、万が一ということもある。入念に探ってみるが、やはり異常はない。まあ、健康診断だと思えば腹も立たない。

「こりゃあ、疲れだな。体のあちこちが疲れてるんだろうなあ」

当たり障りのないことをいう。

「体の疲れかいね。わしも、もう年だからなあ……」

米子は今年八十五歳になる。

「気疲れかもしれねえなあ」

決して気のせいとはいわない。

「それだよ、大先生、それっ」

勢いこんで米子はいう。

「わずかばかりの年金暮しだっていうのに、うちの宿六はパチンコ三昧。これじゃあ、気疲れして腹の具合がおかしくなるのも当然だと思わないか、大先生」

何のことはない。米子はこれがいいたくて、ここを訪れたのだ。

亭主の愚痴はそれから十五分ほどつづき、喋り終えた米子は、けろっとした表情で診察室を出ていった。

そんな患者が三人ほどつづいたあと、

「大先生、次は若い女性ですよ」

ぶっきらぼうな調子で八重子がいった。

「若い女性……それは嬉《うれ》しいな」

麟太郎もぶっきらぼうに答えるが、診察室に入ってきた患者を見て思わず吐息をもらす。何だ、まだ子供じゃないか。しかし、それにしては体中から崩れたような雰囲気が……。

「ええと、沢木麻世《さわきまよ》さんか。十六歳というと中学生では？」

初診票を見ながら麟太郎がいうと、

「高校二年」

通学カバンを放るようにイスの下に置き、投げやりな声で麻世はいった。

「これは失礼、顔つきから見て」

といって麟太郎は慌てて口をつぐむ。

睨《にら》むような目が真直《まっす》ぐ麟太郎を見ていた。

しかし、顔の様子はまだ幼い。大きな目は大人びていたが、ふっくらした頬といい、柔らかな鼻筋といい、どこから眺めても麟太郎には中学生ぐらいにしか見えない。

「腕に傷を負ったと書いてあるが、どの部分がどうなったのかな」

初診票を後ろの机に置き、やんわりとした口調で訊《き》く。

「これだよ」

麻世は男のような乱暴な口調でいって、左手のブラウスの袖をゆっくりとまくりあげる。手首にナイフでできたような切創痕が横に走っていた。

「ふむっ」

麟太郎は鼻から息を吐く。明らかに自分でつけた傷だ。

深い傷ではない。おそらく屈筋の一部が損傷している程度で橈骨《とうこつ》動脈にも尺骨《しゃっこつ》動脈にも達していない。つまり、この子にはそこまでの思いきりはなかったと見ていい。

「自傷行為か」

なるべく明るい声でいうと、

「違う」

すぐに否定の言葉が返ってきた。

「そうなると、残るのはあと、ひとつしかねえが」

くしゃっと顔を崩して麟太郎はいう。

「そっちのほうだよ――自殺しようとして失敗したんだ」

何でもないことのように麻世はいった。

「自殺の失敗なあ」

麟太郎は腕をくんでから、

「それは、いつのことなんだ」

横に裂かれた傷はほとんど塞がり、血の滲《にじ》みもなかった。

「昨日の夜中。使ったのは新品のカッターナイフ」

すらすらと麻世は答える。

「昨日の夜中なあ。で、ここへは何のためにきたんだ」

ほっておいても治癒する傷だった。

「このままにしておいてもいいのか、それとも縫ってもらったほうがいいのか。わからなかったのでここにきた」

抑揚のない声でいった。

「そりゃまあ、縫っておいたほうが無難といえば無難だが」

「じゃあ、縫ってくれよ」

わずかに麻世は頭を下げた。子供じみた動作だった。麟太郎は八重子に目くばせをして、縫合の用意をさせる。

乱暴な口をきいても相手は女の子である。単純な切り傷だったが、なるべく痕が残らないように麟太郎は丁寧に縫合する。

「なぜ、自殺をしようとしたのか。その訳を俺に話してくれるか」

世間話のように麟太郎はいう。

「いえないよ。あんたが信用できるかどうか、まだわからないし」

大きな目が、また麟太郎を睨みつけた。思いつめたような表情だったが、なかなか可《か》愛《わい》い顔だった。

「ほうっ、まだ信用できねえか。なら、いつなら信用できるんだ」

「それは……」

麻世は一瞬いいよどみ、

「今度、ここにきたときとか……」

麟太郎を睨む目から強い光が消えた。

「そうか――抜糸は五日後だな。そのときに信用してくれると俺は嬉しいな」

白髪頭をぽりぽりとかいた。

麻世は右手にカバンを提げ、頭も下げずに診察室を出ていった。

「大先生、届けなくていいんですか。あの子、どう見たって不良ですよ、ヤンキーですよ」

麻世が部屋を出たのを確認して、八重子が浅草署の方向を顎で指していった。

「いいんだよ。それに、そんな大袈裟《おおげさ》なことじゃねえからよ」

「大袈裟じゃないって——仮にも、あの子は自殺しようとしたと、自分ではっきりいってるんですよ」

八重子が高い声をあげた。

「自殺ったって、かすり傷程度じゃねえか。はなっから、あの子にゃ死ぬ気なんてなかったと思うよ」

「それはそうだと思いますけど。じゃあ、何のために、あの子は手首を切ったんですか」

「それは、八重さん」

麟太郎は言葉を切ってから、

「誰かに、あの傷を見せたかったんじゃねえのか。それで白羽の矢が立ったのが、この診療所ってとこじゃねえのかな」

淡々とした口調でいう。

「そうなると、あの不良少女の目的は待合室で待っているお年寄りと同じで、結局は愚痴話ということになるんですか」

呆《あき》れたように八重子がいった。

「愚痴話なのか、単なる酔狂なのか。いずれ近いうちにわかるはずだ」

「大先生……」

八重子は顰《しか》めっ面《つら》を浮べ、

「また、お節介を焼くつもりですか」

「焼かねえよ、そんなもの。俺はそんなもの焼いたことがねえよ」

麟太郎も情けなさそうな顔で答える。

「何をいってるんですか。大先生の人生は他人へのお節介ばっかり……まったく、下町生まれの人はお節介焼きばっかりなんだから」

八重子は富山生まれである。

何しろ、麟太郎が物心のついたころから、この診療所にいるという古参兵だった。

「私は大先生のオシメだって、取り替えたことがあるんですよ」

というのが八重子の口癖だったが、これはどう考えても妙だった。いくら年上だといっても、この言葉が本当なら、八重子はほんの小学生ぐらいのときに麟太郎のオシメを取り替えたことになってしまう。まあ、ありえない話ではないが……。

午前中の診療が終ったのは、一時半を過ぎたころだった。

「知《とも》ちゃん。今日は弁当かい、外食かい」

受付の窓口に座っている、事務員兼看護師見習いの知子に声をかける。

「今日は飯野《いいの》さんと一緒に、お弁当を食べまあす」

飯野とは八重子の姓である。

「じゃあ、仕方がねえから一人で田園にでも行ってくるか」

ことさら大声で麟太郎はいう。

「お目当ては、夏希《なつき》さんの顔ですか」

「莫迦いえ。あそこのランチは安いんだ。何たって、ワンコインだからよ。貧乏町医者には神様みてえなところだ」

この声も大きい。

「はいはい、わかってますよ。じゃあ、いってらっしゃい。三時からまた、診察が始まりますから遅れないでくださいよ」

おどけた調子でいう湯浅《ゆあさ》知子は、まだ二十二歳である。

どいつもこいつもと、口のなかだけで呟《つぶや》きながら麟太郎は外に出て昼飯に向かう。といっても『田園』は診療所のすぐ隣の店だった。

店の前でひとつ咳払《せきばら》いをしてから、麟太郎は木製の扉を押す。

「いらっしゃい、大先生」

すぐに、ここの店主である夏希のよく通る声が麟太郎を迎える。

店のなかはほぼ満席で、ほとんどが男の客だった。小さく舌を鳴らしてから、さてどこに座ろうかと迷っていると奥の席で手を振っている男がいる。麟太郎の幼馴染《おさななじ》みで水道屋の敏之《としゆき》だ。

二人掛けの手前の席に座ると、

「遅かったな、麟ちゃん。今日はもう、こねえかと思ってたから、ほっとしたよ。どうも俺一人だと調子が出ねえ。やっぱりよ、競争相手のおめえがそばにいねえとよ。気軽にママに声もかけられねえ」

敏之は顔中で笑った。本当に嬉しそうだ。

「誰かが一緒にいねえと、気軽に声もかけられねえか――確かに、そういうところあるよな。俺たちの世代はよ」

麟太郎はしみじみいう。

「莫迦やってても根が純情だから、なかなか無茶はな」

「ママに声をかけるのは、無茶なことになるのか」

「俺にしたらそうだ。俺は麟ちゃんよりもずっと純情だからよ」

やけに真面目そうな顔で敏之はいった。

「純情か……近頃は莫迦にされるだけで、とんと聞かねえ言葉だな。嫌な世の中になっちまいやがった」

麟太郎がそういったところへ噂《うわさ》の主である、この店のママの古川《ふるかわ》夏希がやってきた。

「大先生、遅い！　ランチタイムは二時までだから、ぎりぎりセーフで何とか間に合いましたけど」

睨むような目でいう夏希の顔を見ながら、じゃあ二時を過ぎたら常連中の常連である俺でもランチはなしかと、麟太郎はほんの少ししょげる。

「今日は患者が多くて、それでよ」

ぼそっというと、

「大繁盛で大儲《おおもう》け！」

夏希はぽんと両手を叩《たた》いた。

「儲けにゃならねえよ。金の取れねえ年寄り連中が多いからな。俺んところは極力、薬は出さねえ主義だし――つまり、客単価がべらぼうに安いってことだ」

弁解するようにいうと、

「あら、わかってますよ。ちょっと冗談いっただけですから。相変らず大先生は真面目なんですね。で、大先生、いつものようにランチでいいですね」

口元に手を当てて笑うが、これが妙に色っぽい仕草に映る。

夏希は誰が見ても美人だった。細い顎と柔らかな頬の線。鼻筋もすっと通って、二重《ふたえ》瞼《まぶた》の目はくっきりと大きい。たったひとつの難はやや大きめの口だが、これだって艶っぽいといえばそうともいえる。

三年ほど前に他所《よそ》からやってきて今の店を居抜きで譲り受け、ウェイトレスを一人雇って夏希は『田園』を始めた。わからないのが年のほどで、三十といえばそう見えるし、四十といわれればそうも見えた。本人が明らかにしてくれないのだから何ともしようがない。

「ママにいわせれば、おめえもやっぱり真面目ということになるらしいぞ、麟ちゃん——俺と同じで、正真正銘、昭和の男ということだな。ワルにはなりきれねえ、お人よしっていうことだ」

夏希が席を離れたとたん、嬉しそうに敏之がいった。

「そんなはずじゃねえつもりなんだが、まあ、人品骨柄からいけば、そう見えるのも仕方がねえってことか」

屁理屈《へりくつ》めいたことを麟太郎はいう。

「俺もおめえも本気でママに惚《ほ》れている。そういうことだ」

したり顔でいう敏之を見ながら、俺は本当に夏希に惚れているのかと麟太郎は自問してみるが、よくわからない。

「お待ちどおさま」

頭の上で声がして、ウェイトレスの理香子《りかこ》がランチを運んできた。手際よく、テーブルの上に並べ、

「食後のコーヒーは、どうしますか」

と訊いてきた。ランチにコーヒーをつけるとセット料金で二百円高くなる。視線を敏之の前に走らせると、ちゃんとコーヒーカップが置いてある。

「食べ終えたころに持ってきてくれ」

麟太郎が慌てて答えると、

「はあい、わかりました」

理香子は小首を傾《かし》げて、その場を離れていった。年の若い理香子にはよく似合う仕草だが、夏希が小首を傾げたらどうなんだろうと考え、むしょうに見たい衝動に駆られて麟太郎は空咳をひとつする。

今日のランチはチキンカツに、野菜サラダ。それに煮物と漬物の小鉢がついて、あとは豆腐の味噌汁《みそしる》だ。

腹の減っている麟太郎はすぐに箸を使い出す。少しすると敏之が口を開いた。

「俺なあ、ちょっと麟ちゃんに相談があるんだが聞いてくれるか」

えらく殊勝な顔つきで訊いてきた。

「いいけどよ。これを食い終るまで少し待ってくれるか」

いいながら麟太郎は次々と料理を口のなかに放りこんでいく。早飯早糞《はやぐそ》は医者の常である。いつ何時、急患が運ばれてくるかもしれない商売なのだ。

ランチを食べ終え、食後のコーヒーが理香子の手で運ばれてきたあと、敏之が口を開いた。

「胃の調子が、ちょっとおかしいんだ。だからよ、あるいは……」

何となく歯ぎれの悪い口調だ。

「おかしいって、どんな具合におかしいんだ。具体的に話してみな」

コーヒーもそのままに、麟太郎は敏之のほうに身を乗り出す。

「いちばんいえるのは、胃のもたれと重さだな。それに、食欲不振もけっこうあるから参っちまうな」

敏之はいうが、テーブルの上のランチはほとんど食べられて残っていない。これで食欲不振というのは……麟太郎は怪訝《けげん》な視線を敏之に向ける。

「それはあれだ。折角ママが一生懸命つくってくれたものを残すなんてことはよ。だからまあ、無理してというか」

いい訳じみた説明を敏之はした。

「なるほどな……」

麟太郎はぼそっといい、それで他の症状はどんなものだと、あとをうながす。

「他の症状っていっても、大体がまあそんなところだよ」

嗄《しわが》れた声で敏之はいう。

「要するにこういうことか。俺たちも、もう年だから、いつどんな病に侵されても不思議ではない。そんなところへ胃の不調という症状が現れた」

　麟太郎はいったん言葉を切ってから、

「それでおめえは、自分は癌《がん》なんじゃねえかと、そんな思いに取りつかれた。簡単にいうと、そういうことだな」

「まあ、そうだけどよ」

　しおれた声を敏之は出す。

　つまりは癌恐怖症というやつだ。

「ちょっと、体の力を抜け」

　麟太郎は敏之の脇に移動してシャツのボタンを外してやる。右手を入れて鳩尾《みぞおち》の部分を探るが硬さは感じられない。腹水のたまりもないようだ。

　これなら多分大丈夫だとは思うが、癌恐怖症の人間に口で説明してもなかなか納得はしてもらえない。それに万が一ということもある。念には念を入れろだ。

「俺の診るところ、今のところ異常は感じられない。だが、それだけではなかなかおめえは納得しづらいだろうから、専門医に診てもらえ。紹介状を書いてやるから、倅《せがれ》のいる大学病院へ行け。あそこで出た結果なら、おめえも文句はねえはずだ」

　噛んで含めるように麟太郎はいう。

「えっ、若先生のいる、大学病院へ行って診てもらうのか」

敏之の声がほんの少し、大きくなる。

若先生とは麟太郎の一人息子で真野潤一《じゆんいち》。現在二十九歳でT大の医学部を出て、そのまま外科医として大学病院に勤務している。病院近くのアパートに独り暮しで、浅草のほうにも時折顔を見せる。

「そうか、若先生のいる病院で検査か……たまにしか見ねえけど、えらく立派になって。今の姿を一目でいいから、妙子《たえこ》さんにも見せてやりたかったなあ。あれからもう、十年以上だろ」

しみじみとした声で敏之はいう。

麟太郎の妻の妙子が、脳動脈瘤《どうみやくりゆう》破裂による蜘蛛膜下《くもまくか》出血で手の施しようもなく死んだのは、今から十一年前。あっというまの出来事で、何もしてやれなかったのが麟太郎にしてみれば悔しくて仕方がなかったが、どうしようもない。

「そうだな。しかし、これぱっかりはどうしようもな……」

麟太郎も喉に引っかかったような、嗄れた声を出す。

「まあ、とにかくだ」

そんな空気を追い払うように、

「おめえは大学病院に行って、専門医の診断を受ける。そうすれば、気分よく暮していけるだろうからよ」

大声で敏之に発破をかける。

「わかった。じゃあ、紹介状を書いといてくれ、明日にでも取りに行くからよ。大学病院のほうは仕事の合間を見つけて行ってくるからよ」

敏之もしゃきっとした声をあげる。

「仕事のほうは、忙しいのか」

自分の席に戻りながらいう麟太郎に、

「おめっちと同じだよ。仕事は切れめなくあるんだが、不景気がつづいたおかげで下がった単価がどうにも元に戻らねえ。だから、なかなか儲かるところまではな」

溜息《ためいき》まじりで敏之は答える。

「どこもかしこも同じだなあ……まあ、何とか食えれば、それでよしとしねえとな。貧乏人が欲をかくと、ろくなことになりかねねえからよ」

首根を叩きながら麟太郎がいうと、

「違《ちげ》えねえ――ところで麟ちゃん、今夜は田園《ここ》に顔を出すのか」

窺《うかが》うような目で敏之が見た。

「三日ほどきてねえから、今夜は顔を出そうと思ってるけどよ」

この店は夜になると喫茶店からスナック『田園』に変身して、酔客を相手にすることになるのだ。

「そうか、久しぶりに麟ちゃんの唐獅子牡丹《からじしぼたん》を聴いてみたい気もするが、今夜は無理だな。しょっちゅうだとカミサンがいい顔をしねえからな。独り身のおめえが羨ましいよ」

　本当に羨ましそうな表情だ。

「その代り、夜はあの古い医院の二階で独り寝だ。これはかなり怖いものがあるぞ。何だかんだといっても、けっこうな数の人間があそこでは死んでるからな」

　冗談まじりにいうと、

「そうだよな、診療所だからな、死んだ人間の数は相当なものになるんだろうな」

　敏之は体をぶるっと震わせてから、視線を落して固まった。

「おい、麟ちゃん……」

　少ししてから蚊の鳴くような声を出した。

「俺の胃癌の話なんだが、本当に大丈夫なんだろうな」

　呟くような声だった。

「俺も医者だから、絶対という言葉は使えねえが。それにしたって、まず大丈夫だろうとは思うよ」

　なだめるようにいうと、

「そういってもらえると助かるよ。駄目だな俺は、気が小せえからよ。病気を自分でこさえちまう性質《たち》だからよ」

敏之は、ぽつりと本音じみたことをいった。

「誰しも同じさ。いざとなったら、じたばたするのが人間という代物なんだ。偉そうなことをいってる俺だって、いざ、そういうことになったら」

「どうなるんだ」

覇気のない目が麟太郎を見ていた。

「びびりまくって、それこそ、金玉が縮みあがって漏らしまくるかもしれねえな」

「――おめえはいいやつだなあ」

ぽつんと敏之はいい、コーヒーカップを取りあげた。

「乾杯しよう、麟ちゃん」

麟太郎も自分のカップを取りあげ、二人はカップをぶつけ合った。

いい音だった。


五日が過ぎて麻世が診療所に姿を見せた。午後の診療だった。

麻世は先日と同じように通学カバンを放るようにイスの下に置き、

「きたからな」

ぼそっといって、ゆっくりと腰を落とした。

「おう、よくきたな。それだけでも喜ばねえといけねえな」

言葉を返しつつ、麟太郎は頭のなかで首を捻《ひね》る。

実をいうと、先日、麻世を見たときから麟太郎には腑《ふ》に落ちないところがあった。一連の麻世の動きが、どうにもしっくりこない。体の動きがスムーズではないというか、バランスが悪いというか――そんな気がしてならないのだが、じゃあ、どこがどうしてといわれるとまったくわからないから困る。

「じゃあ、見せてみろ」

麟太郎の言葉に、麻世は左手の内側をすっと差し出す。包帯は看護師の八重子によって、あらかじめ外されている。

「おう、いいな。良好だ。じゃあ、この前いったように今日で抜糸するからな」

麻世がわずかに顎を引く。

「少し痛いかもしれねえが、それぐらいは我慢しろ」

何気なくいった麟太郎の一言に、

「痛さには慣れてるから、別段、どってことないよ」

すぐに麻世が反応した。

「痛さには慣れてるってか。それはまた、物騒な話だな」

麟太郎が水を向けるが、麻世は知らぬ顔をして無視をきめこむ。

「じゃあ、抜糸するからな」

麟太郎はハサミとピンセットで器用に糸をほどいていくが、麻世はまったくの無反応で表情も変えない。

「数年は痕も目立つが、それを過ぎればどんどん薄れていくはずだから、心配はいらんぞ」

すべての作業を終って麟太郎がいうと、

「傷痕なんて、どれだけ残ってもいいよ。一種の勲章のようなもんだから」

何でもないことのようにいった。

「一種の勲章か。麻世は、そういう境遇に身を置いてるっていうことか」

すかさず呼びすてで麟太郎がいうと、

「もしそうなら、何だっていうのさ。何か文句でもあるっていうのか」

叫ぶようにいった。

「文句はねえさ。ただ、微弱ながら何かの力になってやりてえと思ってな。といっても他意はねえから心配するな」

「私の力になるって、あんたはいうのか。まだ二回しか顔を合せてない、見ず知らずの私の力に。信じられないよ」

表情が動いた。目を大きく見開いた。

「ここではみんな、持ちつ持たれつで生きている。この診療所にくる人間は、圧倒的に弱い者が多いからな。もちろん、これは俺も含めての話だがよ」

「医者のあんたが、弱者だっていうのか。信じられないよ、そんなこと」

吐きすてるように麻世はいった。

「こんな、ボロ診療所をやってて儲かると思うか。それに、やってくるのは近所のじいさんや、ばあさんばかり。地位や名誉なんてものは薬にしたくってもねえぞ」

友達に話すように麟太郎はいう。

「それは、そうかもしれないけど……」

くぐもった声を麻世は出した。

「だがな、弱者だからって不幸とは限らねえ。金はねえが、みんなそこそこ楽しんで暮してるのも確かだ。自分の身の丈に合った幸せを見つけてな」

「身の丈に合った幸せ……」

独り言のようにいう麻世に、

「だからよ、麻世もすべて俺に話してみねえか。いったい何があって手首を切ろうとしたかっていう訳をよ」

麟太郎は単刀直入にいう。

「それは何だ――いっておくが俺はお節介焼きの大酒飲みだが、人間の質のほうはまあまあだと思っている。だから話せ。全部話して楽になれ。大きな力にはなれねえかもしれねえが、少なくとも、麻世と一緒に泣いてやることぐれえはできる。だから話してくれねえか」

「それは……」

麻世は同じ言葉を口にして、うつむいた。

「第一、数ある病院のなかから、なんで麻世はこの診療所を選んだんだ。誰かに訊いてここにきたのか」

「友達から聞いて……」

細い声が答えた。

「ほうっ、何を聞いたんだ」

麟太郎は大きな体をイスから乗り出す。

「ここの先生は、ちょっと変っているから行ってみる価値はあるという……」

「行ってみる価値か。それでどうだ、ここにきてみてどう思った？」

麻世の顔を正面から見た。

「この前いった信用のほうは、多少できたかもしれないと思った。少なくともあんたは、私のことを警察には届けなかったみたいだから。そっちからの連絡はまったくなかったから、そういうことなんだろうと思った」

掠《かす》れた声で麻世はいった。

「なるほど。この五日間は、そういう意味でのお試し期間だったのか。まったく気づかなかった」

嬉しそうに麟太郎はいい、

「その、お試し期間が合格だったのなら、すべてを話してくれてもいいんじゃないか。悪いようにはしねえからよ」

顔中で笑った。

「それは、そうなんだけど」

麻世は一瞬いいよどんでから、

「よく考えてみるよ。そして、次にくるときは話すよ。それとも、私の治療はこれでもう終りなのか」

上目遣いに麟太郎を見た。

「むろん、終りじゃねえさ。怪我《けが》の予後っていうのもあるからな。じゃあ、三日後にまたここにきてくれ。話はそれからだ」

麟太郎の言葉でこの場は収まり、麻世は通学カバンを抱えて帰っていった。帰るとき、ほんのちょっとだったが、今日は麟太郎に向かって麻世は頭を下げた。

「なかなか、強情な子ですね」

麻世が外に出たのを確かめて八重子がいった。

「拗《す》ね者には拗ね者なりの、プライドと儀式が必要なのさ」

「本当に三日後にくるんでしょうか」

「くるさ。この三日の間にどうにか、ここにくる理由をこしらえて、それを何とか自分の心に納得させて折り合いをつけ、くたくたになってここに現れるはずだ。しかし、それにしても……」

今日の麻世も動きが変だった。ぎこちないというか、バランスが崩れているというか。だが、それが何であるかは、いくら考えても麟太郎にはわからなかった。


いつもより待合室の人数が多い。

今日は大学病院に勤めている一人息子の潤一が休みで、そんなとき潤一はきまって、麟太郎を手伝ってこの診療所の患者の診察にあたるのが研修医のときからの習慣だった。

どこで潤一のきているることを知るのか、患者の数が多いのはそのせいに違いない。それが麟太郎には、ほんのちょっとだが癪《しゃく》の種でもある。潤一は長身痩せ型で、甘いマスクの持主である。

診察室で潤一は患者の体に聴診器を当て、麟太郎は後ろのイスに座ってその様子を見ている。さながら見分役といったところだが、これも長年の習慣なので仕方がないものの、そろそろやめてもいいころだ。

「若先生、ちょっとくすぐったい」

胸の下に聴診器を当てられた元子《もとこ》が大袈裟に体をよじった。近所の仕出屋の女将《おかみ》で年は四十代半ば。婿取りをしている家つき娘のため、潤一のことは子供のころから知っている。

「くすぐったいのは、体が正常な証し。少しは我慢してくださいい、元子さん」

潤一の声はあくまでも柔らかい。

「若先生がそういうんなら、私はどんなことでも我慢しますよ……」

今度は甘えたような声だ。

思わず後ろから麟太郎の咳払いが飛んだ。

「そんなに大袈裟なことをいわなくても、もう少しで終りますから」

潤一の諭すようないい方に、

「えっ、もう終っちゃうんですか。もっときちんと丁寧に診てくださいよ、若先生」

元子の声がなじるようなものに変った。

「充分、丁寧に診てますから大丈夫ですよ、元子さん」

潤一はまくりあげたシャツの下から聴診器をゆっくり抜く。

「ただの胃のもたれですから。規則正しい生活をすれば、このままほうっておいてもすぐ治るはずですよ」

潤一が結論をいうと、

「規則正しい生活っていっても、商売をしていると、そういうことはなかなか難しいというか何というか」

元子の反論が始まった。とたんに、

「何をいうか」

大声をあげたのは麟太郎だ。どうやら堪忍袋の緒が切れたらしい。

「人間やろうと思えば、どんなことでもできる。それができねえというのは、やる気がねえっていうことだ。それは、お前さん自身の問題であって医者の領分じゃねえ」

まくしたててから、さすがにいいすぎたと思ったのか、

「そうじゃねえかな、元子さん」

強面《こわもて》の表情を崩して笑ってみせた。

「そりゃあまあ、そうには違いないんだけどね」

元子は肩を竦《すく》めてから、慌てて衣服の前を合す。何となく、麟太郎がそこにいたのを初めて認識したというかんじだ。

「じゃあ、若先生、また」

笑顔で会釈して元子は診察室を出ていった。

「まったく、お前がくるとろくな患者がやってこん。何だ、いい年をして、あの甘えたような声は」

眉間に皺をよせていう麟太郎に、

「それは仕方がないよ、親父《おやじ》」

なだめるように潤一はいう。

「俺は親父より、うんと若い。それに俺は親父より、うんと体重が軽い。もうひとつ加えれば、俺は親父より、うんと患者に優しい。そういうことだから、何ともしようがない」

「そんなことは、わかってる。だけどよ、道理はそうなんだが、何となく癇《かん》に障るんだから仕方がねえ」

口をへの字に曲げる。

「相変らず、子供のようなことを――」

苦笑いを浮べる潤一に、

「そうですよ。この大先生は人間ができているのか、できてないのか。時々、まったくわからなくなるので、頭を抱えてしまいます」

初めて八重子が口を挟んだ。

「できてはいるんだけど、器のどっかが欠けてるんだろうなあ。その欠けた隙間から風がすうすう入りこんで」

面白そうに潤一がいう。

「風が入りこむんなら、もう少し頭が冷えてもいいようにも思えるんですけどね。いつも頭に血が昇りっぱなしになって」

真面目な顔をして八重子が辛辣なことをいい、壁にかかった時計を見る。二時を少し回っていた。

「二人とも、いいたい放題のことをいいやがって」

麟太郎は声を荒らげるが、いっていることは事実なのだから当然迫力はない。

「まあまあ、親父。腹が立つのは腹が減ってるせいもあるだろうから、ここは手早く診療すましてさ」

潤一はそういってから八重子に向かい、

「あと、患者さんは何人いるのかな」

と鷹揚《おうよう》な口調で訊く。

「あと残っているのは、お一人です」

八重子は簡単明瞭に答える。

「じゃあ、手早くすませて、田園のランチを食べに行こう。そのあと俺は大学のほうに戻るから」

潤一の言葉に麟太郎はすぐに反応する。

「そりゃあ、無理だ。あそこのランチは二時までだからよ。すでにオーダーストップで食うことはできねえ」

実をいえば麟太郎は潤一と二人で『田園』に行くのが嫌だった。行けばちやほやされるのは潤一で自分はほったらかしの状態。今まで何度もそんな思いをしている。だから、二時を過ぎたということは、麟太郎にとってはもっけの幸いといえた。

「大丈夫だよ。前に一人で行ったときは三時近くだったけど、ちゃんと夏希さんはランチをつくってくれたから」

何でもないことのように潤一がいった。

「三時近くにランチを！」

唸《うな》り声《ごえ》を麟太郎はあげる。

初耳だった。しかし、先日行ったとき夏希は……また腹が立ってきた。潤一が顔を見せてくれるのは嬉しい限りだが、こういう扱いの違いを知ると心のほうが萎えてくる。

「患者さん、入れますよ」

そんな麟太郎の思いにはかまわず、八重子が催促するような声をあげる。

最後の患者が入ってきた。

意外な人間だった。

沢木麻世が右手に通学カバンを持って立っていた。そういえば、あれから三日がたっている。今日は約束の日なのだ。しかし、午前中の診療にやってくるとは。前回同様、くるなら午後だと勝手に思いこんでいたが、この分だと学校のほうは——。

「麻世っ」

思わず声をかけると、

「約束通り、きてやったよ。あんたのごつい顔を見がてらに」

麻世はこういって、前に座る潤一の顔をちらっと眺め、

「こいつは誰なんだ」

ぼそっといった。

「俺の倅で名前は潤一。いつもは大学病院に詰めてるんだが、時々、こうして休みの日にやってきて手伝いをしてもらっている。といっても、いつも半日ほどだが」

麟太郎の言葉に麻世の視線が再び潤一の顔に移る。今度は凝視している。しばらく見ていてから、

「ふん」

と鼻を鳴らして視線を外した。

「帰る。このおっさんに用事があってきたわけじゃないから」

麻世は視線を麟太郎に向け、

「あんたが一人のとき、またくるよ。じゃあな」

ほんの少し頭を下げて、さっさと診察室を出ていった。

「あの子は、いったい……」

呆気にとられた顔で潤一がいった。かなり、度胆《どぎも》を抜かれた様子だ。

「ヤンキーの不良高校生ですから、気にすることはないですよ、若先生」

すぐに八重子が声をあげ、

「狂言でしょうけど、手首を切って自殺を図ったといって前にここにきたんですよ。そのとき処置をした大先生が優しくしたもんだから……それでまた、やってきたんですよ」

ざっとした経緯《いきさつ》を簡潔に加える。

「狂言自殺ですか」

独り言のようにいう潤一に、

「左手首に刃物は入っていたが、橈骨動脈にも尺骨動脈にも達してはいなかった。ためらい傷ということも考えられるが、俺はこの子には最初から死ぬ気はなかった――そう判断した」

一語一語丁寧に麟太郎はいい、

「そして俺は頑《かたくな》な心を持ったあの子に、話したいことがあればいつでもここにくるといいといった」

真直ぐ潤一を見た。真摯な顔だった。

「そういうことか、だから帰ってしまったのか。悪いことをしたな」

潤一が抑揚のない声でいった。

「それにしても……」

にまっと麟太郎が笑った。

「俺より、うんと若いお前に、おっさんとはなあ。まあ、あの子にとっては俺もお前もそれほど変りのない、その辺のおっさんに見えるんだろうな。いや、おっさんとはよくいった。まさに、言い得て妙――そんなところだな」

嬉しそうにいった。というより、麟太郎は心底痛快だった。よくいってくれたと、麻世に拍手を送りたいぐらいだ。笑いを我慢しながら潤一を見ると、苦虫を嚙みつぶしたような顔をしている。こいつも俺にけっこう似ている。ふとそう思った。

「ところで話は変るが、水道屋の敏之はお前のところに行ったのかな」

気になっていたことを訊いてみた。

「きていませんね……仕事が忙しいのか、それとも親父の診断で安心しきって、くる気がなくなったのか」

　心配そうな口振りでいった。

「俺の診断たって、簡単な触診をしただけだからよ。ちゃんと行ってもらわねえと困るんだがなあ。まず大丈夫だとは思うんだが、念には念を入れてよ」

『田園』でのやりとりの次の日の昼、敏之は診療所を訪れて麟太郎の手から大学病院への紹介状を受け取っていた。

「いずれにしても、尻を叩かんとな。優柔不断なところがあるからな、あいつは」

　麟太郎は軽くうなずき、

「なら行くか。田園の時間外のランチを食いによ」

　上機嫌でいった。


　麟太郎は当てていた聴診器を、肋骨《ろっこつ》の浮いた右胸からゆっくり外して笑みを浮べる。

「音も綺麗《きれい》になってきてますし、あと数日もすれば風邪っ気もすっかり抜けて楽になると思うよ、徳三《とくぞう》さん」

　優しい声でいった。

「へい、ありがとうございやす。そろそろ三社祭《さんじゃまつり》の時期だってえのに、なかなか季節外れの風邪っていう野郎は年寄りには辛《つら》いもんでして。大先生にそうやって太鼓判を押してもらえると、ほっとしやす」

ぺこりと頭を下げた。今年七十四歳になる徳三は江戸風鈴の職人で、まだ現役の身だった。

「お互い、もう年ですから体だけは大切にしないとねえ」

真面目な口調で麟太郎がいうと、

「年ったって大先生はまだ、六十を少々じゃねえですか。俺っちに較《くら》べたら、まだまだでござんしょう。今年の三社祭では神輿《みこし》のほうも、どんと担いで……」

丁寧な口調でいって、探るような視線を向けた。

「何をいってるんですか、徳三さん。そんなもん担げるわけがないでしょうが。もう何年も前に引退して、今は指をくわえて見ているだけですよ」

悔しそうに麟太郎はいう。

「おや、まっ」

徳三の口から、ほっとした声があがって顔が綻んだ。そのとたん、急に徳三は咳《せ》きこんだ。風邪の名残りだ。

「この咳、何とかならねえもんですかね。どうにも鬱陶しくていけねえ」

情けない顔でいった。

「じゃあ、咳によく効く漢方薬でも出しておきましょうかね。副作用も、ほとんどないですから。苦いけどね」

嬉しそうに麟太郎はいい、

「ただ、普通の薬と違って漢方の場合、飲むのは大体食前ですから、そこんところを間違えないようにね」

大きくうなずいてみせると、徳三のほうは小さくうなずいた。

「だけどよ、大先生。風鈴屋なんてのは、火の前の作業がほとんどなんだけど、なんで風邪なんかひくのかね。そこんところが、どうにもよく、わからねえんだがね」

徳三の言葉に麟太郎は思わず身を乗り出す。

「理由は簡単――」

顔が笑っている。

「年を取ったと、いうことさ」

はっきりした口調でいった。

「年ってか……そういわれちまうと、返す言葉は何にもねえんだが。そうか、年か。まあ、これもお互い様の話だよな」

ぶすっとした顔をして徳三はいってから、

「でもよ、俺っちが大先生の年ぐれえのときは、まだ神輿を担いでたはずだけどよ」

勝ち誇ったような声をあげた。

どうやら徳三はまだここで油を売っていくつもりらしいが、実をいうと麟太郎は今日は話を早く切りあげたかった。ついさっき、待合室に麻世がきていると八重子が耳打ちしてくれたのだ。そういうことなら――。

「徳三さん、話のつづきはまた今度ということで――これから早急にやらなきゃならないことがありまして」

嗄れた声でいった。

「早急になあ……なら、今日は俺の勝ちということで」

ゆっくりと徳三は立ちあがり、

「じゃあ、またな、やぶさか先生」

手をひらひらさせて診察室を出ていった。

「あの野郎、本人を前にして、やぶさかなどと――」

独り言のように口のなかでいってから、傍らに目をやると八重子が嬉しそうな顔で笑っている。

「相変らず、徳三さんも大先生も負けず嫌いですね」

「そりゃあ、八重さん……」

麟太郎は一瞬言葉をつまらせ、

「あの野郎も俺も、浅草生《エンコ》まれの下町育ちだからよ。男として譲れねえ部分は、やっぱり死守しねえとよ」

カルテにペンを走らせながら、ぶっきらぼうにいった。

「死守ですか——男って、つまらない部分で見栄《みえ》を張るから大変ですね。もっとも、女にしたって男とは違った部分で大変なんですけどね、大事な部分ですけどね」

八重子が溜息をついたところで、

「徳三さんはいい人なんだけど、口がからきし悪いからなあ。ついつい、こっちもつられて……とにかく、麻世を診察室に入れてやってくれ」

急《せ》かすように麟太郎はいった。

午後の診察が終るころで、風鈴屋の徳三で最後かと思っていたが、どうやらしんがりは麻世になりそうだ。麻世はいつものようにふらっと診察室へ入ってきて、軽く会釈をしてから無言で麟太郎の前のイスに座りこんだ。前回の診察から三日がたっていた。

「よくきたな」

麟太郎は機嫌よく声をかけ、

「どうだ、傷の様子は」

と、差し出した左腕をまず診るが傷は綺麗に治りかけている。

「これなら大丈夫だな、あとはほうっておいても完治する」

軽く傷の上をぽんぽんと叩いて、麻世の顔をじっと見る。

「話す気になったのかな、麻世は」

できる限り優しい顔でいうと、麻世がわずかにうなずいた。あとは麻世が口を開くまで辛抱強く待つだけだ。

「大先生。私、薬剤の在庫の状況を調べてきますから」

少しすると、八重子がこんなことをいって、診察室から出ていった。気をきかしたのだろうが、それでも麻世の口は閉じられたままだ。

ようやく口を開いたのは、それから十分ほどが過ぎたころだ。

「居場所がないんだ」

ぽつりと麻世はいった。

「居場所がないって……麻世の家はどういう状態なんだ」

低い声で訊くと、麻世はまず自分の生いたちから話し出した。

麻世は現在、馬道通り裏の古いアパートに母親の満代《みつよ》と二人暮し。父親は麻世が小学二年生のとき心筋梗塞の発作で呆気なく亡くなったという。

昼はスーパーのパート、夜は清掃会社と母親の満代は掛持ちで仕事をしたが、それでも暮しは楽にならず、食べていくのがやっとだった。

その満代が変ったのが三年ほど前。

何がそうさせたのかはわからなかったが、満代は突然今までの仕事をやめて、向島のスナックに勤めるようになった。このとき満代は四十二歳、若いホステスにはおよばなかったものの収入は増えて、生活は多少楽になった。このころの満代は、

「貧乏は恥、貧乏はもう沢山」

こんな言葉を始終口にしていたという。

その満代に男ができたのが一年ほど前だった。

満代より十歳ほど若い梅村《うめむら》という名で、満代はその男に夢中になった。梅村は崩れた雰囲気を持った男で、仕事は何をしているのか不明だったが週に一度はアパートに姿を見せて泊っていった。

麻世は梅村が大嫌いだった。梅村が麻世を見る目には異常なものがあった。蛇が蛙《かえる》を見るような目。ねっとりとした、粘着質の目だった。その目で梅村は麻世の体を舐《な》めまわすように見るのだ。

麻世はなるべく梅村と顔を合せないように行動したが、ひと月ほど前の夕方。泊っていた梅村はもういないはずだと学校からアパートに戻って玄関のドアを開けると、すぐ目の前に梅村が立っていた。満代は店に出かけていて留守のはずだった。

「あっ」と玄関口で声をあげる麻世の顔面に、いきなり梅村の強烈な平手打ちが飛んだ。一発で麻世の意識はなくなった。失神していたのは三十分ほどだったらしかったが、気がついた麻世は素裸にされ、その上に梅村が乗って体を揺らしていた。

「そんなことが――」

話を聞き終えた麟太郎は絶句した。

「それから私は家に帰ってない。私は見た通り、一匹狼《いっぴきおおかみ》のヤンキーだから友達も少ないし。その少ない友達の家を今まで転々としてた」

掠れた声で麻世はいった。

「一度も家に帰ってないって、それじゃあお母さんが心配するだろうに」

「心配なんかしないよ。学校のほうに一度だけ、行ってるかどうかの問い合せの電話があっただけでそれっきりだよ。あの人は、あの男にのぼせあがっているから。あの男が私を嫌な目で見ていたのを知っていながら、何の対応もしようとしなかったんだから」

麻世はひと呼吸おき、

「それに私はあの梅村が怖いんだ。どういうわけか怖くて怖くて、もし梅村と出くわしたら体が竦んで、また同じような目に……」

絞り出すような声でいった。

「そうか、辛い思いをしたな、麻世――だから居場所がなくなったということか」

麟太郎はいったん言葉を切ってから、

「そういう事情なら、しばらくこの診療所にいるか。幸い母屋には空き部屋がいくつもあるし」

ゆっくりした口調でいった。

「えっ、そんなことをしてもいいのか、見ず知らずの私に。それで、あんたは困らないのか」

麻世が驚いたような目で麟太郎を見た。

「ただ、俺もいちおう男だからよ。そんな事件があった麻世が俺を信頼できるかどうかだが――もっとも俺は大人の女にしか興味はねえから、金輪際大丈夫だけどな」

わざと軽口を飛ばすようにいうと、

「あんたのことは最初から信頼してるよ。梅村の雰囲気が蛇なら、あんたはお地蔵さんというかんじだったから」

ほんの少し麻世は笑った。

「お地蔵さんなあ……」

独り言のように麟太郎はいい、

「ただ、そのあんたっていうのだけはやめてくれねえかな。どうにも隙間風が吹いてるようで居心地が悪い。他の呼び方なら何でもいいからよ」

哀願するようにいった。

「じゃあ、親しみをこめて、じいさんでいいか。これなら、そのものずばりで、ぴったりだし」

本当は大先生と呼んでほしかったが、今更そんなこともいえない。

「まあ、いいけどよ」

麟太郎は妥協した。

「だけど、本当にいいのか。ここに私が住んでも、本当に。周りから変に思われるんじゃないのか。迷惑じゃないのか」

ふいに麻世が殊勝なことをいった。

「迷惑には違えねえが、そんなことに子供はかまわなくていい。変に思うやつには、そう思わせておけばいい。俺はそういうことは気にしねえ。まあ、娘が一人増えたと思えば、どってことねえからよ」

噛んで含めるように麟太郎はいった。

「噂通りだな……頑固だけど、仏さんのような人だという……」

麻世は深々と頭を下げ「ありがとうございます」と蚊の鳴くような声でいった。

二人の間を優しい沈黙がつつんだ。

「あのなあ、じいさん」

沈黙を破って麻世が低い声をあげた。

「じいさんは多分、私の手首を狂言だと思ってるだろうけど、あれは本気だったから。狂言なんかじゃないから」

「狂言じゃねえ？」

そうなると、診立て違いということになる。

「そうだよ。あのときは本当に死ぬ気で手首を切ったんだ。悲しかったということもあったけど、それよりも悔しくて情けなくて。だから、もう死んでやろうと思って」

妙なことを麻世はいった。

「悲しさよりも、悔しさと情けなさっていうのは、どういうことなんだ」

思わず身を乗り出す麟太郎に、

「詳しい話は、また今度でいいかな。一度に何もかも話すのは、けっこう辛いから。近いうちに必ず話すから」

麻世はすがるような目を向けた。両目が潤みをおびていた。

どこからどう見ても幼い顔だった。こんな子供が訳のわからん性悪男に……それに麟太郎には大きな危惧がひとつあった。妊娠の二文字だ。こういう場合、どんな医者でもまず考えることだが、さすがにこれはまだ麻世に問い質《ただ》すことはできない。時を見て訊いてはみるつもりだが、まず大丈夫だろう。

「わかったよ。その気になったら、いつでも話してくれ」

大きくうなずいた。

「それから、麻世」

厳かな声を麟太郎は出した。

「近いうちに、俺は麻世のお母さんの住むアパートに行ってこようと思う。いくら何でも娘さんを一人預かるのに、親御さんに挨拶なしというのもまずいからな」

麻世の顔をじっと見た。

「そんなこといいよ。さっきもいったけど、学校に一度電話があっただけで、あとはほったらかしの親なんだから」

ぶっきらぼうにいった。

「麻世はまだ未成年だからな。いくら善意といっても、勝手にこの家で預かってしまえば誘拐罪に問われる恐れもあるから、そこのところはきちんとしておかねえとな」

「誘拐罪になるのか！」

驚いた声を麻世があげた。

「それでもし、もめるようだったら、すぐ近所にある浅草署に相談して善処してもらう。商売柄、警察とこの辺りのヤクザには顔が利くから何も心配することはねえ」

「へえっ、じいさんはヤクザと警察に顔が利くのか、凄《すご》いなそれは」

女の子らしからぬ言葉が返ってきた。何かがずれている。どうやら麻世は、普通の女の子とは興味の対象も頭の構造もちょっと違うようだ。

「とにかく、そういうことだから了承しておいてくれ」

「いいけど――アパートには梅村が一緒にいるかもしれないから。あいつは凶暴な男だから、じいさんも気をつけてな」

嫌な思いが蘇《よみがえ》ったのか、麻世は顔をしかめていった。

「もし殴りかかりでもしてきたら、逆に投げ飛ばしてやるさ。俺はこう見えても、喧嘩《けんか》にゃけっこう強いんだ」

麟太郎は学生時代はずっと柔道部に所属しており腕前は三段、若いころは数々の武勇伝を残している。

「じいさん、喧嘩に強いのか。まあ、ガタイが大きい分、馬力だけはありそうだけど」

麻世は小さく何度もうなずいた。

「それから、麻世の荷物もできる限り、もらってきてやるからよ。特に持ってきてほしいものがあったらメモしておくといい」

「ないよ、そんなもん」

すぐに返事が耳を打った。

「教科書の類いは学校に置きっぱなしだし、衣服の類いも数着でほとんどないし――そんなこと気にしなくったっていいよ」

何でもないことのようにいった。

「そうか。とにかく、できる限りのことはしてくるから」

麟太郎の言葉に麻世はこくっとうなずく。

思いがけない展開になったが、この夜から麻世は母屋の二階にある、妙子の使っていた部屋で生活することになった。

次の日の朝――。

何を思ったのか麻世は台所に立って麟太郎のために朝食をつくり出した。といってもバタートーストに目玉焼き、それにインスタントコーヒーという簡単なものだったが。

「すまんな、麻世。こんなことまでさせてしまって」

これぐらいは当たり前だと思いつつ、恐縮した声を麟太郎があげると、

「置いてもらうんだから、これぐらいやるのは当然だよ」

麻世も恐縮したような調子で答える。

普通の女の子とはすこしずれていると思ったが、世間並の常識は備えているようだ。

「それなら麻世。ついでに夕食も麻世がつくるというのはどうだ。お前にしたら面倒かもしれねえけどよ。俺は近所へ飲みに行く日も多いから、毎日じゃねえし」

嫌な顔をするだろうと構えていると、

「いいよ」

あっさり麻世は承諾した。拍子抜けのする思いだった。

「その代り、まずいかもしれないけど」

　ぼそっといった。

「いいさ、まずくても。腹のなかに入れれば充分事は足りる――しかし、日頃の麻世に較べると今日は嫌に素直じゃねえか」

「さっきもいったように置いてもらうんだから、何かはしないと筋が通らないからね」

筋とは――女の子らしからぬ事を、また麻世がいった。

「要するに、お手伝いさん代りに私を使ってくれればいいんだよ。そうすれば私も気が収まるから」

　このとき麟太郎の頭が閃《ひらめ》いた。

「よし。じゃあこうしようじゃねえか。麻世はうちのお手伝いさんになれ。炊事と洗濯、それに掃除が麻世の仕事だ。むろん、少ないが給料はやる。といっても、そこから学費やら食費やら服代やら何やらかんやら引くと、小遣い程度になっちまうがよ」

「いいね、それ。それなら縮こまっていなくてもいいから。それはいいよ、じいさん。いたらない、お手伝いさんになるだろうけど」

　初めて麻世がはしゃいだ声をあげた。

「それに、服まで買ってくれるのか、じいさん」

「ああ、高いもんは駄目だけどな」

何だか麟太郎も楽しくなってきた。本当に娘が一人、できたような気分だ。

「小遣いもくれるのか」

「沢山はやれんが、並の高校生ぐらいはな」

申しわけなさそうにいうと、

「ふうん。じゃあ、もう恐喝《カツアゲ》はしなくていいんだ」

物騒なことを麻世がいった。

「お前、そんなことをやってたのか。それは駄目だ、金輪際駄目だ」

思わず声を荒げると、

「わかってるよ。もうしないよ」

麻世はぺろっと舌を出した。どうやら麻世も、この状況を楽しんでいるようだ。

こうして麟太郎は診療所から麻世を都内の高校に送りだしたのだが、もうひとつ大仕事が残っていた。麻世をこの家に置くに際しての、八重子と知子の了承だ。

しばらくしてやってきた八重子と知子に麟太郎は麻世におこった出来事の詳細をつつみ隠さずに話した。それがいちばんいい方法だと思った。むろん、二人には固く口止めをしての話だが。

「そんなことになってたんですか、あの子。世の中には酷《ひど》い親や男がいるもんですね。かわいそうに」

話を聞き終えた八重子が低い声でいった。

「そうだな。とんでもない事が、つい近くでおきていたということだな」

「そんな状況なら、私は反対しません。でも、今回は究極のお節介ですね、大先生。家にまで引きとるっていうんですから」

ほんの少し嫌みのようなものが感じられたが、八重子は案外すんなり納得した。

「知ちゃんは、どうだ」

麟太郎は視線を知子に向ける。

「もちろん、賛成します。こう見えても私だって、けっこうワケアリの身ですから」

自分の境遇をちらっと口にしながら、知子はあっさり賛成した。安堵の気持が麟太郎の体に湧きあがる。これで麻世が二人の顔色を窺って暮すことだけは避けられる。

「だけど、大先生……」

意味ありげな目で八重子が麟太郎を見た。

「かわいそうな境遇よりも、まさか、あの子の可愛らしさに目が眩《くら》んで、ここに引き取る気になったんじゃないですよね」

「あん？」

何をいわれたか、麟太郎には意味がわからない。

「可愛らしいって、誰が可愛いっていうんだ」

ぱかっと口を開けたまま訊くと、

「麻世さんですよ。あの子、相当可愛らしい顔をしていますよ」

真面目そのものの表情でいった。

「麻世が！　俺には単なる、幼い子供顔にしか見えねえけどよ」

こっちも真面目そのものの口調だ。

「何をいってるんですか、大先生は。今はああいう子供顔がもてはやされている時代なんですよ。まったく大先生の美意識は、昭和というよりは大正時代くらいで停止してるんだから」

八重子はじろりと麟太郎を睨んで、

「どちらが男性に人気があるかといえば、正統な美人顔の夏希さんより、可愛らしさの麻世さんのほうが上のはずですよ。ねえ、知ちゃん」

とんでもないことを口にした。

「私もそうだと思う。モテ度からいったら夏希さんより麻世ちゃんっていう子のほうが上。私は受付だから、じっくり見たわけじゃないけど、それでも顔形は今でもちゃんと覚えていますから。それに」

言葉を切る知子に、

「それに何だ。はっきりいえ」

急かすように麟太郎は大声をあげる。

「あの子、まったく化粧なしのスッピンですよ。あれでちゃんとしたメイクをしたら……相当な女ができあがるはずです。悔しいことですけど」

本当に悔しそうにいうが、麟太郎には二人の言葉がなかなか信じられない。どこからどう見ても麻世は単なる幼顔。それに、いうに事欠いて夏希より麻世のほうが上などとは到底容認できるはずがない。

「悪いが俺には信じられん。どう考えても、俺には夏希ママのほうが数段上に見える。そうとしか考えられん」

「多分、大先生は見る目がないんです」

極めつけの言葉を知子がいって、八重子もうなずきを繰り返した。


麻世の住んでいたアパートはすぐに見つかった。鉄骨モルタル造りの古い二階建てで、かなり傷んでいるようにも見えた。麻世たちの部屋は二階のいちばん西の端だ。

腕時計を見ると二時を少し回ったところ。この時間帯なら母親の満代はまだ部屋にいるはずだ。

麟太郎はドアの前に立ってブザーを押す。

しばらくすると部屋のなかに動きが感じられ、ドアが細目に開いて中年の女の顔が覗《のぞ》いた。これが満代だ。

「私、浅草署脇で診療所をやっております、真野というものですが。お宅のお嬢さんの麻世さんのことでお話があって伺ったんですが」

というと、ドアチェーンが外されて扉が開いたが部屋のなかには通されず、麟太郎は玄関口で満代と話をした。

満代は影の薄い女だった。顔立ちは整い、肌の色も白かったが、そのまま背景に溶けこんでしまいそうな印象を与えた。

麟太郎は事の詳細は語らず、縁あって麻世は現在家で預っているが、このまましばらくこの状態をつづけたいと簡単に満代にいった。満代は相槌《あいづち》を打つだけで声には出さず、話の最後に「わかりました」と一言だけいって深く頭を下げた。事の成りゆきをすべて察知しているような態度だった。

「できれば、麻世さんの衣類などを持って帰りたいのですが」

と麟太郎がいうと、満代はすっとその場を立って部屋のなかに消えていった。入れ代りにトレーナー姿の男が一人、麟太郎の前に立った。大きな体で筋肉質の男だった。目つきが鋭く、左頬に五センチほどの切り傷があった。これが梅村に違いない。

「なんで麻世が、てめえの所にいるんだ」

梅村は突っ立ったまま麟太郎を睨みつけた。

「お前さんにいう必要はねえだろう」

ぼそっというと、

「いう必要がねえとは、どういう料簡《りようけん》だ。俺は麻世の保護者同然の身だ。知る権利があるだろうが」

押し殺した声を出した。

「保護者なら保護者らしい、ちゃんとした振舞いがあるだろうが。違うか、梅村さんよ」

今度は麟太郎が睨みつけた。

とたんに梅村の顔がすうっと白くなった。

「てめえも麻世の体が目当てか」

掠れた声を梅村は出した。

「莫迦をいうな。こっちこそ本物の保護者のつもりだ。あんたと一緒にされたら迷惑だ」

梅村の両目が糸のように細くなった。

これは殴り合いになるかなと、麟太郎は重心をほんの少し低くする。睨み合いになった。目をそらしたほうが負けだ。大人気なかったが逃げるわけにはいかない。

どれぐらい睨み合っていたのか。

部屋のなかから大きなボストンバッグを二つ提げた満代が姿を見せた。

「すみません、これをあの子に」

細い声でいった。

「確かに預かりました」

バッグを受け取り「失礼します」と頭を下げて梅村のほうを見ると、そのまま睨みつけていた。こいつはまだ、麻世に執着心を燃やしている。そう思った。アパートの外に出て大きな深呼吸をした。


その日の診療が終って母屋のほうに行くと、麻世が台所に立っていた。

「おっ、この匂いは」

麟太郎が声をあげると、

「カレーだよ。私のレパートリーのなかで、まあまあまともにできる、数少ない料理のひとつだよ」

鍋に目を落したまま、麻世がいう。

麟太郎は食卓のイスに腰をおろし、首を回して肩のこりをほぐす。

しばらくすると麻世がやってきて、向かいのイスに腰をおろす。

「あとは煮こむだけ」

麻世は軽い口調でいって、

「悪かったな。わざわざうちにまで行ってくれて」

ぺこりと頭を下げるが、アパートでの様子は訊かないし、麟太郎も話すつもりはない。

「小学生のときから、ずっと苛《いじ》められっ子だった」

しばらくして麻世がぽつんといった。

どうやら何かを話す気になったらしい。

「原因は貧乏……なんで貧乏だと苛められなきゃいけないのか、わからないけど」

「そうだな、理不尽だな」

としかいいようがない。

「中学、高校になると不良グループから目をつけられるようになった」

「貧乏が原因で、不良グループが苛めをするのか」

怪訝な思いで訊き返すと麻世は少し黙りこんでから、

「これは私がいってるんじゃなく、相手がそういうだけのことだから勘違いするなよ」

妙な前置きを口にして宙に目をやった。

「ちょっとばかし可愛いからって、すかしてんじゃねえって――」

いかにも恥ずかしそうにいった。

「そうか、大きな原因はそこか」

とたんに麟太郎は嬉しくなって、顔が綻んだ。そういうことなのだ。しかし、そうなると八重子と知子のいったことは正しいということになる。どうやら麻世は、世間ではかなりの美形ということで通っているようだ。

「何だよ、笑うなよ。だから、私がいってるんじゃなくて、他のやつらが勝手に思いこんでいるだけで、実際は、こんな男みたいなかんじだし、下品だし」

麻世はむきになったように弁解する。

「まあ、いいじゃねえか。苛めの原因は貧乏と、麻世のその美形ということで」

笑いながらいうと、

「何だよ、そのビケイっていうのは。まあ、何でもいいんだけど、とにかく毎日苛められるのは嫌だから、そうなったら殴り返せばいいって子供心にも思ったんだ。それで、小学校五年のときに今戸《いまど》神社の裏にある、ちっぽけな剣術の道場に通い出したんだ」

麻世は剣道といわずに剣術といった。

「そこは林田《はやしだ》先生という老人が道楽のためにやってたような道場で、月謝はタダ。だから私でも通えたんだけど、稽古が厳しいために門弟の数はいつも数人で、増えなかった。でも私は歯を食いしばって頑張った。苛められるのが本当に嫌だったから」

流派は柳剛流《りゅうごうりゅう》――古来より伝わる実戦剣法だと麻世はいった。柳剛流は総合武術で剣術の他に組打技も伝わっていて、当て身、蹴り、投げ、関節……何でもありの喧嘩技が特徴だった。　麻世はこの道場通いを林田が病で臥せる高校一年までつづけていたという。

「メインは竹刀の打合いよりも重い木刀を使った型稽古で、気持を引締めてやらないと大怪我をすることになるんだ」

　と麻世は熱っぽく語る。

　こんなことがあったという。

　中学二年のとき、クラスの男子生徒から、

「貧乏人は、どんな下着をつけてんだ」

　と、いきなり両手で制服の胸元を押し広げられた。どうやらその生徒は麻世のことを好きだったらしいが、さすがに頭にきて、つかんできた右腕を肘を直角にした両手で固め、そのまま体を開いて逆に返した。生徒は一回転して背中から床に落ちた。麻世はまだ、生徒の右手首を離さない。捻《ね》じあげた。

「莫迦野郎、腕を折るぞ」

　叫んだ。生徒が悲鳴をあげた。

「それから苛めはなくなったけど、友達もいなくなった。近づいてくるのは、ヤンキーばかりで、まともなやつはいなかった」

　その後は他校のヤンキーたちと喧嘩三昧の毎日になった。ガタイのいい男が相手だと、さすがに素手では勝目のないこともあったが、棒きれ一本あれば何とでもできた。

「だから、私のカバンのなかにはいつも用心棒が入っている」

妙なことをいった。

「用心棒？」

「そうだよ、用心棒——これがあれば怖いものなし」

いうなり麻世は立ちあがって二階へかけあがり、通学カバンを手にして戻ってきた。

「これが、私の用心棒」

通学カバンのなかから長さ十センチちょっとの金属の筒のような物を取り出し、それをひと振りした。ガチャッという音とともに筒は六十センチほどに伸びた。警察官の持つ特殊警棒だ。

「こんな物、どこで手に入れたんだ」

驚きの気持で訊くと、

「通販」

と嬉しそうに一言で答えた。

「それを持っている限り、麻世は俺と喧嘩しても勝てるというのか」

「勝てるよ。私はけっこう強いから」

胸を張っていった。さっきの可愛らしさのやりとりとは、まったく逆の態度だった。

麟太郎は、この麻世という少女の本質がぼんやりと見えてきたような気がした。

「その私が……」

突然、麻世の声が震えをおびた。

「あんなクソ野郎にいいようにされて。おまけにあいつのことを考えると怖くて怖くて、それが情けなくて悔しくて……」

唇をぎゅっと嚙みしめた。

ようやくわかった。普通の女の子とのずれの正体だ。外面は女性でも、内面は男――麻世は小学生のときから今まで、ずっと様々なものと闘いつづけてきたのだ。それこそ命を張って。その結果、麻世の女の部分は脇に追いやられ、荒々しい男の部分が表面をおおってしまった。

麻世の両目が麟太郎を見た。

右腕を前に突き出した。ボタンを外してシャツを一気にめくりあげた。「あっ」という声が麟太郎の口からあがった。

無惨だった。麻世の右腕の内側には無数の傷が走っていた。赤い傷痕が盛りあがってケロイド状に引きつれていた。

「自分でやったのか」

ぼそっという麟太郎に、

「そうさ。あのことを考えると体が震え出して、どうにもこうにも収まらなくなって、こうでもしないと気が狂いそうで。だから、あのあと、毎日毎日自分の体を切り刻んで気持を鎮めたんだ。だけどなかなか……」

両肩を震わせて麻世はいった。

「それで、あの夜。いっそ死んでしまえば悲しみも苦しみも情けなさも悔しさも、全部から解放されると思ってカッターナイフで」

「手首を切ったが失敗した。なぜなら麻世は左利きだったから。それが右手でカッターナイフを握って事におよんだため、力の入れ加減がわからなかった。そういうことだな」

こくっと麻世はうなずいた。

麻世の動きがぎこちないと感じたのも、これが原因なのだ。左利きなのに右利きのまね。これが体のバランスを崩したのだ。

「だがよ、なぜ手首を切るとき利き手の左ではなく、右手を使ったんだ」

これがわからなかった。

「左手を使って失敗したとき、右腕の傷痕をさらすことになるじゃないか。そんな無様で恥ずかしい思いをするのは嫌にきまってるだろ。情けないじゃないか」

吐き出すように麻世はいった。

やはり、麻世の心は男なのだ。女なら、そんなことに恥ずかしがるはずがない。麻世は男。それも筋金入りの男なのだ。

「麻世……」

麟太郎は柔らかな声をかける。

「俺に話して、少しは気が楽になったんじゃないか」

「少しはね――でも、やっぱりすべてを楽にするためには」

ぽつりと麻世は言葉を切った。

嫌な気持が麟太郎の胸をつつみこんだ。

「楽にするためには、何だ」

思わず怒鳴った。

「あいつを殺すしかない。それしか楽になる方法はないよ」

いうなり麻世はテーブルに突っ伏した。両肩を震わせた。泣いているようだったが、麻世は声を出さなかった。麻世は無言で泣いた。両肩が激しく波打った。

麻世の心を普通の女の子に戻さなければ。

無言で泣く麻世を見て麟太郎はそう思った。もちろん、人殺しなどさせるわけにはいかない。では、どんな方法で……どう考えてもわからなかったが、麻世を幸せにするのは自分の役目だと思った。

そのとき麻世が麟太郎を見た。

「人前で泣いたのは初めてだよ」

ほんの少し笑った。

麻世はこの診療所の新しい家族だった。

第二章　二人三脚

音程が少しずれている。

フロアに立って歌っているのは水道屋の敏之だ。

『田園』のママの夏希と一緒に『銀座の恋の物語』を歌っているのだが、さすがに夏希のほうは音程もしっかりしているし声もよく通っている。

歌が終って夏希はカウンターのなかに入り、敏之は自分の席に戻ってくる。

「相変らず、おめえは下手くそだな。あれじゃあ、デュエットしている夏希ママがかわいそうだ」

早速、一緒に飲んでいる麟太郎が悪態をつく。

「上手に歌うとママが引き立たねえから、わざと下手に歌ってんだよ。これでもこちとら、世間にゃあ、けっこう気を遣ってんだ。こういうのを男の実《じつ》ってんだ、べらぼうめ」

敏之は威勢がいい。癌を気にして落ちこんでいたときとは、えらい違いだ。

「実なあ……」

麟太郎はぼそっといい、

「それにしても、おめえ。近頃やけに威勢がいいが、胃のほうは大丈夫なのか。何度尻を叩いても、大学病院からは顔を見せたという知らせがこねえんだがよ」

医者の表情に戻って麟太郎はいう。

「俺はどうも、ああいう晴れがましいところは性に合わなくてさ。それに、おめえに太鼓判を押してもらったせいか、近頃はやたら調子がよくてよ」

照れたような表情を敏之は浮べる。

「調子がいいのはけっこうだが、俺は太鼓判を押したつもりはねえぞ。簡単な触診をしただけで、それでは心配だから精密検査をしてもらえっていってるんだからよ」

呆れた口調でいう麟太郎に、

「わかってる、わかってる。暇を見つけてちゃんと行ってくるから。決して麟ちゃんの顔を潰すようなことはしねえから。だから、今んとこは、もう少し」

いい終えるなり、敏之はコップに半分ほど残っていたビールを一気に飲みほした。

「本当に本当だな、ちゃんと行くんだな。あとでしまったと悔やんでも遅いからな」

脅し口調で麟太郎がいうと、敏之は大袈裟に首を前に倒してから、

「俺のことより、矢田《やだ》時計店が、けっこう大変らしいぜ」

あっさり話題を変えてきた。

「矢田さんなあ……」

麟太郎も独り言のようにいって顔を曇らせる。

診療所と同じ町内にある矢田の家は時計店といっても十年以上も前に廃業して、今は老夫婦が二人で住んでいるだけ。主人の矢田雅勝《まさかつ》は八十一歳で心臓に疾患は抱えているものの、まだ矍鑠《かくしやく》としているが問題は七十六歳になる、妻の久子《ひさこ》だった。

五年ほど前から認知症が進行していた。

いわゆる、アルツハイマー型というもので、初期症状はもの忘れの酷さだった。それが徐々に妄想、幻覚、興奮、徘徊《はいかい》へと進行して、近頃では暴力行為におよぶこともあるという。抗不安薬、抗精神薬、抗鬱薬等の薬剤はあるものの、いずれも対症療法であり、認知症を根治する薬物も治療法も現在ではまだないというのが実状だった。

「物の分別がつかなくなり、近頃は徘徊癖も酷くなって、矢田さんに暴力をふるうこともあるそうだ」

掠れた声で敏之がいった。

「うちにも月に何度かきているが、手の施しようがな……精々、矢田さんの愚痴話を聞いてやるぐらいが関の山で、まったく医者として情けなくなるなあ」

麟太郎も掠れ声で答える。

「あそこは老老介護だろ」

「ああ。極力、ボランティアのヘルパーには行ってもらうよう頼んではいるが、雅勝さんが八十一で久子さんが七十六……相当大変なのは想像がつくよ。たった一人の息子さんは、大阪の大学を出て向こうで所帯を持っているから、これもなかなか当てにはできねえしな」

「向こうからの手助けはあるだろうが、矢田時計店は俺んところと同じ国民年金だろ。入ってくる金もささいなものだし。俺っちもいずれ、そうなるんだろうなあ」

やりきれない口調で敏之がいい、麟太郎が小さな溜息をついたところへ、夏希がやってきた。手に小鉢を持っている。

「どうしたんですか、暗い顔をして」

「年を取るのは辛いことだっていう話を、二人でしみじみとな」

麟太郎が低い声でいうと、

「あらっ。二人とも、まだそれほどの年なんかじゃないのに」

夏希が首を左右に振って答えた。

「年だよ。還暦を過ぎたら、みんなもうクソジジイだよ。何の楽しみもなく、毎日が淡々と過ぎていくだけで、考えるだけでも悲しくなってくるよ。そんなとき、せめて夏希ママが優しく――」

と、敏之がいいかけたところで、

「ところで、ママはいくつだったたっけ」

麟太郎が何気なく訊いた。

「えっ、私の年ですか」

夏希は一瞬、口ごもってから、

「そんな、つまらないことより、これ、よかったらどうぞ」

持っていた小鉢をテーブルの上に置いた。

盛りつけてあるのは肉じゃがである。

「これ、ママがつくったのか」

感心したような敏之の声に、

「何も驚くことないじゃない。お昼のランチだって、ほとんど私がつくってるんだもの。これぐらいは簡単ですよ」

「そうか、そうだった。肉じゃがっていうと、どうも特別な料理に思えて――例のオフクロの味というやつで、それでつい感動してしまった」

弁解するように敏之はいい、添えられていた箸を取る。麟太郎も同じように箸を取り、鉢のなかの肉じゃがをそっとつまんで口に持っていく。

「うまいなあ」

思わず声をあげると、

「うますぎる」

敏之も負けじと高い声でいった。

「ありがとうございます。でも、男の人にとって肉じゃがは特別な料理らしいから、どんなものでもおいしく感じられるんじゃないですか」

さらっと夏希はいって、そのまま二人のそばに腰をおろした。

「ところで大先生。近所の噂では、急にお孫さんが一人できたとか。それも、とびっきり若い、女の子のお孫さんが」

これも、さらっと口に乗せた。

麻世のことである。

「そういえば、そうらしいなあ。何でも、女子高生がおめえんところに住みついたとか。噂では、おめえの隠し子なんじゃねえかという話も出ているらしいがよ」

とんでもないことをいい出した。

「何を莫迦なことを。俺に隠し子なんぞ、いるわけがねえだろ」

思わず大声を張りあげる麟太郎の顔を、敏之と夏希がじっと見ている。

「じゃあ、恋人？」

極めつきの言葉を夏希が口にした。目がきらきら光っている。

「ママまでが、そんなことを――」

情けない声を出すと、

「噂では、かなり綺麗な子だって聞いてますけど」

きらきら光る目がいった。

「そうらしいな。俺はああいう今風の子供顔は好みじゃねえんだが、世間様の間ではかなりの美形で通ってるらしいな」

「かなりの美形ですか……」

呟くようにいう夏希の言葉にかぶせるように、敏之が声を出した。

「で、どういう経緯《いきさつ》で、その美形はおめえんところに住みついたんだ」

「それは、おめえ」

麟太郎は一瞬、言葉をつまらせてから、

「八王子の高尾山だよ」

訳のわからないことをいった。

「先だって、俺は中高年に大人気だという高尾山に行ったんだがよ。その麓に大きな竹林があってな、そのなかの竹の一本が光り輝いているのを見つけて、すわ、一大事とばかりにその竹を切り倒してみたら――そのなかから、その子がぽんと飛び出してきたって訳だ。まあ、そういうことだから、気にすることはねえ」

大真面目な顔でうなずいて見せた。

「何だよ、それ。かぐや姫じゃねえか」

抗議の声をすぐに敏之はあげるが、

「そういうことですか、なるほどね」

と、驚いたことに夏希は納得の言葉を口から出した。

「なるほどねって——で、実際のところはどうなんだ」

なおも追及する敏之に、

「親類筋の娘だよ。麻世っていうんだが、ちょっと訳があって行儀見習いっていうか何というか、しばらくうちで面倒を見て、看護師にでも育てあげようかと思ってな」

いってから麟太郎の胸がざわっと騒いだ。

そうだ、その手があった。麻世を看護師にする——そうすれば何があろうと、一生食いっぱぐれはないはずだ。それに、あの強い性格は看護師に向いているかもしれない。まさに名案中の名案だ。

一人で納得していると、

「何だよ、妙な顔をして。どうしたんだよ、何を考えてんだよ」

敏之が覗きこむように顔を見た。

「いや、看護師ってのは、実に頭の下がる立派な仕事だと、つくづく思ってな」

いいながら麟太郎は、一昨日の麻世との会話を反芻《はんすう》する。

何を思ったのか、麻世が待合室に姿を見せるようになったのは十日ほど前からだった。学校から帰ってまだ診療が終っていないとき、麻世は待合室の奥のイスに腰をおろして、じっとしていることがある。何をするでもなく、ただ黙って待合室に飛びかう人の話に耳を傾けているように見える。むろん、口を挟むことはない。ひたすら、じっと座っているだけだ。

「待合室で、麻世はいったい何をしてるんだ」

と訊いたのは夕食のときだ。そのとき麻世は、

「みんなの話を、聞いてるだけだよ……暇だから」

最後の言葉をつけ加えるようにしていった。

「みんなの話を聞いてると、面白いか」

怪訝な面持ちを麻世に向けると、

「面白いよ、そして悲しいよ」

麻世は無表情でいった。

何だかわからなかったが、このとき麟太郎は嬉しさのようなものがこみあげてくるのを覚えた。

「そうか、面白くて悲しいか。それはいい、実にいい。とにかく頑張れ」

とだけ、麟太郎は麻世にいった。

麻世はこの診療所を通して、世の中のあれこれに興味を抱き出した――そういうことだと麟太郎は推測している。それはそれで、大いにいいことだった。麻世には人の世の機微というものを、もっと知ってほしかった。

「大先生、その麻世ちゃんって子、一度ここに連れてきてくださいよ。じっくり話もしたいし顔も見たいし」

ふいに、よく通る声で夏希がいい麟太郎は我に返る。

「ここへって、女子高生を酒場に連れてくるのは、ちょっとまずいんじゃねえか」

「何を古くさいことをいってるんですか、大先生は。今はこの手の店でアルバイトをする女子高生もいっぱいいるっていう、ご時世ですよ。それに、昼間のうちっていう手もあるじゃないですか」

どういう加減か、夏希はえらく熱心だ。

さて、どうしたものかと麟太郎は考えつつ、会わせてみるのも面白いかもしれないと、ふと思う。正統派美人の夏希と、その夏希よりもモテ度は上だという麻世の対決。ひょっとしたら、これは相当の見物では――そんな野次馬根性が胸をよぎる。

「考えとくよ」

と機嫌よくいうと、

「じゃあ、ゲンマン」

夏希は右手の小指を突き出した。

指切りだ。麟太郎もすぐに右手の小指を出して夏希の指にからませる。そんな様子を敏之が羨ましそうな目で見ていた。

それから三十分ほどして、麟太郎は敏之と二人で『田園』の外に出る。

そろそろ深夜の一時近くで、辺りは静まり返っている。そんななかに足音らしきものが響いてきた。

「誰か、夜のジョギングでもしてるのか」

敏之の訝《いぶか》しげな声に重なるように、足音はどんどん近づいてくる。月明りのなかに浮んでいるのは二つの人影だ。前後に重なるようにして歩いてくる。

「矢田さんだ」

喉につまった声を敏之があげた。

さっき噂にのぼった矢田夫婦が、深夜の通りを歩いてくる。かなりの速度らしく、二人はすぐに麟太郎と敏之の前にやってきた。久子が前で雅勝がその後ろだ。

「おつきそいですか……」

麟太郎は恐縮ぎみの声を出す。

「これは、大先生。とんだところで」

矢田は丁寧に頭を下げ、

「こいつが外に出たいって、聞かないもんで。それで何か間違いがあっても困りますから、こうしてついて歩いています」

抑揚のない声でいった。

「こういったことは前より……」

「はい。酷くなっています。近頃は私の言葉もわからないのか、自分の思う通りにならないと、拳を振り回して突っかかってくるようにもなりました」

矢田の顔には、夜目にもはっきりわかるほどの疲労感が張りついている。勝手に動き回らないように矢田の右手は久子の腰のあたりをしっかりつかんでいた。

「久子さん、俺の声が聞こえますか」

やや大声で麟太郎は久子に声をかける。

「聞こえるが、それがどうした」

嚙みつくような声が返ってきた。

「俺が誰だか、わかりますか」

できるだけ優しく訊いてみる。

「知らん。訳のわからんことをいうな。どこの馬の骨じゃ」

真直ぐ麟太郎を睨みつけてきた。眉間に深い縦皺がくっきりと刻まれて、微《かす》かに唸り声をあげ始めた。

「すみません。機嫌のいいときはおとなしいんですが、今は気が昂《たかぶ》っているようで」

矢田の言葉通り、久子は肩を怒らせて足踏みを始めている。とにかく動きたいのだ。それしか久子の機嫌を直す方法はない。無理に押えつけようとすれば、怒鳴り声をあげて暴れ出すに違いない。

「こちらこそ、本当に申しわけなく思っています。顕著すぎるほどの症状に対して何ら有効な手が打てないというのは……情けない話です。本当にすまないと思っています」

麟太郎は矢田に向かって深々と頭を下げた。

「いや、そんなことは。これは決して大先生のせいじゃないですから。どうしようもないことですから」

矢田の声に幾分覇気が混じる。

自分の苦労を察してくれる人間がいるというだけで、ほんの少しではあるけれど心のほうは和むのだ。だから麟太郎の診療所には人が集まってくる。壊れかけた心を何とか繕うために。

「すみません。近日中に診療所のほうへ、お伺いしますので」

その言葉が合図のように、つんのめるような格好で久子が歩き始める。右手で久子の腰のあたりをつかんだ矢田が、すぐにその後につづく。

「二人三脚だな」

二人の後ろ姿を見ながら敏之が、ぽつんといった。

「辛い二人三脚だ。それも、ゴールのない二人三脚だから余計に辛くて悲しい」

麟太郎は言葉を絞り出した。


麻世は台所に立って夕食の準備だ。

この診療所に麻世が住みついて、ひと月ほど。今のところ何の問題もおきてはいない。毎日、夕方の六時頃までには帰ってくるし、それから出かけることもない。朝食と夕食の仕度も曲がりなりではあるが、こなしているし、掃除や洗濯もきちんとやっている。

たったひとつ気になるのは、一度だけだったが顔に痣《あざ》をつくって帰ってきたことだ。どうやら、喧嘩だけはまだしているらしい。

「おうい、麻世。今夜のお菜は何だ。ちゃんと食えるものか」

食卓のイスに腰をかけて、麟太郎は台所に声を飛ばす。

「今夜はロールキャベツだ。根性さえあれば食えるはずだから心配するな、じいさん」

互いにいいたいことをいっている。

麟太郎はこうしたやりとりが嫌いではなかった。たったひとつ、じいさんという呼び方さえなければ。

「また、料理本を見ながらつくってるのか。大変だな、にわか料理人も」

笑いながらいうと、

「じいさんだって最初から医者じゃなかっただろう。それが、こうしてずっと診療所をやってるんだから、向上心というのは立派なもんだ」

すぐに反応が返ってくる。

「向上心か、いい言葉だなあ。そんな言葉がすらすらと口から出てくるということは、それだけ麻世も向上したということなんだろうなあ」

さて、どんな言葉が返ってくるかと待っていると、

「あのなあ、じいさん。料理に集中できないから、くだらないことをいうのは、ちょっとやめてくれると嬉しいんだけどな」

ぴしゃりといって、麻世は鼻唄を歌い出した。それも、麟太郎お得意の『唐獅子牡丹』である。いったい誰から、そんな情報を仕入れてきたものなのか。

〝義理と人情を　秤にかけりゃ
義理が重たい　男の世界
幼なじみの　観音様にゃ
俺の心は　お見通し……〟

みごとな麻世の反応に、麟太郎は頭を一時間ほど前の電話のやりとりに切り換える。

相手はボランティア活動で老人介護を行っているNPO法人に所属する女性で、矢田久子の担当だった。

その女性に矢田の家の状態を訊くと、

「家のなかは足の踏み場もないほどちらかり放題で、久子さん、相当暴れてますね」

という答えが返ってきた。

「かなり、手のつけられない状態になることがあるそうで、家のなかには排泄物《はいせつぶつ》の臭いがこびりついていますよ。ですから、ご主人はかなり参っている様子です。家の清掃と病人のお世話しか私たちにはできませんから、何とも仕方がありませんけど」

その女性はそんなこともいっていたが、何とも仕方がないというのは、医者の自分も同じだった。疾病を抱えている人間を目の前にしながら対処の方法が何もないのだ。医者として、これほど悔しくて情けないことはなかった。仕方がない——こんな言葉ひとつですましていいものなのかどうか。麟太郎は大きな吐息をもらす。

「どうかしたのか、じいさん」

顔をあげると、テーブルの向こうに湯気のあがる味噌汁の椀《わん》を持った麻世が立っている。どうやら食事の仕度が終ったらしい。そっと味噌汁の椀をテーブルの上に置く麻世に、麟太郎は矢田のことをざっと話して聞かせた。そして、

「麻世は、こういうときはどうしたらいいと思う」

こんな問いを麻世にぶつけた。

「そんなこと私には難しすぎるよ。じいさんにわからないことが、私にわかるはずがないじゃないか、ただ」

と麻世は言葉を切ってから、

「ほんの少しでもいいから、みんながその人のことを考えてやれば……そうすれば、その人は元気づけられるから。誰でも一人ぼっちは淋《さび》しいから。誰でもいいから、その人のことを思ってやれば、それだけでも気持のほうはちょっとだけかもしれないけど、安まるような気がするよ」

つかえつかえ、そんなことをいった。

「そうか、ほんの少しでもいいから、その人のことを考えてやればいいか――そうだな、知らん顔がいちばん駄目だな。人間、一人では生きられねえもんな」

麟太郎は麻世の顔を真直ぐ見て、

「偉いな、麻世は」

柔らかな声でいった。

「偉かないよ、私は。ただのヤンキーでツッパリなだけで、偉いなんてことはひとつもないよ。落ちこぼれの傍迷惑《はためいわく》な存在なだけで、みんなの嫌われ者だよ」

まくしたてるように麻世はいい、さっさと台所に戻っていった。

このとき麟太郎は、将来看護師になってみないかと麻世にいいたかったが、その言葉は引っこめた。相手は臍曲《へそま》がりなのだ、性急すぎると失敗する。何といっても麻世がここにきてからまだわずか。じっくりと構えればいいのだ。

「ほら、まったく偉くないだろ」

麟太郎の前に、ロールキャベツの入った皿がとんと置かれた。が、そこにはロールキャベツは見当たらず、べろんと伸びた肉とキャベツがのたくっているだけだ。

「ロールにならずに、みごとに崩れた」

ぼそっといってから、飯の碗《わん》と茄子《なす》の漬物、それに冷奴《ひややっこ》ののった皿を乱暴に並べた。

「食えるなら、食え」

これも乱暴な口調でいって、自分もロールキャベツもどきを口に運び出した。

「キャベツと肉の煮つけだと思えば、充分にいけるんじゃねえか。味はそれほど悪くはねえしよ」

ひとくち頬張りながら麟太郎はいうが、正直まずかった。が、心地いいまずさのように麟太郎には感じられた。

「味は、まあまあなのか」

麻世が麟太郎の顔を窺うように見る。

「そうだ。まあまあの味だ。俺は別に根性で食ってるわけじゃねえから、そこんところを誤解するなよ」

　念を押すようにいうと、

「じいさんは、けっこう根性のある人間のように見えるけどな」

　ほんの少し麻世は笑みを浮べた。

「そんなもん、ねえよ。ただの大酒飲みのクソジジイだよ。人に誇れるようなもんは何にもねえ、ぐうたらだよ」

　いいつつ、麟太郎は妙なことに気がついた。

　この弁解の様子は、さっきの麻世とそっくりじゃないか。ということは、どういうことになるのだ。ちらっと麻世のほうを見ると、肩が大きく波打っている。麻世は声を出さずに体中で笑っているのだ。

「その何だ。とにかく、くだらない話はやめにして、ロールキャベツを楽しもう。せっかく、臍曲がりが一生懸命、つくってくれたんだからよ」

　空咳をひとつして、

「ところで、何か面白いことはないか、麻世」

　少し早口で麟太郎がいうと、

「あるよ」

　あっさり、麻世は答えた。

「待合室に座っていると、いろんなことが耳に入ってくるんだけど、じいさんはみんなに、やぶさか先生と呼ばれてるんだってな。ところが、やぶはわかるんだけど、さかのほうがさっぱりわからないんだけど」

とたんに麟太郎の体に狼狽《ろうばい》が走る。

「それは何といったらいいのか、麻世の誤解だ。まず、やぶというのはやぶ医者だからというのではなく、これは一種の親しみというか、尊敬というか」

つかえながらも、一気にいった。

「親しみはわかるとして、やぶが尊敬というのは、ちょっと無理があるんじゃないのか、じいさん」

軽くうなずきながら麻世はいう。

「お前はまだ若いからわからんだろうが、大人の間では尊敬の思いが時として、逆の言葉として出てくることも、間々あってな。まったく人間というのは妙な生き物というしかないな」

神妙な面持ちで麟太郎はいう。

「じゃあ、やぶさかの、さかというのは、どういう意味なんだ」

「これは簡単だ」

落ちつきを取り戻したのか、厳かな声で麟太郎はいう。

「うちの診療所の前だけが、どういう加減か少し勾配がついていて坂になっているんだ。直して平らにしてくれればいいのだが、何度役所に掛け合っても特段の支障はないでしょうの一言で却下。それで、やぶと坂を合せて、やぶさか。悔しいけれど、これが語呂がよくてな――まあ、そういうことだ」

いいながら、料理をつくっているとき麻世が麟太郎の得意の『唐獅子牡丹』を歌っていたわけが、ようやくわかった。すべては待合室での噂話からだ。あそこで聞き耳を立てていれば、この界隈《かいわい》のことは大抵わかる。

妙に納得して食べることに専念していると、玄関の扉が開く音が聞こえてきた。はて誰だろうと思っていると、息子の潤一が片手をあげて居間兼食堂に入ってきた。

「何だ、お前。今頃？」

怪訝な面持ちを浮べると、

「ちょっと体が空いたから、久しぶりに実家で飯を食わせてもらおうと思ってさ」

顔中を笑いにして潤一はいう。

「実家で飯をなあ――お前にしたら珍しいことだなあ」

「親父より喧嘩が強いという、麻世ちゃんの料理がむしょうに食べたくなってさ。それできてみたんだけど、まだ飯は残っているのかな」

麻世の顔を窺うように見た。

潤一には麻世がここで暮す経緯《いきさつ》を電話で、ざっと話してあった。ただひとつ、強姦《ごうかん》の件を除いてではあったが、そのあたりはうまくつじつまを合せたつもりだ。潤一が麻世と顔を合せるのはこれで二度目だった。

「残ってるよ。食べたかったら、自分で持ってくるといいよ」

麻世が素っ気なくいった。まだ潤一にはなついていないようだ。

「これは手厳しいな。しかしまあ、自分のことは自分でやらないとな。じゃあ、麻世ちゃん、いただくよ」

潤一はこういって台所に立ち、歓声をあげる。

「おっ、肉とキャベツのごった煮か。これはいかにもうまそうだ」

とたんに、麻世の肩がぴくっと動いた。

どうやらこの二人、かなり相性が悪そうである。

あとは潤一がロールキャベツを頰張ったとき、どんなことをいうかだが。麟太郎は興味津々の思いで、これからの展開を見守る。

そんな麟太郎には目もくれず、潤一は手早くロールキャベツを皿に盛ってテーブルに運ぶ。あとは味噌汁と飯。これも手際よくテーブルに並べる。そんな様子を麻世は無言で見つめている。

「じゃあ、いただきます」

潤一は両手を合せてから箸を取り、まずロールキャベツを口に運ぶ。無造作に放りこんで、ゆっくりと咀嚼《そしやく》する。

「うまいなこれは。なかなかのもんだ」

こんな言葉が口から飛び出した。

「嘘《うそ》っ！」

麻世が凛《りん》とした声をあげた。

「えっ！」

驚いて顔をあげる潤一に、

「不器用な私が料理の本を見ながら、つくったもんだよ。うまいはずがないじゃないか。それにね、おじさん」

じろりと潤一の顔を睨んだ。

「それは、ごった煮じゃなくて、ロールキャベツ。正式な名前はそういうの。わかった、おじさん」

麻世はおじさんを連発する。

「ロールキャベツだったか、これは。いわれてみればそんな気も。いや、申しわけない。だけど、味がそれほど悪くないのは、嘘じゃないから」

慌てて弁解じみたことをいうが、それに対して麻世はまったくの無反応だ。潤一の顔に見る見るうちに困惑の表情が浮んでくる。潤一の日常とはまったく勝手の違う展開らしく、どうしたらいいかわからない状況のようだ。

「それなら、嘘も方便で、どうかな」

ようやく言葉を出した。

「どういうこと？」

麻世が話に乗ってきた。

「世の中には、ついてもいい嘘があるということだよ」

諭すような口振りに、

「この料理に限っていえば、駄目な嘘にきまってるじゃない」

一刀のもとに麻世は斬りすてた。

「それなら、長い物には巻かれろというのは、どうかな」

と潤一はいうが、麻世の返事はない。

「じゃあ、勝てない喧嘩はしないということで、許してもらえないだろうか」

「勝てない喧嘩って？」

口を開く麻世に、

「柔道の猛者の親父より喧嘩が強いってんだから、生まれてから一度も殴り合いをしたことのない俺に歯が立つわけがない。という意味にとってもらえばいい」

低い声で潤一がいう。

「一度も殴り合いをしたことがないの。男のくせに一度も……」

ぱかっと口を開けて麻世は潤一を見た。

「大体の普通の男は、そんなもんじゃないのかな。殴り合いをしたことのある男って、ごく少数だと俺は思うけど……俺のいってること間違ってるかな、親父」

麟太郎に視線を向けた。

「そんなこと、俺は知らん」

麟太郎も一刀のもとに斬りすてた。

「それで話がわかったよ。おじさんと波調が合わないのは、その理屈っぽさだよ。私は単純明快な人としか合わないから。だけど、じいさんは単純明快そのものなのに、なんでその子供が」

不思議なものでも見るような目を麻世は潤一に向けた。潤一の両耳がわずかに赤くなるのがわかった。そのとき麟太郎の脳裏に、以前看護師の八重子のいった言葉が突然浮びあがった。麻世を診療所に置くための了解を八重子に求めたときのことだ。

「かわいそうな境遇よりも、まさか、あの子の可愛らしさに目が眩んで、ここに引き取る気になったんじゃないですよね」

八重子はこういったのだ。

ひょっとして潤一は麻世のことを……と考えてみて二人は一回り以上も年が違うことに気がついた。しかし、年の違う夫婦などは世の中に掃いてすてるほどいる。となると将来、あるいは結婚ということも。そう考えてみて、まあそれならそれで、めでたいことで結構じゃないかという結論に落ちつく。もっとも今のままの麻世では困ってしまうが。

と考えをめぐらしてから、しかし、これだけ相性の悪い二人がそんなことには。第一、麻世は軟弱な男が嫌いなようだし、潤一は頭はいいものの軟弱そのものの存在だし、まかり間違っても麻世が潤一を好きになることなどはあり得るわけがない。しかし、事は男と女の問題、何がどうなっても不思議ではないともいえる。それに潤一が本当に麻世を気にいってるかどうかも、今の段階ではわからないというのが実状なのだ。

麟太郎はふっと吐息をもらし、

「麻世、そのへんで倅を許してやってくれねえか。何分こいつは、打たれ弱い体質に育っているからよ」

と二人のやりとりに助け船を出す。

「別に私は、何でもいいよ」

麻世はさらっという。

「潤一、お前はそのロールキャベツを理屈をたれずに有難くいただけ。それで、この場は万々歳で収まる」

鱗太郎の言葉に「はあ」と潤一は答え、ひたすら夕食を口に運ぶ。

無理をしたのかどうかはわからないが、潤一は結局、ロールキャベツを二杯と飯を三杯食べて、自分の使った食器を洗い、

「腹一杯の夕食、ごちそうさまでした」

と無難な言葉を麻世に投げかけて帰っていった。

事件はその一時間ほどあとにおこった。

自室に引っこんだ鱗太郎が医学書に目を通していると、机の上に置いてあるケータイが音を立てた。画面を見ると、電話の主はあの矢田である。急いで耳に押しあてると、

「大先生、助けてください」

泣き出しそうな矢田の声が聞こえた。

「どうしました、久子さんに何かあったんですか。怪我でもしたんですか」

大声をあげると、

「ちょっと目を離した隙に、久子が家から出ていってしまいました。今、あちこちを捜し回っているんですが、一人ではとても捜しきれず、途方に暮れています。いったいどうしたらいいんでしょう」

おろおろ声で矢田はいった。

「わかった。今どこにいるんですか」

これも怒鳴り声をあげると、

「今戸神社のあたりです」

蚊の鳴くような声が聞こえた。

「じゃあ、とにかくここまできてください。今戸神社からならすぐでしょう。詳しい話を聞いてから動くことにしましょう」

麟太郎は電話を切り、気合をいれるように分厚い掌で両頰をぱんと叩いた。


五分ほどして矢田は診療所にやってきた。

居間のほうに招き入れると、肩で大きく息をして喉をぜいぜい鳴らしている。どうやら走ってきたようだ。

「大先生！」

矢田は息を切らしながら、泣き出しそうな声をあげた。

「落ちついてください――久子さんがいなくなったのに気がついたのは、どれぐらい前ですか。正確な時間はわかりますか」

力強い声で麟太郎は訊く。

「気がついたのは一時間ほど前です。そのとき私は食事の後片づけをしていて、久子に注意を払っている暇がなく、気がついたら家のなかからいなくなっていました」

ちょうど潤一がロールキャベツの食事を終えて帰ったころだ。

「いちおう確認しておきますが、家を出たときの久子さんの服装はわかりますか」

何気なく麟太郎が質問すると、

「それが……」

矢田が掠れた声をあげた。

「何か変った服装で久子さんは外へ？」

「変ったといえば、そうともいえるんですが、寝間のタンスのなかが引っくり返されていて、そのなかから多分ベストを……」

歯切れの悪いいい方をした。

「ベスト？」

怪訝な声を麟太郎は出す。

「はい、あの。柄はオレンジと濃茶のストライプの編みこみなんですが、下のほうに、その、小さなハートの連続模様が入っていて」

恥ずかしそうに矢田はいった。

「ハートの連続模様ですか！」

「実は三年前が私たちの金婚式にあたる年で――そのとき久子に、たまには外で食事でもして、何か記念になるような物でも買って帰ろうかと提案したんです」

祝ってくれる者など誰もおらず、二人だけの金婚式だったと矢田はいった。

食事と買い物といっても、わずかな年金で暮している矢田夫婦に贅沢《ぜいたく》は無理だった。若いころに二人でよく行った洋食の『ヨシカミ』でオムライスを食べ、近くの喫茶店でゆっくりとコーヒーを飲んでから千束《せんぞく》通り商店街を仲よく寄りそって歩いた。そのとき久子の足が急に止まった。

「あれにしない、記念になる物」

洋品店の表にぶらさげられた商品を久子は指差した。オレンジと濃茶のベストで下にはハートの連続模様、しかもペアルックだった。

「あれって、ペアルックをか」

驚いた声をあげる矢田に、

「そう、ハート模様のペアルック。この年だもの、もう恥ずかしさもそれほどないし。というより、うんと若返るつもりで、値段もかなり安いしね」

久子ははしゃいだようにいった。

値段は二着で二千円を切っていた。

金婚式の記念品はこのベストにきまった。

それを着て久子は出ていったようだと矢田はいった。

「金婚式の記念にペアルックですか、それはいい、実にいい」

本当に羨ましそうにいう麟太郎に、

「すでに認知症が進んでましたから。それで、そんなびっくりするようなものを久子は選んだんじゃないでしょうか」

矢田は自嘲ぎみにいった。

「そんなことないよ」

ふいに疳高《かんだか》い声が響いた。

二階につづく階段の踊り場に麻世が立っていた。

「女が着る物を選ぶときに、認知症は関係ないよ。奥さんは本当にそれが欲しかったから選んだんだよ。女にとって着る物は認知症もへったくれもないよ。純粋な気持で、それを選んだんだよ」

叫ぶようにいった。

「おい、こら、麻世」

慌てて麟太郎が声をあげると、

「ごめん——何だか非常事態の気配がして下りてきたら、ちょうど二人の話が聞こえてきたから」

麻世は階段を下りてきて、

「それで、おじいさんは、そのペアルックのベストをちゃんと着たの？」

矢田の顔を凝視した。

「久子は時々着ていたようだけど、私のほうはやっぱり、恥ずかしさが先に立って着ることは……」

呟くような声でいった。

「ちゃんと着ないと駄目じゃない。まったく男っていうやつは、体裁ばかり取りつくろう動物なんだから」

「麻世、ちょっといいすぎだ――いや、そんなことより」

麟太郎は慌てた声を出し、ケータイを手にしてあちこちに電話をかけ出した。しばらくしてから、

「町内会の主な連中に声をかけましたから、みんな出てきて捜してくれるそうです。それから念のために、浅草署のほうにも連絡をしておきましたので、いざというときには出動してくれるはずです」

麟太郎は矢田に向かってうなずいた。

「ありがとうございます。あいつに、もしもの事があったら私は……」

頭を下げる矢田に、

「じゃあ、私たちも行きましょう」

麟太郎ははっきりした声でいい、

「そういうことだから、お前はここで留守番だ。もし何か連絡が入ったら、俺のケータイにすぐに電話をしてくれ」

麻世に向き直って指示を出した。

「わかった、すぐに電話する」

こくっとうなずく麻世を残して、麟太郎は矢田と一緒に診療所を飛び出した。


二日後、矢田は久子を連れずに一人で診療所にやってきた。

「お一人ですか、矢田さん」

診察室で向きあって声をかけると、

「はい、すみません。今日は私一人でこさせてもらいました」

矢田は頭を深く下げた。

「あれからまだ二日ですから、さすがに久子さんも疲れているのかもしれませんね」

「そうですね。昨日今日は暴れることもなく、おとなしくというより、ぐったりした様子なのでお礼方々、こうして一人でこさせてもらいました」

矢田はまた丁寧に頭を下げる。

あの夜、久子はみんなで捜し始めてから一時間ほどあとに発見された。見つけたのは水道屋の敏之だ。

いたのは矢田が電話をかけてきた今戸神社のすぐ裏で、久子は側溝に体の半分がはまりこんで身動きできない状態で唸っていた。敏之からの電話で麟太郎はすぐに現場に駆けつけ、久子を診療所に運びこんだ。

詳細に全身を診たが骨などに異常はなく、擦過傷があちこちに見られるだけで大事にはならずにすんだ。ただ、久子のお気に入りだったペアルックのベストは、半分ほど泥水に漬かって汚れていた。

「しかし、あれだけですんで、本当によかった」

ほっとした声をあげる麟太郎に、

「でも大先生、今はおとなしくしていますが、あと少しすればまた暴れ出して、家のなかは地獄になります」

喉につまった声で矢田はいった。

両肩をすとんと落してうつむいた。

そうなのだ。今日の矢田は麟太郎に様々な話を聞いてほしくてやってきたのだ。

「どこの家でも認知症の場合、介護をしているほうの精神と体が参ってしまいますからね」

麟太郎は優しく矢田に声をかける。

「私も心臓に爆弾を抱えていますし、このままだと久子よりも私のほうが先に逝ってしまうんじゃないかと。近頃はそんなことも頭を掠めます」

「そうですね。矢田さんが倒れでもしたら、久子さんは一人ぼっちになってしまいますからね——どれ、ちょっと様子を診てみましょうかね」

麟太郎はいうなり、矢田のシャツの下に聴診器をもぐりこませて耳を澄ます。今のところ心拍は正常で不整脈も見られない。

聴診器をはずして、右の掌《てのひら》で腹部を押してみるがこっちも違和感はない。引っかかってくるものはない。

「今のところ、大丈夫ですよ、矢田さん」

励ますように声をかける。

「はい、ありがとうございます。私が丈夫でなければ、久子の面倒を見ることもできなくなりますから」

「そうそう。矢田さんあっての久子さんですから、体だけは大切にしないと」

膝に置いた矢田の手を軽く叩く。

「久子あっての私でもありますし……あいつに逝かれたら、私も一人ぼっちになってしまいます。遠くに住んでいる子供を当てにすることもできませんし。私には久子だけしか、あいつだけしか」

そう口にしてから、突然矢田の体が小刻みに震え出した。

「その久子が、今は食事をするとき手づかみです。あの、しとやかだった久子が手づかみで動物のように食べるんです。辛いです、情けないです。トイレも普通に行けなくて、今は紙おむつのお世話になっています。その紙おむつを久子はむしり取って壁に投げつけるんです。汚物が家中にこびりついて、まるで動物の檻《おり》のなかに住んでいるようなものです。辛いです。でも悲しいことに、そんなことにも慣れつつあります。悲しすぎることですけど」

一気に矢田はいった。

両の目が潤んでいるのがわかった。

「わかります、矢田さん。矢田さんの気持はよくわかります。申しわけありません。医者でありながら、患者さんの苦しみを見ているだけで何もしてあげられない。情けなくなります。本当に申しわけなく思っています。無念です」

本心だった。

患者の辛さは医者の辛さだった。そして介護者の苦しみは医者の苦しみでもあった。しかし、どうしようもなかった。かといって手をこまねいているわけにはいかない。

「矢田さん、頑張りましょう。私も頑張りますから、矢田さんも頑張ってください。みんなで助け合えば、何か最良の方法が見つかるはずです。私もそれを考えますから、矢田さんも考えてみてください」

矢田の細い肩を両手で揺さぶった。

「最良の方法なんて、あるものでしょうか」

ぽつりといった。

「あるはずです。何かきっとあるはずです。考えれば何かきっと……」

絞り出すような声で麟太郎はいった。

すがるような目が麟太郎を見ていた。

矢田はそれから十五分ほどして診察室を出ていった。

「大先生、認知症に対する最良の方法なんて、あるんですか」

看護師の八重子が溜息まじりの声を出した。

「そうだなあ……」

麟太郎は腕をくんで宙を睨みつける。

「特効薬ができればいちばんいいんだが、我々臨床医はそれができるのをじっと待つしか術《すべ》はないからなあ。まったく情けない話だよな」

ぼそっといってから、

「あとは、愛とか真心とか、思いやりとかいう綺麗な言葉しかないが……あまりにも綺麗すぎるなあ」

独り言のように口にした。

「そうですね。綺麗すぎる言葉ですね。その綺麗な言葉の向こうには、どれほどの辛さと悲しさがあるか。それを考えると本当にやりきれなくなります。高額な施設は普通の人間には問題外ですし、安い施設はかなりの順番待ちです……」

八重子の低い声に、

「俺も八重さんも、いつ認知症になってもおかしくない年になってるのも確かだしな。まったく気が重くなるよ」

麟太郎は小さく首を振る。

「大先生は、まだお若いですよ。そこへいくと私なんか本当にいつどうなっても、おかしくない年ですから」

ひときわ大きな吐息をもらした。

八重子は若いころに一度結婚していたが、五年ほどして離婚。それからはずっと独り身を通し、今は診療所近くのアパートに住んでいる。別れた男との間に子供はなく、文字通り天涯孤独の身の上だった。


一週間ほど何事もなく過ぎた。

夜の十一時過ぎ。今夜の『田園』は客も少なく、いつもより静かである。

奥の席で麟太郎は敏之と、何やら真剣な顔つきで話しこんでいる。

「その話は初耳だな。矢田さんからは何の連絡もねえしよ」

コップに残っていたビールを空にして麟太郎はいう。

「きまりが悪かったんだろうよ。つい数日前にも同じことがあったばかりでよ。それに今回は夜じゃなく昼間だったから」

敏之は自分のコップにビールを注《つ》ぎ足して手に持つ。

「昼間だと、なんできまりが悪いんだよ。まったくわかんねえよ」

麟太郎は唇を尖《とが》らせる。

「夜と違って昼間は人通りも多いし車の往来も激しい。道行く人に迷惑をかけるかもしれねえし、交通事故の恐れもある。単なる不注意や監督不行届きじゃすまねえだろう」

「そりゃあまあ、そうには違いねえがよ。それにしても、電話一本ぐれえはよ」

麟太郎はまた唇を尖らせる。

「気持はわかるけど。察してやれよ、麟ちゃん。矢田さんは奥さんの介護でぎりぎりの毎日を送ってるんだ。一日として心の休まる日のない毎日なんだよ。なるべくなら、余計な波風は立てたかねえんだ。そのへんのところをよ」

ごくりとコップのビールを飲んだ。

「そうだな。ちょっと料簡が狭かったようだな。いくら自分の患者だからといって、何もかも知ろうというのは欲が深すぎる。俺もまだまだ、器が小せえな」

　麟太郎は柄にもなく、少ししょげる。

　敏之が話題にしているのは一昨日の昼の、矢田夫婦に関する事件だった。

　昼の二時過ぎ、矢田の監視の目を逃れたらしく、久子はまた外をふらふら出歩いていたという。

　場所は言問《こととい》通りあたりで交通量はけっこう多い。久子は脇目もふらず、ふらふらしながらも歩道の右側を急ぎ足で進んでいた。そのうち久子の足がぴたりと止まった。回れ右をするように体を半回転させた。睨みつけるように車道を見た。ふらりと右足を車道に一歩踏み入れた。

　そのとき叫び声とともに、一人の男が久子に飛びついた。二人はその場に転がった。久子に飛びついたのは矢田だった。

「危機一髪だよなあ……矢田さんが久子さんを見つけるのがもう少し遅れたら、あるいはとんでもないことになっていたかもしれん。本当に運がよかったよ。神様はちゃんと見てるんだよなあ」

　何度も首を振る敏之に、

「神様が見ているかどうかは知らねえが、その一部始終を偶然、蕎麦《そば》屋の文彦《ふみひこ》が見ていて、噂が町内に流れたということか」

腕をくんで麟太郎は答える。

「何でも遠くから久子さんの姿を見て、こいつはいけねえとあとを追っていったら、そういう展開になったそうだ。矢田さんが間に合って本当にほっとしたって、しみじみいってたな」

敏之は自身もほっとしたような表情を浮べて、ビールをごくりと飲んだ。

「聞いていた俺もほっとしたよ、やっぱりそんな死に方だけはな。できりゃあ天寿を全うしてほしいからよ」

「天寿なあ……ところで麟ちゃん、天寿っていうのはどんなもんだろうな。俺にはよくわからねえんだけどよ」

「そりゃあ、おめえ、俺にもよくわからねえよ。ただ、何といったらいいのか。一時の涙ですむ、死に様だろうな。涙があとを引かねえっていうか」

いい訳のように麟太郎はいう。

「涙があとを引かねえ死に様なあ……要するに長生きしろってことか」

独り言のようにいう敏之に、

「おい、敏之。今夜はもう帰ろうか。何だか悪酔いするような気がしてよ」

麟太郎は溜息まじりにいう。

「そうだな。今夜はこのあたりでお開きにしたほうがいいかもしれねえな」

すぐに敏之も同意して、「どっこいしょ」といいながら立ちあがると、

「あら、もう帰るんですか！」

カウンターの向こうから、咎《とが》めるような夏希の声が飛んだ。


外に出た二人は大きく深呼吸した。

夜風が火照った体に心地いい。

そのとき、足音が響いてきた。あれは――。

「麟ちゃん！」

敏之が上ずった声をあげた。

「矢田さんたちかも、しれねえな」

こちらは逆に低い声だ。

「矢田さんたちなら！」

へへっと敏之が笑った。

と麟太郎が訊き返したところへ、足音の主がやってきた。やはり、矢田と久子だ。

「矢田さんたちなら、何だ？」

「これは、大先生と水道屋の敏之さん。幼馴染み二人が揃《そろ》って飲み会ですか。羨ましいですねえ」

という矢田の右手は久子のズボンの後ろをしっかりつかんでいる。久子は先日同様、その場で足踏みをしているが、今日はかなりゆっくりした動きだ。

「羨ましがってないで、どうですか矢田さんと久子さんも、ここで一杯」

びっくりするようなことを敏之が口にした。だから敏之は、笑いを浮べたのだ。

「えっ！」

矢田は一瞬何をいわれたのかわからないような表情を見せ、

「そんな、私たちなんか。なかのお客さんに迷惑をかけるだけですし、それにそんな贅沢はとても」

顔の前で左手を振った。

「そんな心配はいりませんよ。今日は客も少ないし、もちろん俺たちも同席しますし。それに勘定は、ここに真野麟太郎という大蔵大臣が控えてますから、大船に乗ったつもりで。なあ、麟ちゃん。そうだろ」

「ああ、それはもちろん」

麟太郎は慌てて声を出す。

「しかし」

となおも辞退する矢田に、

「久子さんにとっても薬になるかもしれませんよ。日常とは別の場所に身を置けば、心のほうもいい影響を受けるかもしれない」

敏之がこんなことをいい、なるほどと麟太郎も首を縦に振る。たとえそこが酒場であっても理屈は同じだ。

「そうですよ、矢田さん。たまにはこういうところもいいじゃないですか。久子さんと一緒に、ほんの少しだけでも」

思わず誘いの言葉が出ていた。

矢田の顔が、ほんの少し緩んだ。

「本当にいいんですか」

掠れた声でいった。

「医者と水道屋がいいっていってるんですから、いいんですよ」

訳のわからないことを敏之がいう。

「もし、久子さんが暴れたとしても、こっちは男が三人ですから何とでもなりますよ。少しは人生を楽しみましょう」

麟太郎はこのとき、矢田に束の間でもいいので人並の幸せを感じてほしかった。楽しんでほしかった。

「それなら、ほんの少しだけ、お二人に甘えさせていただきます」

照れたような顔で矢田がいった。

「きまり」

敏之が吼《ほ》えるようにいって、また店に戻ることになった。抵抗するかと思った久子も麟太郎たちに素直に従って、おとなしく店のなかに入った。

「あらら、お帰りなさいまし」

戻ってきた麟太郎たちを見て、夏希が素頓狂な声をあげて迎えた。

四人は奥の席に座り、すぐにビールが運ばれてきて四つのコップに注がれる。まず乾杯だ。だが久子だけはきょとんとした表情で、コップを手にしようともしない。

「そっとしておいたほうが。へたに口を挟むと興奮するかもしれません」

矢田の言葉に三人は小さな声で乾杯と口にしてビールを飲んだ。

「うんまいなあ」

感嘆の声を矢田があげた。

「ビールなんて、本当に久しぶりです。世の中にこんなうまい物があるってことを、すっかり忘れていました」

弾んだ声でいった。

すかさず夏希がやってきて、テーブルの上に煮物を山盛りにした鉢を置いた。

「大根の煮つけです。おいしいはずですからどうぞ」

夏希は小皿に大根を取り、箸をそえて久子の前に差し出す。

「さあ、奥さんもどうぞ。おいしいですよ」

優しく声をかけた。

八つの目が久子を注視した。いったいどんな態度をとるのか。

久子の手がゆっくりと伸びて箸をつまんだ。大根に突き刺した。そのまま口に運んでかぶりついた。咀嚼をしている。ごくりと喉の奥に飲みこんだ。不器用な手つきだったが、久子は大根を食べた。

思わず周囲から拍手がおこった。

久子が二つめの大根に箸を突きたてた。

これもゆっくりと口に運ぶ。

「久子……」

矢田の口から言葉がもれた。湿った声だった。皺だらけの顔が笑みでいっぱいになった。

「久子がちゃんと大根を食べてくれました。ちゃんと。いつもは手づかみなのに、ちゃんと箸を使って」

矢田の両目は潤んでいた。

洟《はな》をすすった。

いかにも嬉しそうだった。

「よかったね、矢田さん。本当によかったね、矢田さん」

夏希の両手がさっと伸びて、矢田の両手を握りこんで揺すった。何度も揺すった。そのとき久子の顔に変化がおきたのを麟太郎は見た。あれは……。

困惑の表情だ。

久子は平常に戻った。そう思った。しかし、その表情は一瞬で消えさり、その下から鬼の表情が飛び出した。これは嫉妬だ。感情を剝《む》き出しにした極限の顔だ。

そう思った瞬間、久子の両手が動いてテーブルの上の物を払い落した。床の上でコップが割れて砕けちった。

辺りを見回した久子は表に飛び出していった。

「すみません」

立ちあがった矢田が泣き出しそうな声でいい、ぺこりと頭を下げてから、久子を追って表に飛び出していった。

「私、悪いことを……」

低い声で夏希がいった。

「ママは悪気があってしたわけじゃねえから、そこんところは」

取りなすように敏之が声を出す。

「大先生、あれって嫉妬なの。認知症の久子さんに、まだあんな思いが残っていたの」

すがるような目を麟太郎に向けた。

「ママのいう通り、あれは嫉妬だな。矢田さんと久子さんは、たった二人だけで苦しさに耐えながらお互いの傷口を舐め合うようにして生きてきた、相思相愛の間柄だから」

硬い声で麟太郎はいい、

「ママが矢田さんの手を握ったとき、久子さんの脳に変化がおきて、ほんの一瞬だけだったけど平常に戻ったんだ。だけどそれはすぐに鬼の心に変化した。極端な言動は認知症の顕著な症状ともいえるから、あれはあれで仕方がねえんだろうな」

麟太郎は何度も頭を振った。

「でも、あの二人。少し羨ましいような気がする。いえ、違うわ……少しじゃない、かなり羨ましい。こんな乾いた世の中で、あんな心を持ちつづけられるなんて」

夏希は独り言のように呟いた。

本当に羨ましそうだった。


診療を終え、居間でくつろいでいる麟太郎のケータイに、久子を担当するＮＰＯ法人の女性介護士から電話が入った。

「真野先生、すぐに矢田さんのお宅にきてくれませんか」

切羽つまった声に聞こえた。

「どうしました、何かありましたか」

訊き返す麟太郎に、

「何でもいいので、すぐにきてください」

ヒステリックな声が響いて電話は切れた。

「どうかしたのか、じいさん」

夕食用に何やら料理らしきものをつくっていた麻世が、台所から怪訝そうな声を出した。

「久子さんの担当介護士からすぐにきてくれという電話が入ったんだが、理由をいわぬうちに電話は切れてしまった」

ありのままにいうと、

「あっ」

といって麻世は体を竦めた。

「何だ、どうしたんだ、妙な声を出して」

麟太郎が咎めるような声を出すと、

「何でもない。ごめん……」

驚いたことに、麻世はすぐに謝りの言葉を口にした。

「まあ、とにかく。行ってくるから晩めしの仕度はちゃんとしとけよ。根性を出さなくても食えるもんをよ」

麟太郎のこんな言葉にも、麻世は素直な態度でこくっとうなずいた。

十五分後、麟太郎は矢田時計店の奥座敷で呆然《ぼうぜん》とした面持ちで突っ立っていた。

座敷には清潔な布団が敷かれ、その上に二人は横たわっていた。どこで手に入れたのか、枕元には空になった睡眠薬の瓶が置かれていた。

麻世はこれを予測していたのだ。

「先生がくるまではと思って、どこにも手は触れていません」

硬い口調で介護士はいった。

「そうか」

低い声でいって麟太郎はひざまずき、まず二人の脈を診てから、体の状況を調べる。

「救急車を呼んだほうがいいですか」

介護士の言葉に、

「いや、すでに死後硬直が始まっているから、亡くなって三時間以上はたっているはずだ。救急車は必要ない」

重い声を麟太郎は出した。

「すると、警察のほうですか」

「そうだな」

短く答えてから、

「遺書のようなものは、なかったのかな」

ぽつりといった。

「私の見たところ、そういうものはないようです」

「そうか、そういうものはなしか」

独り言のようにいう麟太郎に、

「ひとつ、腑に落ちないところがあるんですが、訊いてもいいですか」

介護士が不審な表情を見せていった。

「いいよ、何を訊いても」

麟太郎の肯定の言葉に、

「久子さんは認知症を患っていたはずなんですけど、そんな人が大量の睡眠薬をおとなしく飲むものなんでしょうか」

率直な疑問を口にした。

「これは無理心中ではなく、合意の上での心中だよ」

「合意の上って――久子さんは確かに認知症のはずで、そんな人が合意の上の心中なんて、ちょっと考えられません」

「そう。確かに久子さんは認知症だった。しかし久子さんの場合、ごく短い時間ではあったけど平常に戻ることがあったんだよ。そのごく短い時間に矢田さんは久子さんを心中に誘い、久子さんはそれを承諾して事におよんだ。不思議な話ではあるけど、私はそう思ってるよ」

淡々と麟太郎は言葉を出した。

「短い時間って、いったいどれほどの時間なんでしょうか」

「私が認識している久子さんの平常に戻る時間はほんの一瞬だったけど――この場合、奇跡的に五分間ほどはつづいたのかもしれないなあ」

「五分間ですか」

介護士は驚いた表情を浮べ、

「たった五分間で、矢田さんは久子さんを説得し、さらに事におよんだということですか。たった五分間で」

悲鳴に近い声を出した。

「二人は――」

麟太郎は絶句してから、

「矢田さんと久子さんは、相思相愛だったんだよ。だからね、五分もあれば心が通じて、どんなことでも可能だったはずなんだ。たとえそれが、死ぬことでもね」

いったとたん、視界がぼやけた。

麟太郎は大粒の涙を畳の上にこぼした。

二人はおそろいのベストを着ていた。金婚式のときに買った、ハートのペアルックだった。

そして二人は互いの右手と左手を紐《ひも》でしっかり結んでいた。何がどうなろうと決して離れ離れにならないように……。

次の日の夕方——。

診察を終えた麟太郎が自宅のほうに戻ると、食卓の上に手紙が一通置いてあった。裏を返すと、矢田と久子の名前が目に飛びこんできた。

「郵便受けに入ってたから、そこに置いておいた」

台所から麻世の声がした。

「そうか、それはすまなかったな」

麟太郎は一分ほど手紙を睨みつけてから、ゆっくりと封を切った。

『大変お世話になりましたのに、申しわけありません』

手紙はこんな書出しで始まっていた。

『大先生だけには伝えておかなければいけないことがあります。ですからこうして手紙をしたためてみました。

もう、お聞きおよびとは思いますが、久子が家を抜け出し、道路に飛び出そうとしたところを私が抱きとめたことがありましたが、あれは私の犯罪でした。

久子は隙を見て家を抜け出したのではなく、家の戸を開け放して外に出ていくように私がしむけたのです。

あのころの私は久子の介護に疲れきっていました。こいつさえいなくなれば……そんな鬼のような気持が、そのとき私の心に芽生えたのです。どうせ久子は認知症で思考能力などない身、それならいっそ……少しだけ弁解させてもらえば、そのほうがお互いの幸せだとも思いました。私は久子がふらふらと車道に飛び出して、車にひき殺されることに賭けてみたのです。

私はあのとき、久子のすぐ近くにいました。そして久子が車道に足を踏み出したとき、はっきり見たのです。久子の目を。久子の目には力がありました。あれは思考能力を備えた目でした。つまり久子は自殺をするつもりで、自分の意思で、車道に踏み出したのです。そんな人間を殺すわけにはいきません。私は慌てて久子にしがみつきました。

また、あの田園での出来事。あのときも久子は、ほんの少しでしたが元に戻った状態でした。そして私はあのとき、久子が今でも私を愛してくれていることを知りました。そうなったらもう、久子一人で死なせるわけにはいきません。死ぬなら一緒。それも久子の了解をとってです。

幸い一日に何度か、ほんの数分間ではありますが久子が元に戻ることがあるのに気がつきました。そのときに賭けてみようと私は思いました。

大先生がおっしゃっていた最良の方法、私はそれをようやく見つけたのです。二人で仲よく一緒に死ねるなら……こんな最良の方法は他にはありません。

この手紙をポストに入れ、そのあと実行にうつすつもりでいますが、久子を説得する時間がどれほどあるのかは、まったくわかりません。あとは運頼みです。

では二人で行って参ります。

大先生はいつまでもお元気で。

本当に有難うございました。』

麟太郎の指から手紙が落ちた。

また涙が出てきた。

「だが、死んではいかん、死んでは……」

肩を震わせて麟太郎は声を出した。

「じいさん……」

麻世の心配そうな声がすぐそばで響いた。

第三章　底の見えない川

待合室に入ると、人はまばらだった。

ほとんどが同じ町内の見知った顔だ。

靖子《やすこ》は軽く頭を下げてから、なるべく声をかけられないように、隅のイスに腰をおろす。人と話をするのが辛かった。それが知った顔ならなおさらのことで、そのために人が少なくなる診療時間の終りごろにここにきているのだ。

靖子は体を竦めるようにして、自分の名前が呼ばれるのを待つ。

後ろの席で人の立ちあがる気配がした。気配はすぐに移動して、自分の隣に誰かが座った。

そっと隣を窺い見ると、

「こんにちは、おばさん」

と、その誰かはいった。

まだ、若い女の子だった。どこかで見た覚えはあるが、同じ町内の娘ではない。とな

ると……靖子が首を傾げていると、

「この診療所で世話になっている者で、沢木麻世といいます」

ぺこっと頭を下げた。

思い出した。院長の親戚筋の娘とかで、何カ月か前にここに越してきて住みついた高校生だ。何度か、この待合室に座っているのを見たことがある。

「あっ、こんにちは」

靖子は挨拶を返すが、それ以上何を喋っていいのかわからない。

「じいさんが、時間があったら、おばさんの話し相手をしてやれっていうもんだから」

と麻世は抑揚のない声でいった。

じいさんというのは大先生のことなのか……ご親戚筋の娘だから、じいさんと呼んでもいいのかなどと妙な納得を靖子はする。

そして、この娘《こ》と話をしていれば、知った人に話しかけられることもないだろうという大先生の配慮なのかもしれないとふと思う。ということは、自分の置かれている状況を、この娘は知っているということなのだ。靖子の心が少し軽くなる。

「どうですか、旦那さんの容体は」

という麻世の顔をよくよく見ると、はっとするほど可愛かった。

「変らないですね。入院して二年近くがたちますが、うんともすんともいいません。本当に何を話しかけても、うんともすんともです。石のお地蔵さんに話しかけているようなもので情けなくなります」

大きな溜息をついて靖子はいう。

「石のお地蔵さんですか」

ぽつりという麻世の表情に暗いものが走ったような気がした。

顔が一瞬、大きく歪《ゆが》んで見えた。ざわっと胸が鳴った。この顔は本物だ。おためごかしではなく、本物の表情だ。ひょっとしたら、この娘自身も何か暗いものを背負っているのでは……そんな思いが靖子の胸を掠めた。

「お金のほうもなかなかね。いちおうは正社員なんだけれど、ガソリンスタンドではそれほどのお給料はもらえませんし」

思わず本音をもらすと、

「ガソリンスタンドですか……うちの母親もガソリンスタンドに勤めてたけど」

麻世の口からこんな言葉が返ってきた。

「そうなんですか。それで、そのお母さんは今？」

思わず身を乗り出すと、

「男と二人で暮しています……だから」

低すぎるほどの声で麻世はいい、唇をぎゅっと引き結んだ。

やはり、事情がありそうだ。この娘は何かを背負っている。何か暗くて辛いものを。靖子はそう思った。もしそうなら、自分とは同類だ。年は親子ほど離れていたが、靖子は麻世に対して親近感を抱いた。

「麻世さん、あなたひょっとして、何か辛いものでも抱えているの」

優しい言葉が出た。

こんな優しい言葉が口から出たのは、どれほどぶりのことなのか。

「もしよかったら、私に何でもいって。話せば気が楽になるのは確かだから」

靖子はできる限り柔らかな声で麻世にいった。

いつもとはまったく逆の立場になっていた。

麻世がゆっくり首を振った。

「そうだよね。まだ私たち、初対面だしね。でも、次に会うときはもう顔馴染みだからね。その気になったらね」

何度もうなずきながら靖子はいう。

そして、人間とは何と勝手なものだろうと、つくづく思う。普通の人間の前では素直になれないくせに、同じ類いの人間の前なら素直になれるどころか、偉そうな顔をして意見じみたことさえ口にできるのだ。

「おばさん……」

ぼそっと麻世がいった。

「どんな状況でも、生きていかなければならないから」

靖子を見る目が潤んでいた。

本物の涙だった。自分がいつも流す自棄《やけ》の涙とは違うものだと思った。麻世は前向きで自分は……が、このとき靖子は麻世と心が通い合ったような気がした。二人は同じ種類の人間。そんな気がした。

そのとき診察室の扉が開いて、

「石坂《いしざか》靖子さん、どうぞ」

という看護師の八重子の声が聞こえた。

「じゃあ、麻世さん、また」

靖子は麻世の肩にそっと手を置いてから、ゆっくりと立ちあがった。不思議だったが、心は凪《な》いでいた。

診察室のなかに入り、靖子は麟太郎の前のイスにそっと腰をおろす。

いつもなら、これから麟太郎の前で愚痴の連発だ。知りあいから優しい言葉をかけられても、おためごかしにしか聞こえなかったが、相手が医者なら話は別だった。

優しい言葉にも厳しい言葉にも、それなりの重みがあった。相手は医療の専門家なのだ。腹を立てることなく、素直に耳を傾けることができた。というより、靖子は自分の気持を吐き出す場所が欲しかった。辛抱強く話を聞いてくれる相手が。

その相手に麟太郎は、うってつけだった。真面目に話を聞いてくれて、面倒くさがる様子も見せなかった。何をいおうが、麟太郎は患者の味方だった。有難かった。

麟太郎は靖子から診療代を取らなかった。

「さて、靖子さん。今日は何の話をしようかいね」

おどけた口調で麟太郎はいい、小さくうなずく。

「いえ、大先生。今日は特段、話をすることはないといいますか……」

こんな言葉が口から出た。

「話がないって――それはおそらく、いいことなんだろうが、それにしても」

麟太郎の口調に怪訝なものが混じる。

「さっき、待合室で、大先生のご親戚の麻世さんという人と話をしましたら、気分のほうが落ちついてきたといいますか」

ありのままを靖子はいった。

「暇さえあれば、あいつは待合室に座りこんでいるからよ。時間があったら、靖子さんの話し相手をと頼んだのは俺なんだが。そうか、麻世と話をして気分がなあ」

麟太郎は独り言のようにいい、

「あいつは親戚筋の大切な預かりもんというか、ちょっと変った性格というか。根は素直でいいやつなんだけど」

奥歯に物の挟まったようないい方をした。

「いい子ですよ、あの娘は」

靖子はぽつりといい、

「だけど、何だか胸の奥に、相当重くて辛いものを抱えているような。そんな気が私にはしました」

低い声でいった。

「それはまあ。俺の口からは何ともいえねえけどよ。いずれにしても、靖子さんがそう思ったということは……」

麟太郎は言葉を濁して天井に目をやった。

「だからこそ、どこか心が動かされたんだと思います。心が通いあった同類項なんですよ、私たち。辛い思いを背負った」

いっているうちに気持が昂ってきた。

「心が通いあう、同類項か」

呟くようにいって麟太郎は靖子の顔を見た。

悲しげな目に見えた。

妙に気になる目だった。

靖子の夫の章三《しょうぞう》が心室性の不整脈による心肺停止の状態に陥ったのは二年ほど前。靖子が四十五歳、章三が五十一歳のときだった。

その夜、理由もなく靖子が目を覚ましたのは夜中の二時半頃。枕元灯の明りのなか、何気なく隣の布団で寝ている章三に目をやったが、普段のまま。が、妙な胸騒ぎを覚えて、章三の寝顔を覗きこむと様子が変だった。静かすぎるような気がした。

「あなたっ」

軽く布団を揺すってみた。何の反応もなかった。胸がどんと音を立てた。強い力で揺すってみたが、やはり反応はない。慌てて枕元灯を明るくし、胸に手をやった。鼓動がなかった。感じられなかった。一瞬で顔から血の気が引いた。

靖子がまずしたのは、懇意にしていた、『やぶさか診療所』への電話だった。すぐに麟太郎が出て消防署へ連絡してくれた。数分の間に救急車がきて、章三は麟太郎の息子が勤める大学病院へ運ばれた。

ちょうどその夜は麟太郎の息子の潤一が当直で、汗だくになりながら章三に蘇生《そせい》の処置を施したのも潤一だった。病院に運びこまれてから、十五分ほど後。アドレナリンの注入と潤一の心臓マッサージ、それに電気ショックで章三の心臓は再び動き出した。すぐに強心剤の点滴が始まる。

「ありがとうございます、若先生」

と叫ぶ靖子に、潤一は流れ出る汗を拭いもせずにこんなことをいった。

「楽観は禁物です……蘇生させるのは、比較的容易なんですが、問題はこれからです」

意味がわからなかった。怪訝な表情を浮べる靖子に、

「心臓は動いても、脳のほうの損傷がどの程度で治まっているか。靖子さんもご存知だとは思いますが、心臓が停《と》まれば脳に血液がまわらなくなり、酸素が行きわたらなくなります。酸素が行きわたらなければ脳は壊死《えし》していきます。脳幹は強靭《きょうじん》なのでまず大丈夫だと思うんですが、問題なのは人間の行動を司る大脳皮質というところで、ここは脳幹部とは違って極めて脆弱《ぜいじゃく》といいますか、もろいといいますか。ですから、ここの損傷次第によっては……」

沈痛な面持ちで潤一は言葉をつづけた。

「つまり、意識が戻って今まで通りの生活ができる可能性がある一方、最悪の場合を考えてみますと、章三さんはこのまま意識が戻らない状態……いいづらいことではありますが、植物状態になる恐れもあります。問題は脳への酸素量で、靖子さんが章三さんの心肺停止の状態に気づくまで、どれぐらいの時間がたっていたかということですが」

わからなかった。何といっても夜中のことなのだ。章三の心肺停止が靖子の目の覚めるどれほど前におこったのか。

「顔を見ていると、苦しんだ様子もほとんどなく、心臓への打撃は一度にきたようにも思えます――苦しんでいれば、靖子さんもそのときに気づいたでしょうけど」

掠れた声でいう潤一に、

「植物状態でも何でもいいので、あの人を生かしてやってください。あの人が生きているというだけで私は、生きてるだけで、ただ生きてるだけで」

靖子は潤一に向かって叫び声をあげた。

しかし、章三の意識は戻らなかった。

あれから二年ほど。

章三は大学病院の裏手にある長期入院者用の個室で、流動食用のチューブを鼻から入れられ、喉元には気管切開の穴をあけられ、尿を取るためのチューブと袋をぶらさげて身動きひとつしないで静かに眠っている。かすかに音を立てているのは枕元に設置された心電図モニターの機械音だけだ。

最初は救《たす》かってよかったと喜んでいた親戚の者も今はほとんど訪れることもなく、病室に顔を見せるのは靖子と、外で所帯を持っている一人息子の章治《しょうじ》だけだった。

章治は今年二十六歳。結婚したのは大学を出てすぐの三年ほど前のことで、現在は都内の食品会社の営業をやっていた。最初の子供がこの秋生まれる予定になっていて、今はその準備に追われる毎日で大変な時期でもあった。その章治が半月ほど前、章三の病室に顔を見せたとき、こんなことを口にした。

「あのとき。いっそ死んでくれたら、よかったのに」

靖子の胸がぎゅっと縮んだ。

「何をいってるの、あんたは。苦しい生活のなか、大学にまで行けたのは誰のおかげだと思ってるの」

思わず怒鳴りつけたが、このとき靖子の脳裏に担当医の潤一の言葉が浮んでいた。あれは、章三の意識の回復の有無を訊いたときのことだ。

「酷なようですが、その見こみは……世界中の症例をみても、この状態からの原状回復というのはちょっと考えられません」

靖子の顔から視線をそらしていった。

何度訊いても返ってくる言葉は同じだった。

「だけど、オフクロ」

章治の声に靖子は我に返る。

「死んでるのでもなく、生きてるのでもなく。このまま、あと十年も二十年もこの状態がつづいたらどうするの。医療費のほうだって払いつづけるのは」

怒鳴るようにいった。

そう、大変だった。いくら高額医療の分は戻ってくるといっても、収入は靖子がガソリンスタンドで働いている分だけだった。たまに章治が助けてはくれるものの、向こうには向こうの家庭があった。

「だから、やっぱり、あのとき」

章治は唇を尖らせた。

「あんた、お腹《なか》のなかでは何を思ってもいいけど、それを口に出していっちゃ駄目。あと戻りができなくなるから。まして、ここはお父さんの病室。すぐ前のベッドで、いくら意識はないといってもお父さんは眠ってるんだからね」

嚙んで含めるようにいうが、実をいえば章治は靖子の代弁者でもあった。

「いっそ、死んでくれたら」

どれほど、そんなことを思ったか。

そうなったら、どれほど楽になるのか。

しかし、自分がそれを口に出していえば人間ではなくなる。何があろうと、そんなことは口にしてはいけない。こらえて、こらえて、こらえぬかなければ。

だが、靖子のその思いも章治の次の一言でぐらりと揺れた。

「確か、尊厳死っていうのが、あったんじゃないかな。無理に生き長らえさせないで、楽に最期を迎えさせてやろうという」

それだけ低い声でいって、「俺は帰るわ」と片手をあげて章治は背を向けた。

口に出してから慌てて後ろのベッドを見ると、章三は表情のない顔で眠っていて、こそりとも動かなかった。

靖子が主治医である潤一と話をしたのは、その日から五日後のことだった。

場所は病室の外の廊下。とても章三が眠っている病室のなかで話のできる内容ではなかった。

「若先生。くどいようですけど、この先主人に意識が戻って、ちゃんとした生活を送るという可能性はあるんでしょうか」

靖子はまず、いつもの質問を口にした。

「靖子さんには酷な話ですが、もう二年ほどが過ぎてますから。可能性でいえば、ほとんどゼロといったほうが。ただ――」

ぽつりと潤一は言葉を切り、

「脳医学の連中にいわせれば、脳というのはまだ未知の部分がほとんどで、この先どんな大発見がなされ、どんなことがおきるかは極めて興味深い分野だと」

掠れた声で後をつづけた。

「若先生も、そう思ってるんですか」

靖子も掠れた声を出した。

「尊厳死……」

「五十年、百年のスパンで考えれば、あるいはそういった画期的なことも可能かもしれませんが、今現在の状況から推し量ると極めて楽観的な考え方だと……すみません、よけいなことをつけ加えてしまって」

潤一は深々と頭を下げた。

「ということは、主人が治る可能性は絶望的。そういうことなんですね」

はっきりした口調でいった。

「それは――」

という潤一の声を追いやるように、

「それなら尊厳死は、どうなんでしょうか」

絞り出すように靖子はいった。

胸の鼓動が速かった。

息苦しさを感じた。

しかし、ここで弱気になったら。

「いっそ、尊厳死をさせてやったほうが、主人も楽なような。今のままでは見ているだけでもかわいそうで」

ちゃんといえた。

が、潤一の答えは早かった。

「それは無理です」

首を左右に振り、

「尊厳死には条件があります——不治の病で死期が目前に迫っていること。そして、耐え難い苦痛があること。さらに、患者が、それを希望していること。この条件を満たさなければ、尊厳死を望むことはできません」

嚙んで含めるようにいった。

「条件……」

独り言のようにいう靖子に、

「残念ながら、章三さんの場合、この条件を何ひとつ満たしてはいません。だから、どう考えてみても無理な相談です」

「そうなんですか、条件が……」

放心したような声をあげる靖子に、

「申しわけありません」

潤一は頭を深々と下げて、その場を去っていった。


靖子はフロントガラスを力を入れて拭く。

それが終ればサイド、そして、リアウィンドウへと体を移動させる。その間に煙草《タバコ》の吸いがらをすて、給油状況をチェック……。

給油量を客に知らせ、代金を受け取って最敬礼で車を送り出す。

時計を見ると十一時少し前。店を閉めるのが深夜の一時なので、まだ二時間ほど勤務は残っている。

車を送り出した靖子は小さく伸びをしてから事務所に向かって歩く。昼間の勤務は外で立ちっぱなしのまま客を待たなければならなかったが、夜間勤務に限って事務所に入ってもいいことになっていた。

ドアを開けてなかに入ると、

「ご苦労さんです」

と愛想のいい声がかかる。

新人アルバイトの村川《むらかわ》である。

村川は靖子と同じほどの年で、何でも勤めていた運送会社が倒産してしまい、伝手《つて》を頼ってこの馬道通りにあるガソリンスタンドにきたという、離婚歴のある男だった。今はバイト扱いだが、このまま一年間きちんと勤めれば正社員に昇格というのが、ここの給油会社のシステムだ。

昼間は五人体制で客に当たったが、夜間勤務は二人のみ。今夜の靖子の相棒はこの新人の村川で、深夜の一時まで二人で店をきりもりしなければならない。といっても、夜の十時を過ぎれば客は激減し、あとは楽をさせてもらえるはずだった。

靖子はここに勤め出して、もうすぐ十年。

ずっと昼間勤務だけのパート扱いだったが、章三が倒れてからはそんなことはいっていられず、昼夜勤務の正社員になった。とにかく稼がなければ病院代はもちろんのこと、食べるにも事欠くことになる。幸い住居だけは、古くて小さなものだったが持家なので助かっていた。

事務所のソファーに座っていると、外に出ていった村川が缶コーヒーを両手に持って戻ってきた。

「はい、どうぞ」

と一本を靖子に渡し、横にあるイスに腰をおろした。

「あっ、ありがとう。これって村川さんのおごりなの」

と靖子が訊くと、

「もちろん。給料が安いので、これぐらいのことしかできませんが、病気のご主人を抱えて頑張っている靖子さんへのご褒美です」

村川は笑いながら答えた。

「じゃあ、遠慮なく、いただくわ」

プルタブを引いて喉の奥に流しこんだ。

冷たさが心地よく広がって、おいしかった。

「ところで、ご主人の容体はどんなものなんですか」

初めて夫の病状を訊いてきた。

「相変らずの植物状態で打つ手なし——考えると滅入《めい》るだけだから、なるべく考えないことにしてるけど、やっぱり考えちゃう。そして、滅入って——それの繰り返し」

小さな溜息をついて、靖子はいう。

「打つ手がないというのは、辛いですね。この先、この状態がどれぐらいつづくものなのかわからないし」

しみじみとした調子で村川はいった。

普通なら、この手のありきたりのことをいわれれば、腹を立てるか白けるかのどっちかだったが、村川に対してはそういった感情は湧いてこなかった。

同年配にしたら村川はかなり若く見え、長身で引きしまった体をしていた。色は黒かったが顔立ちも甘く、最初に見たときから印象は悪くなかった。

「そんなことより、村川さんのことを教えてよ」

靖子の口調に甘えたものが混じった。

「俺のことって、俺なんか見た通りの、これだけの人間ですよ」

ぶっきらぼうにいった。

「それはそうなんだけど、バツイチっていう触れこみだったけど、奥さんとはいつ別れることになったの」

立ち入ったことを訊いた。

「まだ、ほんの半年ほど前ですよ」

あっけらかんといった。

「ええっ、そうなの。離婚して、まだ半年しかたってないの」

驚きを隠さず口にした。

「勤めていた運送会社が倒産して半月ほどしたころ。あいつ、俺の前に離婚届を広げ、判を押して名前を書けと迫ったんですよ。すったもんだはあったんですけど、結局は仕方がないのでいう通りに。仕事のなくなった男なんて、弱いものです」

天井を見上げていう村川に、

「それは辛かったわね。落ちこんでいるときに、それでは……」

しんみりした口調で靖子はいう。

「辛かったですよ。恥ずかしい話ですが、泣きましたよ、俺」

「泣いたの！　村川さん」

靖子の胸に衝撃が走った。同時に、そんなことまで素直に話してくれる村川に靖子は好感を持った。

「好いた惚れたなどという思いは、とうになくなって空気のような存在になっていましたけど。そこはやっぱり、二十年以上連れ添った仲ですからね……といっても、女房のほうは醒《さ》めていて一滴の涙も流しませんでしたけど。女っていうのは強いですね」

　軽く頭を振る村川に、

「女によりけりだと思う。そんな女ばかりじゃないはず」

思わず口に出してから、靖子は慌てて口に手を当てる。

「ごめん。いいすぎたみたい」

すぐに頭を下げると、

「可愛いね、靖子さんは。多分、靖子さんはそういう女じゃないんだろうね」

　ふわっと笑ってからすぐに顔を引きしめ、村川はじっと靖子の顔を見つめた。

　ざわっと靖子の胸が騒いだ。

　村川の目のなかに熱いものを感じた。こんな目で男から見られるのは何年ぶりのことだろう。両方の耳のつけ根が熱をおびるのがわかった。手にしていた缶コーヒーを、ぎゅっと握りしめた。手のひらに冷たさが伝わった。少し心が落ちついた。

　そのとき、クラクションの音が聞こえた。

　客だ。

　体全部に安堵感が湧きあがった。

缶コーヒーをテーブルの上に置き、さっと立ちあがると、正面の村川も缶コーヒーをテーブルに置いて立ちあがった。

「俺が行きますから」

村川はそういって、制するような素振りで靖子の右手を握りこんだ。右手は十秒ほども村川の両手に握られていた。強い力だった。

ゆっくりと手を離した村川は靖子の前を離れて外に出ていき、入ってきた車の横に立つ。それを確認した靖子は急いで事務所のなかにあるトイレに飛びこんだ。

洗面所の鏡の前に立つ。

自分の顔を覗きこむように見た。

薄化粧だったが、はげ落ちているところはない。目も鼻も口も……きちんと化粧はのっている。メーカー名の入った帽子の下から覗いている髪も変りはなく大丈夫だ。ざっと点検してから安堵の吐息をもらす。

そのあと、しみじみと自分の顔を見る。

いつもとはちょっと違った顔が鏡のなかにあった。華やいでいた。これは、よそ行きの顔だ。靖子はその顔で、ほんの少し笑ってみせる。鏡のなかに、いつもより若い自分が映っていた。

ほんの少し見惚《みと》れた。とたんに、自分はいったい何をやっているんだろうと、自責の念に駆られた。叱りつけた。病院のベッドで身動《みじろ》ぎもせずに眠っている章三の姿が浮んだ。鏡に向かって、ほんの少し頭を下げた。なぜだかわからなかったけれど、鼻の奥が熱くなった。

トイレの外に出ると、村川が事務所に戻ってくる姿が見えた。

ひょっとしたら今夜、村川に口説かれるかも……そんな思いが胸に湧いた。が、そんなことが許されるはずがない。自分は夫のある身で、その夫は植物状態で病院のベッドで眠っているのだ。もし、村川がそういった素振りを見せたら、とにかく拒否しなければと靖子は自分にいい聞かせる。

ドアを開けて事務所に入ってくる村川を、

「お疲れさま」

と、靖子は普段通りに迎える。

「いや、参りましたよ、汚い車で。リアウィンドウが特に酷くて何度拭いても汚れが落ちなくて。車はもう少し綺麗に扱ってほしいものです」

首を振りながら、呟くように村川はいう。

時計はそろそろ十二時を指そうとしていた。

あと一時間だ。

気を張りつめて構えていたものの、その夜は何もおきなかった。

明日、『やぶさか診療所』へ行こうと靖子は思った。麻世の顔が見たかった。むしょうに話がしたかった。


診療時間の終りごろ。

待合室に入って隅のイスのあたりを見回すが、麻世の姿はなかった。靖子は軽い失望感を抱えたまま、そっとイスに腰をおろして体をぎゅっと竦める。

少しすると前に誰かが立つのを感じた。

「こんにちは、おばさん」

見上げると麻世が立っていた。

わずかに顔を綻ばせたようだったが、その向こうにはやはり、暗いものがあるように見えた。

「あっ、麻世さん」

といって靖子が笑いかけると、麻世は軽く頭を下げて隣のイスに腰をおろした。

「おばさんが暗いというか難しいというか、そんな顔をして待合室に入ってくるのが、偶然見えたから、それで……」

麻世は偶然という言葉を口にしたが、違うと靖子は思った。自分のことを心配して待っていてくれた。そんな気がした。なぜだかはわからなかったが、この娘は自分のことを気にかけてくれている。

「そう、ありがとう。誰も私のことなんか気にかけてくれないのに……本当にありがとね。おばさん、とっても嬉しいわ」

不覚だったが、いっているうちに鼻の奥が熱くなるのを感じた。奥歯を力一杯嚙みしめた。

「旦那さんは相変らず……」

いいづらそうに麻世が訊いた。

返ってくる答えは、わかっている問いなのだ。そんな質問は誰だってしたくない。

「そうね。相変らずの植物状態。いったい、こんな状態がいつまでつづくのか――一年なのか、五年なのか、十年なのか。考えると絶望的な気持になってしまう」

溜息まじりに靖子がいうと、

「おばさんは、旦那さんが死んだほうがいいって思っているの？」

とんでもない言葉を麻世は口にした。

靖子は思わず周囲を見回した。大丈夫だ。誰も聞いてはいない。

「そんなことはないけれど。今のままだと本人も私も、それに周りのすべての者が辛すぎるからね。病院へ払う治療費だって、馬鹿にならないしね」

いい訳じみたいい方をする靖子の顔を、隣の麻世が覗きこむように見た。瞬《まばた》きもしない目でじっと見た。真剣すぎるほどの表情だった。

どれほどの時間が過ぎたのか。麻世の目が靖子の顔からゆっくりと離れて元に戻った。前方を睨みつけた。

「ひょっとして、おばさん。とんでもないことを……」

ぼそっといった。

どきりと胸が鳴った。

心の奥底を見透かされた思いだった。

しかし、なぜこの娘はそんなことに思いあたったのか。ひょっとしたら、この麻世という女の子も自分と同じような気持を心の奥底に潜ませているのでは……いずれにしても、これ以上の話をここですることはできない。

「麻世さん、ちょっと外に出ようか」

靖子は上ずった声でいった。

十五分後。

二人は今戸神社の境内にある、古いベンチに隣り合って腰をおろしていた。

本堂前の柵には夥《おびただ》しい数の絵馬が吊《つ》り下げられている。ほとんどが男女の恋愛に関わる祈願や報謝のもので、この神社は縁結びの神様として有名だった。境内には夕方だというのに、まだ十人ほどの参拝客がいたが、すべて若い女性だった。

隅田川からの風が肌に心地いい。

靖子はベンチから腰をあげ、社務所前に置いてある自動販売機で冷えた缶コーヒーを二本買って戻ってくる。

「はいどうぞ。甘いのと砂糖なしと、どっちがいい」

麻世の前に差し出すと、

「あっ、すみません。じゃあ、砂糖なしのほうを」

無糖のほうを受け取った。

プルタブを引いて喉の奥に流しこむ。体がひんやりと冷えていく。ベンチは木陰になっていたが、西のほうには、まだ夏の太陽が顔を覗かせている。

「さっきの話だけど」

低い声で靖子はいった。

「とんでもないことって麻世さんいったけど、あれはどういう……」

語尾が震えた。

「あれは――」

麻世はごくりとコーヒーを飲んでから、

「旦那さんを殺してしまうんじゃないかと、ふと思って」

はっきりした口調でいった。

どうやら麻世は、曖昧なことや嘘の嫌いな性分のようだ。

「それは、いくら何でも」

と靖子は言葉を濁すが、これは嘘である。

あれほど、どんな状態でも生きてさえいてくれればと当時は心から願ったものの、靖子の心の奥にそんな気持が芽生えていたのは確かだった。あれは担当医の潤一に尊厳死の件を切り出して断られた直後だった。病院がやってくれないのなら、いっそ自分の手で——こんな気持が、ふいに心の奥底から湧いてきて、それは徐々に心の片隅にいつのまにか居座ってしまった。

といっても、居座っているだけで実行に移そうと考えたことは一度もない。ただ、心の片隅でそれは常にぶすぶすと燻《くすぶ》っていて、決して消えようとはしない。深夜、何かの拍子で目が覚め、そいつがふいに鎌首をもたげたとき……体中に鳥肌が立ち、物凄い恐怖に襲われて夜明けまで震えていたことも何度かあった。

「そんなことを思い浮べるなんて、ひょっとして……」

靖子は掠れた声でいった。

「麻世さん自身、そういった気持を？」

語尾が震えるのがわかった。

いってすぐに視線を足元に落した。

「あるわ」

耳元で声が響いた。

「殺したい人がいるの！」

驚いた声をあげると、

「一人だけ」

ぽつりといった。

そっと横を見ると、思いつめた表情で麻世は前方を真直ぐ睨みつけていた。

「誰なの、それは」

恐る恐る声を出すと、麻世はゆっくりと首を横に振った。正直なのだ、この娘は。答えたくないことは、はっきり断るが口に出すことに嘘はない。そこのところが、自分とは根本的に違う。

「ごめん」

靖子の口から思わず、謝りの言葉が出た。

「私も一人だけ——でも、心の奥にあるだけで、決して本心じゃないと思う。そんな悲しいこと、できるはずないから」

いったとたん、心が軽くなった。やっぱり、この娘は同類だった。自分と同じようなものを心の奥にしっかり抱えていたのだ。麻世が自分に関心を持っている理由が、わかった思いがした。年は親子ほど離れていたが、麻世には何でも話せるような気がした。

「実はね、麻世さん。昨日、ちょっとしたことがあってね」

村川のことだ。本当のことをいうと、靖子は昨夜のことを誰かに話したくて仕方がなかった。そして、すぐ隣に自分によく似た、恰好の相手がいた。麻世なら口は堅そうだし、親身になって話を聞いてくれるはずだ。

「この非常時に何を浮れているんだと、怒られそうなことだけど——」

靖子はこう前置きして、昨夜の村川との間におきた一部始終を何の誇張もまじえずに正直に麻世に話した。

「これだけ一生懸命頑張ってるんだから、ちょっとした自分へのご褒美だと思って」

最後に、靖子は恥ずかしそうにこういって、話を締め括《くく》った。

「ご褒美はいいんだけど」

ぽつりと麻世は口にした。

「その男は、おばさんに対して本気なのか。単なる遊びのつもりで誘っているんじゃないのか」

男の子のような口調でいった。

「単なる遊びって、そんなこと今まで考えたこともなかったけど」

途方に暮れた表情でいった。正直な気持だった。

「その男との、次の夜勤はいつになってるの」

真剣な目で麻世が見ていた。

「三日後の金曜の夜だけど、それが何か」

怪訝な思いで靖子が訊くと、

「確かめてやろうかと思って」

何でもないことのように麻世がいった。

「確かめるって、どうやって？」

思わず靖子は高い声をあげる。

「男なんてみんな、いいかげんなやつばかりだから。おばさんには、お母さんのようになってほしくないから」

靖子の問いには答えず、麻世は呟くようにいってから残っていた缶コーヒーを一気に飲みほした。


ベッド脇のイスに「どっこいしょ」と靖子はいいながら腰をおろす。

働いているときはこんな声は出さないが、病室に入ってくると、こんな年寄りじみた言葉が時々口から出るようになった。

今日も章三は流動食用のチューブを鼻から入れられ、喉元には気管切開の穴をあけられて静かに眠っている。ベッドの下にぶらさがっているのは尿を取るためのビニール袋だ。

身動きひとつしない。

生きているのか死んでいるのか。

それさえも定かではない状態だった。

靖子はつと立って、ベッドの上におおいかぶさり章三の首のあたりのにおいを嗅ぐ。

におってくるのは、つんとした薬の混じった体臭だけで他には何のにおいもしない。

章三が元気だったころ、体に染みついていたのは機械油のにおいだった。近所の町工場に勤めていた章三は腕のいい旋盤工で、こんなことをいつもいっていた。

「俺に削れねえ物は何もねえ。薄紙の表面だって俺は削る」

面白そうにそんなことをいいながら、機械油のにおいをぷんぷんさせて家に帰ってきた。章三のにおいは油のにおい。靖子はこの硬質な油のにおいが好きだった。

その章三が今では薬臭いにおいを漂わせて、死んだようにベッドで眠っている。あの、威勢のいい章三はどこにもいない。いるのは章三の脱《ぬ》け殻《がら》だけ。そして脱け殻は、生と死の境を彷徨《さまよ》っているのだ。

「あなた……」

と声を出したとたん、目頭が熱くなった。涙が溢《あふ》れた。

久しぶりの涙だった。章三が倒れてからしばらくはよく泣いたが一年ほど前からはそれも徐々になくなり、近頃ではほとんど涙を流さなくなっていた。それが今日突然……

麻世と腹を割って話をしたせいなのかもしれないと、靖子は思った。

靖子はちゅんと洟をすすり、眠っている章三に話しかける。

「面白い女の子と親しくなったわ。沢木麻世さんていうんだけど、この娘が飛びっきりの美人なのに、どこか変というか何かが欠けているというか。でも、正直でとても真直ぐな性格をしていて、話をしているとどこかで救われるような気になってくるの。その麻世さんにも話したんだけど、会社のほうでちょっと重大なことがあって」

靖子はそこで言葉を切り、しばらく宙を見つめてから再び口を開く。

「会社に村川さんという、私と同じぐらいの年齢のバツイチの人が入ってきたんだけど、その人がどうも私に気があるみたいなの。この前の夜勤のとき、私その人にじっと見つめられて手を握られたわ。そのときはそれだけですんだけど、今度の二人きりの夜勤のときは正直なところ、何がおこるか私にもわからない……」

靖子は眠っている章三の顔を、睨むような目で見た。

あれから村川は靖子に対して積極的な行動はとっていない。

ただ、時々村川が自分のほうに視線を向けてくるのは感じられた。思いきって目を合せると、村川はちょっと恥ずかしそうな顔をして笑みを浮べた。それだけだったが、靖子には心地よく、嬉しかった。中年になってから、そんな目を靖子に向けてきたのは村川だけだった。

そんなことも靖子は眠っている章三に話し、

「それで私、あなたに報告があるの」

と上ずった声でいった。

「もし、その人から体を求められたら、最終的にはそれに応じようと私は思ってる」

今度ははっきりした口調だった。

「そうでなければ、私の心がもたない。壊れてしまう。私は悪いことがしたい。悪い女になりたい。そうすれば大きな負い目ができて、あなたの面倒も見ていけるような気がする。あなたに対する罪ほろぼしとして——もう、それしか方法はない、それしか」

一気にいって、靖子は肩で大きく息をした。

目は章三の顔を睨みつけたままだ。

「もし、その人と何もおこらなかったら。そのときは……」

絞り出すような声だった。

「そのときは、私の心がもたなくなる。今の状況に耐えられなくなる。気が変になる。だから、そのときは、私はあなたを……自分のこの手で私はあなたを……」

腹の底から湧き出すような声だった。

「それが嫌なら目を覚ましてよ。何か喋ってよ。起きあがってよ。知らん顔してないで、目を覚ましてよ」

叫んだ。

ベッドの両脇にある、安全用の鉄パイプを両手でつかんだ。力まかせに揺すった。何度も何度も揺すった。靖子は涙を流しながら鉄パイプを揺さぶった。涙が床に飛びちった。

靖子はさらに鉄パイプを揺すりつづける。

「文句があったら、目を覚ましてよ。文句があったら怒鳴ってよ、文句があったら、文句があったら、文句があったら……」

むろん、章三は無反応だ。

そのとき、誰かが部屋のなかに飛びこんできた。

「どうしたんだ、オフクロ」

一人息子の章治だ。

後ろから抱きとめられた。

「しっかりしろよ、オフクロ。こんなところで暴れたって、何の解決にもならないだろう。もっと冷静になれよ」

鉄パイプから引きはがされた。

「ほら、大きく息を吸って」

章治にいわれるまま、靖子は大きく深呼吸をする。徐々に心は落ちついてきたが、涙だけはとまらない。靖子は章治にしがみついて体中で泣いた。泣かなければ、心が折れてしまいそうだった。

「こうなったからには我慢しなきゃしょうがないだろ。俺もできる限りの援助はするつもりだから。といっても、嫁の目もあるし、もうすぐ子供も生まれるし。あんまり大きな口は叩けないのは事実だけどな。だけど、俺とオフクロの二人で頑張らないと、誰も助けてはくれないから」

章治がいたわるような声をあげたとき、白衣姿の潤一が入ってきた。

「どうしたんですか。何かあったんですか」

二人の様子を見て、心配そうな表情を浮べて口を開いた。

「いつものことですよ、若先生。オフクロがヒステリーをおこして、ちょっと暴れたみたいで。でも、もう大丈夫です。大分落ちついてきたようですから」

「ああっ」

といったきり、潤一も何を口にしていいかわからない様子だ。

「だけど、若先生。本当に何とかならないものでしょうかね。こんな状態では、俺もオフクロもどうにかなってしまう。現にオフクロはもう、頭がおかしくなりつつあるのかもしれない」

愚痴っぽくいった。

「申しわけありません、僕の力が足りなくて。本当に申しわけありません」

叫ぶような声をあげ、潤一は額が膝にくっつくほど深く頭を下げた。

村川との夜勤が明日に迫っていた。


夜間勤務の日は夕方からの出勤だった。

靖子は自転車で今戸神社に出かけた。

ここの神社は縁結びの神様なのだ。

金曜日のせいなのか、境内にはかなりの人が出ていた。それも、ほとんどが女性だった。友達同士できている者が多く、一人できているのは靖子ぐらいかもしれない。

自転車を境内の脇にとめ、靖子はゆっくりと拝殿に向かって歩く。

拝殿の前に立ち、バッグから財布を取り出して、さていくら入れようかと靖子は考える。せっかくきたのだからと、百円硬貨を一枚、指でつまむ。勿体《もったい》なかったが、わざわざ自転車を走らせて、ここまできたのだ。これぐらいは入れないと、辻褄《つじつま》が合わない。

今日は特別な日なのだ。

賽銭《さいせん》箱のなかに放りこんだ。

両手を合せてから、靖子はふっと考えこんだ。ここで村川のことを頼めば自分は嫌な女になってしまう。悪い女ならいいが、嫌な女だけは避けたかった。

じゃあ何をと考えたとき、頭のなかにベッドで身動ぎもしないで眠っている章三の顔が浮んだ。章三の病気平癒か、村川とのことか。しばらく考えて、靖子は結局何も祈願せずに頭を深く下げただけで拝殿をおりた。

嫌な女になることだけは免れた思いだったが、何だか途方もなく恥ずかしい気持に襲われた。そして、何となく損をした気分になった。

靖子は思いきり強くペダルを踏んで自転車を走らせた。

家に帰り、早めの夕食を摂った。

歯を磨いてから、洗面台の鏡に映った自分の顔をじっと見る。やつれた顔の女が、こちらを見ていた。介護と仕事。その苦労が顔に浮き出ているように感じられた。

だが、四十七歳にしたらまあまあだ。これでも若いころにはけっこう男たちにモテた。その名残りはまだあるはずだ。もともと、丸顔の可愛い顔立ちなので、それほど老け顔にはなっていないはずだった。化粧でごまかせば何とかなる。

靖子は入念に顔を造る。

陽《ひ》の光の下に出ていくわけではない。夜の蛍光灯の下での勝負だ。それに若者と見合いをするわけではない。相手は靖子と同じ中年なのだ。視力にしたって、けっこう落ちているに違いない。そんなことを考えながら、靖子は入念に化粧をする。

しばらくして鏡を凝視すると、やや厚化粧の女がこちらを見ている。やりすぎたかなと思いつつ、両目を細めて焦点をぼかして見ると、いい女が鏡のなかにいた。

「よしっ」

とうなずき、出かける用意にかかる。

ガソリンスタンドまでは、自転車で十五分ほど。ペダルをこぎながら、今夜麻世はくるのだろうかと靖子は漠然と考える。村川の真意を確かめるといっていたが、そんなことが簡単にできるはずがない。まして麻世はまだ高校生なのだ。いくら苦労をしてきたといっても、大人の世界では……。

たったひとつ気がかりなのは、麻世の美しさだ。あの可愛らしさと較べられたら打つ手はない。と考えて麻世と競って勝てる相手など、そういないことに気がつき靖子は何の根拠もない安堵の吐息をついた。

ガソリンスタンドに着くと村川はすでにきていて、給油機の周りの掃除をしていた。

「あっ、ごめん。ひょっとして私、遅れちゃったのかな」

困ったような顔でいうと、

「俺が早すぎただけで、靖子さんには何の落度もないですから」

よく通る声で村川はいい、笑顔を浮べて靖子を見た。

「それなら安心だけど。じゃあ、あとは私がやるから」

できる限り明るい声でいうと、

「とんでもない。こういうことは新人の仕事だから。お姫様はしばらく、事務所のソファーでくつろいでいてください。介護の疲れもあるだろうし」

村川はそういって事務所のほうに手を向け、靖子になかに入るように勧めた。

「そう。じゃあ、甘えることにする」

靖子は村川のいう通り、素直に事務所に入ってソファーに腰をおろした。

そろそろ村川の掃除が終るころ、靖子は立ちあがって事務所前にある自販機に行き、缶コーヒーを二本買ってきた。

村川が戻ってきてソファーの前に立った。

靖子も立ちあがり「ご苦労様でした」と二本の缶コーヒーを差し出した。

「甘いのにする、甘くないのにする」

小首を傾げて訊いた。

「あっ、ありがとうございます。じゃあ、甘いほうをいただきます」

村川は微糖の缶に手を伸ばした。

靖子の全身が緊張した。

村川はまた、自分の手を握るのでは。そんな期待があった。が、期待はみごとに外れ、村川は靖子の左手から無造作に缶コーヒーを受け取っただけだった。すぐにプルタブを引いて口に持っていった。やはり勝負は客がほとんどこなくなる、夜の十時を過ぎてからだ。

そんな思いに浸っていると、

「今夜の靖子さんは、えらく綺麗ですけど何かいいことでもあったんですか」

向かいに座った村川が、突然こんな言葉を口にした。とたんに両の耳朶《みみたぶ》が熱をおびるのがわかった。

「いいことなんて、別にないわよ。ただ夜勤のときは出勤が遅くなるから、ちょっとゆっくりできたかなってぐらいで」

本当は「村川さんと二人きりになれるから」といってやりたかったが、靖子にはそこまでの度胸も図々《ずうずう》しさもない。

「そうですね。夜間勤務って、そういう利点ありますよね。それに忙しいのは十時頃までだけで、あとは遊び同然になるのも嬉しいですね」

忙しいのは十時頃までだけと村川はいった、そのあとは遊び同然だとも……わざわざ、こんなことを口に出すというのは、何か深い意味があるのでは——そんなことを考えているると外でクラクションの音が聞こえた。客だ。十時頃までは、いい気分に浸っている暇などはないのだ。

靖子と村川は同時に立ちあがって、早足で外に出た。

金曜日なのでいつもより客は多いかと思っていたがそんなこともなく、普段通りの混み具合だった。そして、十時を過ぎてからは客足はぱたっととだえ、村川のいう遊び同然の時間帯になった。

「十時四十分か。客もこないし、俺、男用のトイレの具合見てきます。何だか水の出が悪かったようだから」

村川はそういって、事務所の奥に向かった。村川がトイレに入って五分ほどがたったころ、

「ああっ！」

という大声が聞こえた。

何かがおきた。

靖子はすぐに男性用のトイレに向かう。ドアを開けてなかに入った瞬間、太い腕に抱きすくめられた。

村川の腕だ。村川は両腕を靖子の背中にまわして、

「最初に見たときから、好きだった」

と耳元でいった。

なかば予想はしていたことだったが、それが現実になると靖子も慌てる。どうしてい

いか、まったくわからない。ただ抱きすくめられて体を硬くしているだけだ。

ふいに唇が柔らかいもので塞がれた。村川の唇だ。唇はゆっくりと動き、分厚い舌が靖子の唇をこじあけ、口のなかに進入してきてゆっくりとかきまわした。

靖子の頭の芯は痺《しび》れていた。

結婚してから章三以外の男と、こんなことをするのは初めてだった。分厚い舌は口のなかの隅々までをからめとり、靖子は村川のされるがままだった。

靖子の意識が元に戻ったのは、村川の右手が会社のユニフォームである、キュロットスカートのなかに入りこんだときだ。

村川の指は靖子の薄い茂みをなぶっていた。そして指は、さらにその下の部分に向かって動いていた。

「駄目っ」

靖子の右手が村川の指を払いのけた。

「そこは、まだ、駄目」

靖子は叫んだ。

「まだってことは、いつかはっていうことだよね。それって、いつごろ？」

笑いながら村川が訊いた。

「もう少し先。もう少し村川さんのことを私が知ってから」

「そういうことなら、諦めて待つことにするか。もっともっと、俺のことを靖子さんが好きになってくれるまで」

そういって、再び唇を合せてきた。

そのとき、事務所のほうから聞き覚えのある声が響いた。

「こんばんは——誰かいますか」

あれは麻世の声だ。いった通り、麻世がやってきたのだ。

「近所の子がやってきた」

靖子はそういって村川の体を押しやり、急いで鏡の前に立った。ルージュがはみ出していたので、ティッシュと指の腹を使って整えた。これで何とか大丈夫だ。大きく深呼吸をしてから、トイレのドアを開けた。

「いらっしゃい、麻世さん——でも本当にきてくれるとは思わなかった。ありがとう」

どぎまぎしながらいったところで、トイレから村川も出てきた。

「トイレの調子が悪くて二人で見ていて、人がきたのに気がつかず、悪かったね。靖子さんの近所の子なんだって」

という村川の顔に驚きの表情が浮びあがるのがわかった。

麻世はブルージーンズに、洗いざらしの白の綿シャツ姿だったが、それがぴたっときまっていた。といっても、これだけの顔なら何を着ても似合うだろうけど。靖子の口から溜息がもれた。同時に村川の口からも吐息のもれる音が聞こえた。

「あんた、スッピンなのか」

まじまじと村川が麻世の顔を見た。

「化粧は面倒臭いし、鬱陶しいから」

ぼそっという麻世に、

「で、そのスッピンの美人が何をしにここにきたの」

柔らかな声を村川はあげた。

「おじさんに、ちょっと用事があって」

とたんに村川の顔がぱっと輝いた。

「俺に用事って、それって、どういうことなんだろう」

上ずった声で訊いてきた。

「おじさんが、おばさんを本当に好きなのかどうかを確かめにきた。単なる遊びじゃなく、真面目に好きなのかどうかを」

単刀直入に麻世は村川に訊いた。

そういうことなのだ。麻世はいつも正攻法。真正面からぶつかるのが、麻世という、この変った女の子のやり方なのだ。

「どうなの。猫を被《かぶ》って、おばさんを騙《だま》してるの？」

と、また麻世が訊いた。

「それは、俺は靖子さんが大好きで、決して遊びなんかじゃねえよ」

村川の言葉つきが乱暴になってきていた。顔つきも少し険悪になっている。

「じゃあ、なんで、さっきから私の体をいやらしい目つきで見てるのよ。いやらしさ全開の顔だよ」

「そりゃあ、お前。中年の厚化粧より、若いスッピン美人のほうが、男なら目がいくのは当たり前というか。男なら、誰だってそうなるさ。ただ単にそれだけの話で、だからといって俺が靖子さんを嫌いということじゃない」

村川の弁解じみた言葉に、

「面倒臭い人だね、おじさんは。じゃあ、こういう話ならどう」

村川の顔を真直ぐ麻世が見た。ぞくっとするほど綺麗な顔だった。

「もし私を力ずくで倒すことができたら、やらせてやってもいいけど、この話に乗ってみる気はある」

とんでもないことを麻世がいった。

「力ずくで倒せばやらせるってか。そんなうまい話があるわけがねえだろ。嘘にきまってるだろ、何かの罠《わな》だろ」

つかえつかえ、村川はいった。

「私は嘘はいわない。私がいったことは、そこのおばさんが証人になってくれるよ」

麻世の言葉に村川の顔が凶暴性をおびた。

「本当に本当なんだな——じゃあ、乗った。俺はお前を自分のものにする」

ざらついた声を出した。

「おばさんは、どうするの」

「あんなものは、どうでもいい。どこにでも転がってる代物だからよ」

村川の言葉に麻世がすぐに反応した。

「だそうだよ、おばさん。やっぱり、この人はそういう人なんだよ」

靖子の顔を真直ぐ見ていった。

わかっていた。そんなことは初めからわかっていたはずだ。それでも自分は……靖子は唇を噛みしめた。それでもいいと思っていた。騙すなら騙しつづけてくれれば。

「てめえ、やっぱり罠だったんだな」

村川が鬼の形相で麻世を睨みつけた。

「本当に面倒臭い野郎だな。嘘じゃねえって、さっきから何度もいってるじゃねえか。その証拠に、さっさとかかってこいよ、クソ野郎がよ」

麻世の言葉つきが、がらりと変った。いったいこれは。靖子は何が何だかわからなくなった。

麻世の言葉に村川が動いた。すっと近づいて右の拳を、麻世の顔面に叩きこんできた。

麻世の体が半身《はんみ》になって村川の懐に飛びこんだ。叩きこまれた拳を右の腕刀で受けたと思った瞬間、その右手が村川の腕を押えこむようにして右肘にかかり、左手で手首の逆を取った。

こねあげた。村川の締まった体は一回転して床の上に背中から落ちた。

柳剛流の投げがみごとにきまった。

麻世の左手はまだ村川の手首の逆を取ったままだ。すぐに手首を返して村川の体をうつ伏せにした。村川は右の手首を逆にきめられ、おまけに背中には麻世の膝が食いこんで身動きできない状態になっていた。

「てめえ、いったい」

押えつけられたまま呻《うめ》き声《ごえ》を出した。

「右手、折ってもいいか」

何でもないことのようにいった。

夢中で村川は首を横に振る。

「それとも、私の右拳をあんたの蟀谷《こめかみ》にぶちこもうか。下がコンクリートだから、多分頭蓋骨は陥没すると思うけど」

「やめてくれ、それだけはやめてくれ」

村川が悲鳴をあげた。

「じゃあ、もうひとつだけ教えてくれるか。あんた、おばさんの財産も狙ってたんじゃないのか」

逆にきめた右手首をぐいとひねった。

絶叫が走った。

「狙ってた。土地家屋があるって聞いてたから。いずれ自分の物にするつもりで」

痛みから逃れるためか、村川は早口でいった。麻世の手が村川の体から離れた。そのままずっと後ろに下がった。よろよろと村川は起きあがった。

「てめえっ」

麻世を睨みつけた。

「まだ、やるんなら相手になってやるよ。今度は生ぬるい投げはやめにして、手加減なしの蹴りを肋《あばら》にぶちこんでやるから、かかってこいよ」

一歩前に麻世が出ると、村川は慌てて後退《あとずさ》った。

「やらねえよ。てめえのような化け物とはよ」

怯えた目でいってから、

「俺はもう、この会社をやめる。そういっとけよ、社長によ。やってられねえよ」

村川はそそくさと事務所から出ていった。

「麻世さん、あなたって！」

驚きの声をあげる靖子に、

「度の過ぎたお節介になったけど、じいさんがおばさんのことを、ちょっとのきっかけで自分で自分の命を絶つかもしれないって頭を抱えていたから。旦那さんのことはみんなで考えるにしても、おばさんのことは何としてでも止めなければばって……でも、おばさんは」

低い声で一気に麻世はいった。

大先生がそんなことを。だが私は自分の命ではなく章三の命を。自分が死んでも息子の章治が苦労を引きつぐだけで何の解決にもならない。だから私は章三を……麻世だけは自分の境遇から、それに気づいて。

靖子はぶるっと体を震わせた。

「でも、これでもう、おばさんも莫迦な考えをおこさずにすむだろうから」

妙に明るい声を麻世はあげた。

が、麻世は大きな勘違いをしていた。

靖子は村川と深い関係になったら、その罪ほろぼしに章三の面倒を死ぬまで見ようと考えていたのだ。

それが、逆の結果になった。

次の日、靖子は会社を休んだ。

思いつめた顔で章三の入院している病院に向かった。

裏手にある、長期入院者用の個室の扉を開けて、なかに入りこむ。ゆっくりと歩いて章三の眠っているベッドの前に立つ。

「あなた、約束を守りにきましたよ」

抑揚のない声でいって、提げていたバッグをおろし、なかを開いて何やら光る物を取り出した。

出刃包丁だ。

靖子はそれを逆手に持って強く握りこんだ。

「間違いを犯したら、その罪ほろぼしのため、あなたの面倒を死ぬまで見ようと思っていたんですが、間違いは結局、おきませんでした。私には悪事にすがって生きていくことさえ、許されないようです。だからもう、この方法しかありません。もう限界です。疲れました」

靖子はぽつりと言葉を切ってから、後の言葉をつづける。

「本当に疲れました。あとはこの包丁を振りあげて、あなたの胸を刺し貫けば、それでみんなが楽になれるんです。私も章治も、そして、あなたも。ですから……」

靖子はゆっくりと包丁を振りあげる。

腹は括っていた。

感情は希薄になっていた。

動揺もなかった。

「行きます」

低く叫んだ。

握っている包丁の柄に力を入れた。

そのとき、あり得ないことがおきた。

それまで身動ぎもしなかった章三の体がわずかに動いた。ゆっくりと両目が開いていった。おきるはずのないことが、おきた。

見開いた章三の目が靖子を見ていた。

奇跡だった。

「靖子、お前……」

嗄れた声が出た。

靖子の持つ包丁が、ぴくりと動いた。

どこからか泣き声が聞こえた。

第四章　幸せの手

イスに座っているのは常連の米子だ。

今年八十五歳の米子は胃の調子がおかしいといってやってきたのだが、ざっと診たところ異常は見当たらない。

麟太郎は米子の腹部からゆっくりと聴診器を外し、空咳をひとつする。

この聴診器だが、麟太郎の本音をいえば、単なるお飾りである。

本当に病気のある人間を前にしたときは耳に神経を集中して真剣に症状を探るが、米子のようにひやかし半分の患者には形だけの診察ということになる。そうしなければ時間がかかって仕方がないし、米子のような患者にはそれでも充分に効果はある。

「いつもいうようだが、気疲れだな。それが胃に負担をかけて重くなるんだろうな。一言でいえば神経症というやつだ」

決して異常なしとはいわない。いえば、数倍の言葉が反撃として返ってくる。

「原因はあれだな。パチンコ狂いのご亭主だな。何といっても年金暮しのなかでのやりくりだから大変だ」

これで亭主の悪口を少し聞いてやれば一件落着なのだが、今日は様子が違った。

「それはまあ、そうなんだけどね」

米子は歯の抜けた口を開き、にまっと笑って、くるりと背中を向けた。

「やっとくれよ。大先生お得意の、幸せの手当てを――」

米子の言葉に麟太郎は小さな溜息をもらす。

今日はこれで幸せの手当てを希望する患者は七人目だった。いったい何がどうなっているのか、狐《きつね》につままれたような話だ。

幸せの手当てとは、麟太郎がこの診療所を継いで以来、ずっとつづけている伝承療法のようなものだ。

手当てとは人が病に倒れたとき、その患部、あるいは背中や腹部に掌を当てて病状や痛みを鎮める古くからの療法のことをいうが――麟太郎はこの方法にも一理はあると考え、必要に応じてこれを幸せの手当てと呼んで用いていた。

最近の研究では、人の肌に手を触れると相手の脳内にオキシトシンというホルモン物質ができ、それが痛みやストレスの元になる扁桃体《へんとうたい》をつつみこんで鎮静化させると同時に、認知症の改善や癒し効果があるということもわかってきている。

米子は背中をやや丸めて、

「きちんと十分間は、やっとくれよ。そうでないと効果は半減するからよ」

断定したいい方で注文をつけてきた。

「十分間なあ……」

麟太郎はぼそりと呟き、両手を米子の背中に当てて、ゆっくりと円を描くように動かし始める。もちろん、やるからには真剣だ。医者である以上、状況はどうであれ治療するときに手を抜くことは許されない。

たっぷり十分以上、米子の背中を両手でさすってから、

「米子さん、すんだよ――だけどよ、何で十分間なんだ。そんなこと、いったい誰から聞いたんだ」

最後の仕上げに、背中を軽くぽんぽんと叩いて訊いてみた。米子は「よっこらしょ」といって立ちあがり、皺だらけの顔を麟太郎のほうに向けて、

「テレビだよ」

にまっと笑って診察室のドアに向かって歩き出し、背中ごしに「ありがとよ」と礼をいった。

「八重さん、テレビでそんなことをやってたのかい」

傍らに立っている看護師の八重子に訊いた。

「どうもそうらしいですよ。あいにく私は観《み》てなかったんですけど、周りの噂では何で

も『幸福の癒しホルモン』とかいうタイトルでやってたと聞いてます。けっこう真面目な番組だったようですよ」

「幸福の癒しホルモンなあ。まあ、それには違いねえけど——そうか、それで急に手当ての注文が増えたのか」

独り言のようにいう麟太郎に、

「多分、この傾向はしばらくつづくと思いますので、大先生、覚悟されてないと」

八重子は口元を綻ばせながらいう。

「覚悟ったって、米子さんのような元気な人には俺の手当てなんぞは、まったく必要ないんだがな。むろん、必要な患者には今まで通り、積極的にやるつもりだがよ」

「必要ないなんていったら、それこそ収拾がつかなくなりますよ。何といっても、やってほしいと注文をつけてくるのは、中年以上の口の達者なオバサンばかりでしょうから。ですから、ブームが去るまでここはしばらく我慢をして……」

当然という顔つきで八重子はいう。

「ブームが去るまでなあ……」

呆れた顔つきでいう麟太郎に、

「それにしても。随分昔から大先生は、あの手当て療法をやってらっしゃいますけど、お若いうちにその効果を確信して治療に取り入れられたとは、さすがに大先生、先見の明がおありになったんですね」

　感心したように八重子はいった。

「先見の明なんてねえよ。俺はただ、昔から行われてることだから、やらねえよりやったほうがいいかと思ってよ。特に効果を期待してたわけじゃねえよ。それに、一種のカッコつけにもなるしな。それから――」

　ちょっと言葉を切ってから、

「若い女性の体にも遠慮なしに、さわることができるからよ」

　えらく真面目な表情を麟太郎は顔に浮べた。

「また、心にもないことを――いずれにしても」

　八重子がはっきりした口調でいって姿勢を正した。

「立派だと私は思います」

　最敬礼した。

「おいおい、八重さん」

　麟太郎は照れた表情を浮べ、

「この話はもういいから、次の患者を入れてくれよ」

　顔をくしゃりと崩していった。

　次もオバサン連中かと身構えていたら、意外にも診察室に入ってきたのは、まだ若い男性だった。

「何だ、風鈴屋の高史君《たかしくん》じゃねえか。どこか調子が悪いのか」

鱗太郎の前に鯱《しゃちほこ》張って立っているのは、町内の江戸風鈴の工房で働いている職人で、名前は田村《たむら》高史。年は二十六で、青森の高校を卒業してから上京し、ずっと風鈴づくりの修業をしている若者だった。

「とにかく、座れ」

診察用のイスにまず座らせ、

「どうした。親方にぶん殴られて痣でもつくったか」

と優しく訊いてみるが、高史はよほど緊張しているのか体を硬く縮ませている。

この若者、風鈴づくりの腕はいいのだが、人見知りが激しいというか気が小さいというか。とにかく、人とまともに話をするのが大の苦手で、これには心底困っていると高史の親方で鱗太郎の喧嘩友達でもある徳三からよく聞かされていた。

「で、いったい、お前さんはどこが悪くてここにきたんだい」

鱗太郎は再び症状を訊くが、高史はうつむいたままで何も答えない。

「おいおい、俺がいくら名医でも何かいってくれねえと病名の見当もつかねえじゃねえか。ウンとかスンとかよ」

いいながら鱗太郎は、こうなってくると悪いのは下半身のほう。それしかないと結論づける。

「医者には守秘義務というのがあってよ。ここでお前さんが口にしたことは金輪際、外にはもれないことになっている。そういうわけだから、どんなことでも安心して話すといいよ。俺の推測ではアソコの病気ということになるが。男ならよくあることだから、恥ずかしがらずによ」

　噛んで含めるようにいうと、

「そんなんじゃないです」

　すぐに否定の言葉が返ってきた。

「アソコの病気じゃねえってことになると、いったい」

　麟太郎が困惑の表情を顔一杯に浮べると、

「すみません、好きな女の子ができました」

　蚊の鳴くような声で高史はいった。

「はん……」

　一瞬何をいわれたのかわからなかった。

　そのあと、理解はできたが、何のために高史がここを訪れてきたのかわからなくなった。が、とにかく必要があって高史はここにきたのだ。それだけは理解しようと、麟太郎は自分にいい聞かせた。

「そうか、好きな女ができたのか。しかし、それは男としてごく自然なことで、ことさら騒ぎ立てるような——」

という麟太郎の言葉を遮るように、

「心も体も辛いんです」

高史が泣き出しそうな声を出した。

ようやく納得がいったような気がした。

しかし、麟太郎の専門は外科である。

が、町医者をやっている以上、ありとあらゆる患者がくるのも確かだ。内科も泌尿器科も皮膚科も、時には婦人科の患者も押しかけてくるが、これは町医者の宿命のようなものでどうにもならない。

「そうか。高史君は女性に恋をして、その結果、心も体もずたずたになったというわけか。つまり、その女性に振られた——そういうことなんだな」

できる限り優しい口調で麟太郎がいうと、

「違います」

という言葉が即座に返ってきた。

「違うといっても……お前さん」

何が何だかわからなくなってきた。

「まだ振られてはいません。というより、僕はその人と話をしたこともありませんし、ましてて告白なんてことは、そんなことは恥ずかしくってできるはずがありません」

高史は相手の女性と喋ったこともなければ、告白したこともないといった。ということは……。

「その人のことを考えるだけで、心が痛くなるというか体が軋《きし》んでくるというか。とにかく辛くて辛くて」

唇を嚙みしめて両肩をすとんと落した。

いたのだ、まだ。こういう男が。男女関係がオープンすぎるほどに開けた、この平成の時代に。そう考えてみて、いくら時代が変っても人間の本質が変るはずもなく、数は少なくなってもこの手の男がいなくなるはずもないと納得した。そして、妙に嬉しい気持に襲われた。

「それは高史君。恋患いというやつで、神代の昔からある立派な病気だよ。なあに、心配はないさ。病であれば、それに対する薬というものが必ずある。だから俺に詳しく話してみねえか」

子供を諭すような口調で麟太郎はいって、高史の肩をなでるように叩いた。

「また、親父のいつものお節介ですか」

食卓の前に座っている潤一がいった。

　ここのところ、潤一は週に一度は必ずここに顔を見せている。いつも愛想のいい表情を顔一杯に浮べて。

「お節介じゃねえよ。医者として困っている人間を見たら放ってはおけねえだろうが」

　医者には守秘義務があると高史にはいったが潤一は同業者であり、台所で何やら怪しげな夕食をつくっている麻世も、いずれは看護師になる身と麟太郎は勝手にきめている。だから、その点は高史も許してくれるだろうとこれも勝手にきめつけていた。

「それで、その恋患いに効く薬というのはあったんですか」

　冗談っぽく訊く潤一に、

「あったさ」

　幾分得意げに麟太郎は答える。

「あったんですか！」

　驚きの声を潤一があげた。

「というよりな、最初から高史君にはその目論見《もくろみ》があって俺んところにきたんだ――例の幸せの手当てだよ。どこかでその噂を聞いたんだろうな。近頃はテレビでも似たような療法を取りあげたということで、いろんな噂が町内を飛びかっていただろうからな」

「その噂を聞いて高史君は……」

「そうさ。聞くところによれば、俺の手当てを受ければ心の痛みも体の痛みもなくなるということだったので、意を決してここにきたってな」

　麟太郎は小さく一人でうなずく。

「なるほど。それで、その幸せの手当てをやった結果、どうなったんです」

　心持ち潤一は体を乗り出してきた。

「治った――」

　ぴしゃりと麟太郎はいった。

「治ったんですか。それは凄い臨床例ですね。恋患いが手当てというか、オキシトシンで治ったというのは」

　感嘆の声を潤一はあげる。

「背中、肩、腕、脇腹と一時間近くかかったことは確かだが、高史君は憑物《つきもの》が落ちたように元気になったな。もっとも――」

　じろりと潤一を見て、

「おそらく、すぐに元に戻るだろうな。残念なことだけどよ」

　大きな吐息をもらした。

「ということはつまり、病の根元を断たなければ完治はしない。そういうことですか。ですから得意のお節介を」

最後の言葉は含み声だ。

「そういうことだ。恋愛を成就させるか、それとも荒療治ではあるが失恋させるか。道はこの二つに一つだな」

「荒療治で完治しますか」

心配そうな口振りで潤一はいった。

「憑物は落ちて体の痛みは治まるはずだが、心の痛みを取り除くには時間がかかるだろうな。だが、やらねえとな。あんな腑抜けのままでは、つくる風鈴だって決していい音は出ねえだろうからよ」

そんな話をしているところへ、麻世がお茶を運んできた。

「すぐに夕飯、できるから」

テーブルの上に湯飲み茶碗を三つ並べる。

「麻世、お前も今の話を聞いてただろうが、この話、どう思う」

機嫌よく麟太郎はいう。

「よくわからないけど、私は男のような性格だから、そういう人は保護してあげたいというか、何とかしてやりたいとは思うよ」

表情も変えずにいう麻世に麟太郎は満足そうに相槌を打つが、それを押しやるように潤一が身を乗り出す。

「麻世ちゃんは男のような性格なのか。それで愛想が悪いのか。なるほどなあ、そういうことか」

自分にいい聞かせるように呟く。

「そんなことより、お前」

今度は麟太郎が身を乗り出して潤一をじろりと見る。

「両国の花火大会のチケットのほうは、どうなってんだ。返事はきたのか」

「まだ、返事はきてないよ。いくら何でも、もうそろそろきてもいいとは思うけど」

「ちゃんと、申しこみの葉書は出したんだろうな。当選するんだろうな。麻世のためにも当選してもらわねえと困るからよ」

麟太郎は檄《げき》を飛ばす。

「何だよ、じいさん。私のために花火大会の申しこみの葉書って？」

麻世が怪訝な声をあげた。

「それはだな」

麟太郎は咳払いをひとつして、

「せっかく、我が家に麻世のような、若い女の子が同居することになったんだからよ。ここからつい目と鼻の先で開かれる今月末の両国の花火大会ぐれえ、観せてやりてえという親心というか何というかよ、それで麻世の心が……」

少しでも晴れるならといいかけて、麟太郎は慌てて言葉を飲みこむ。

「とにかく綺麗なんだ、両国の花火大会はよ。だからよ」

麟太郎は、またひとつ空咳をする。

「ところが、両国の花火大会というのは台東区の仕切りになってててね。花火を観るいい場所には指定席が設けられていて、この指定席を手に入れるためには葉書を出して抽《ちゅう》籤《せん》に当たらなければならないんだ。それで親父が僕に丸投げして席を確保しろと。だから僕も麻世ちゃんのために頑張って三席を確保しようと葉書をね」

得々として述べる潤一に、

「おい、俺は二席だと」

麟太郎は小声でいう。

「何枚出したんだ、葉書……」

ぼそりと麻世がいった。

「一人百枚として、三百枚――これなら三席ぐらいは当たるだろうと」

嬉しそうな顔で潤一が麻世を見る。

「三百枚！」

呆れたように麻世は呟き、

「料理持ってくるよ」

と、その場を離れていった。

すぐに麻世の手で、テーブルの上に料理が並ぶ。今夜のメインはどうやら焼きそばらしいが……。

「これは、いったい何だ」

嬉しそうに麟太郎が麻世に訊く。

「焼きそばだよ。正式にいうとカレー焼きそば。北の地方で名物にしている所があるって聞いたから、作ってみようと思って。何たって焼きそばにカレー粉を混ぜるだけだから、失敗のしようがないし。見た目は悪いけど、味のほうはかなりのものだと思うよ」

ちょっと得意そうにいって麻世は薄い胸を張るが、確かに見た目は悪かった。

一言でいえばグチャグチャという感じで、焼いたはずの麺がひと塊になってくっつきあっている。ただ、香りはいい。カレーとウスターソースが混じった独特の香りが鼻をくすぐってくる。グチャグチャの麺の上にのっているのは紅生姜《べにしょうが》だ。

「見場は悪いけど、いい匂いですよ。うまそうですよ」

こういって潤一がまず箸を取る。

つられて麟太郎も箸に手を伸ばす。

二人同時に麺をすくって口に入れる。

麻世が真剣な表情で二人を見ている。

麟太郎と潤一が麺をごくりと飲みこむ。だが、二人とも無言で何もいわない。互いに顔を見合っている。

「これは――」

潤一が上ずった声を出した。

「けっこうな珍味だと思う。かなり癖はあるけど、僕の主観でいえば、うまい。この一言につきる」

「そうだな、珍味には違いないな。この上にのった紅生姜が、いい味を出してるよな。珍味だよな」

麟太郎の本音だった。麺を口のなかに入れたとたん、舌にべったりと絡みついて味もへったくれもなくなった。紅生姜の辛みで何とか喉の奥に誘導はできたものの、とてもうまいとは。

二人の言葉を聞いて麻世が無言で台所に向かった。自分のカレー焼きそばを持ってきてテーブルの上にどんと置いた。

たっぷりと箸ですくって食べ始めた。喉の奥に飲みこむまで少し時間がかかった。顔のほうは無表情だ。

「世界中には――」

ふいにこんな言葉を麻世は口にした。

「餓えてる人が沢山いる」

それだけいって黙々と箸を使い出した。

麟太郎と潤一も麻世に倣って黙々と箸を使い、黙々と口を動かす。静かな食事が終ったのは十五分後だった。

テーブルの上のものが綺麗になくなり、三人は無言でお茶をすする。

「さてっ」

麟太郎はちらっと麻世を見てから、

「久しぶりに田園にでも行ってみるか。お前はどうする。こないんだろうな」

妙な誘い方を潤一にする。

「あっ、僕はすぐに病院のほうに戻ります。ちょっと抜けてくるといって出てきてるから、長居は……」

本当に残念そうな口調でいう。どうやら麻世と二人だけになりたかった素振りだ。

「久しぶりって、一昨日《おととい》も行ってるけど」

麟太郎に向かっていう麻世に、

「おっ、そうだったかな。年を取ると、そのへんの記憶のほうが曖昧になってよ。いや、年は取りたくねえもんだ」

首の後ろを叩きながら、麟太郎はテーブルの前から立ちあがる。

「それじゃあ、僕も」

といって潤一も立ちあがり、ふと思いついたように、

「麻世ちゃんは男のような性格だっていってたけど、僕が男と女は違うってことをはっきり見せてあげようか」

妙なことをいい出した。

「腕相撲してみないか。これでも僕は学生時代はテニス部に入っていて、腕力だけはけっこう自信があるんだ。なあ、親父」

すがるような目で麟太郎を見た。

「おう、そうだ、そうだ。お前はけっこう力持ちだった。それは認める」

こうでもいわなければしょうがない。潤一が学生時代にテニス部に入っていたのは事実で、腕力だけに限っていえばかなりあることは確かだった。だが、この場合の潤一の目論見はただ単に麻世の手を握りたいということと、自分の力の誇示。そうとしか考えられなかった。しかし、麻世は普通の女の子ではない……。

「おじさん、私と腕相撲がしたいっていうの。ふうん」

鼻で笑った。

何を勘違いしたのか、潤一の両耳が赤くなるのがわかった。

「いいよ、やろうか」

機嫌のいい声で麻世は答えた。

この手の誘いには、すぐに乗ってくるのだ、麻世という娘は。そのあたりが腕力には自信満々の男そのものなのだが、むろん潤一にはそんなことはわからない。まだ、麻世のことを気は強いが単なる普通のヤンキーだと思いこんでいる。

「よし、やろう」

潤一が喜色満面で叫んだ。

右の袖を肘の上までまくりあげるが、麻世には何の動きもない。普段のままで突っ立っている。

「よし、勝負だ、麻世ちゃん。三番勝負にしよう。本当の男の力っていうやつを見せてやるから」

どうやら潤一はなるべく長い時間、麻世の手を握っていたいようだ。

二人はテーブルの上で手を握り合った。

「へえっ、麻世ちゃんって女の子の割りには手が大きいんだね。背のほうも、けっこうあって、スタイルもいいけど」

余裕綽々《しやくしやく》で、潤一はまだ軽口を叩いている。

「私はいつでもいいよ、おじさん」

普段の声で麻世はいう。

「それなら、一、二の三だ」

潤一の腕に力が入った。

一気に麻世の腕をテーブルに押しつけようとするが……動かない。潤一の顔に動揺が走る。こんなはずでは、相手は元ヤンキーといっても普通の女の子だ。そんな思いが砕けちった瞬間だったが。

「うおーっ」

と潤一が吼えた。

渾身《こんしん》の力を右腕にこめた。

が、麻世の腕はびくともしない。

「いくよ」

麻世が何でもないことのようにいった。

右腕に力が入った。

潤一の右手は簡単にテーブルの上に押しつけられた。驚愕《きょうがく》の表情が潤一の顔に浮んだ。目が虚《うつ》ろだった。

「こんなはずが……多分、何かの間違いだから、もう一回。三番勝負という約束だったはずだし」

こんなことをいって、右肘を再びテーブルの上に乗せた。

勝負は呆気なかった。同じ結果が二回目も三回目もつづいた。

無謀な戦いは終った。

潤一は相当落ちこんでいる様子だった。

「帰るよ」

一言だけいって部屋を出ていった。

しばらくこいつは、この家に顔を見せないだろうと思ったが仕方がない。

麻世と潤一では腹の括り方が違うのだ。麻世は命を張って武術を習得し、体を張って修羅場をくぐり抜けてきたのだ。お坊ちゃま育ちの潤一にはいい薬になるかもしれないと麟太郎は思った。それにしても、あの麻世の力の出し方は……。

「悪いことしたかな。おじさん、相当へこんでいるようだったけど」

心配そうな口振りで麻世がいった。

「仕方がねえさ。力の差なんだから、どうしようもねえ。あいつの修行不足だ」

首を振りながら麟太郎はいう。

「そうだよね。男と男の勝負だから、妥協は許されないもんね」

男と男と麻世はいった。麻世の心のなかはまだ、男なのだ。何とかこれを打破して麻世を普通の女の子に戻す……麟太郎はそう考えるが、まだまだ時間はかかりそうだ。

「じいさんも、やってみるか」

面白そうに麻世はいうが、しばらく何のことかわからなかった。ようやく腕相撲のことだと気がついた。

「俺はいいよ。さっきもいったように、もう年だからよ」

こんな言葉が口から出た。

本音をいえば怖かった。

柔道で鍛えた自分の引手の威力は凄まじいはずだったが、それでも万が一ということはある。それほど麻世の力の出し方は凄かった。自分の力のすべてを、腕の一点に集中させる術を心得ているとしか考えられなかった。しかも麻世の利き腕は左で、右腕ではないのだ。武術とスポーツの差だった。

「それより、麻世。明日の土曜日、お前は何か予定でもあるのか」

麟太郎は話題を変えた。

「私はいつでも暇だよ。予定なんか何もないよ」

怪訝な表情で麻世は答えた。

「じゃあ、俺につきあってくれねえか。高史君のいった、惚れた女を偵察してこようかと思ってな」

「行ってもいいよ。確か相手の女の人は花やしきの裏の喫茶店でウェイトレスをやっているとかいってたよね」

「できれば高史君も一緒にな。相手の女性を見なければ、このあと、どう動いたらいいのかわからねえからな」

　小さくうなずいて麟太郎はいう。

「いよいよ、じいさんのお節介の始まりだね。高史君と、その女の人。何とかうまくいくといいね」

　ふわっと麻世は笑った。

　少しは素直になったような、普通の女の子の笑いに見えた。


　外の日差しは強そうだ。

　待合室の壁にかかっている、年代物の時計に目をやると三時十五分。

「本当にくるのか、その高史っていう純情男は。一緒に行くのが恥ずかしくって、こないんじゃないのか、じいさん」

　麟太郎の隣に腰をおろしている麻世が、ぼそっといった。

「くるさ。高史君が俺んところへきたのは、治療してもらいたかったんじゃねえ。自分の熱い思いを誰かに聞いてほしかったんだ。何でもいいから背中を押してほしかったんだよ。それぐらい、高史君は相手の女性に惚れているということだ。だから、くるさ」

　平然と麟太郎はいう。

「それにしても、約束の時間を十五分ほど過ぎてることになるけど」

「過ぎた時間は高史君の照れだ。心配しなくても、もうすぐ現れるはずだ」

何でもないことのようにいう麟太郎の言葉通り、高史はそれからすぐに姿を見せた。

「すみません、遅くなってしまって」

待合室に入ってくるなり、高史は膝につくほど頭を下げてから麻世の顔を見て、少したじろいだ様子を見せた。

「こいつが今日一緒に行ってくれる、俺の遠縁にあたる娘で麻世という名前だ。女性の立場から相手のあれこれをじっくり観察してくれるはずだ」

簡単に紹介すると、

「すごく……」

と高史は喉につまったような声をあげて、顔を赤らめた。

「綺麗だろ。で、高史君の思っている女性とどっちのほうが綺麗だろうかね」

意地の悪い質問を麟太郎はする。

「それは、僕の好きな女性のほうが」

と声をあげてから、

「すみません」

高史はまた顔を赤くして頭を下げる。

「いいよ別に。私は綺麗でも何でもないから」

あっけらかんという麻世に、

「でも雰囲気は麻世さんに、似ているような気がします」

真面目な顔で高史はいった。

「雰囲気が麻世に似てるのか……」

嫌な予感が麟太郎の胸を掠めた。

「じゃあ、とにかく行こう。そして、高史君の恋が成就するような策を考えよう」

麟太郎はそういって先に立って歩き出す。

十五分後、麟太郎たちは『花やしき』裏の『ボン』という看板のあがった喫茶店の前にいた。

「入るぞ、高史君」

気合を入れるように麟太郎はいい、扉を押して三人は奥の席に座った。すぐに若いウエイトレスが水の入ったコップとオシボリを持ってやってくる。丸顔のぽちゃっとしたかんじの娘だった。三人ともアイスコーヒーを頼んだ。

「あの子か。高史君のマドンナは」

嬉しそうな声で麟太郎が訊くと、

「いえ、あの人じゃありません。別の人です」

と首を振って高史は答える。

そのとき奥のドアが開いて一人の女性が顔を出した。目鼻立ちのはっきりした、きりっとした女性だった。

「お先に失礼します」

厨房《ちゅうぼう》のほうに声をかけてから、高史の顔にちらっと目を走らせ、ほんの少し笑みを浮べて店を出て行った。どうやら高史が常連客であることは知っているようだ。それに、ひょっとしたら……。

そう思いつつ麻世に目をやると顔が強張《こわば》っているのがわかった。目を伏せてうつむいている。

「あの人がそうです。今日は多分、早番だったようです」

がっかりした調子で高史がいったとき、コーヒーが運ばれてきた。

「しかし、まあ。一目だけだったが顔を拝めたのだから、よしとせんとな」

アイスコーヒーをすすりながら麟太郎はいう。

「もう少し、顔が見たかったけど……」

ぼそりという高史の顔は赤くなっている。

「顔が見たかったか――確かに高史君がいうように美形ではあったな」

麻世にはおよばないがという言葉を飲みこんで、麟太郎は機嫌よくいう。

「そうなんです。僕は、あのきりっとした緊張感のある顔に惹《ひ》かれて」

「そうだな。顔つきからいうと高史君とはまったく逆の印象だったな。男も女も自分とは逆の魅力を持った人間に惹かれるのかもしれんな。なあ、麻世」

と同意を求めると麻世は難しい顔をして宙を睨みつけている。どうやら一気飲みをしたようだ。グラスのなかのアイスコーヒーはすでに空になっている。

「あの人は、やめたほうがいい」

ぽつりと麻世がいった。

ざわっと麟太郎の胸が騒いだ。

「なぜだ、麻世。ひょっとして……」

くぐもった声を出す麟太郎に、

「理由はここでは、ちょっと。外で話すからさっさと飲んで」

命令口調で麻世はいった。


浅草寺の五重塔の裏にあるベンチに麟太郎たちは腰をおろした。

幸いベンチは日陰にあり境内の鳩《はと》も暑いのは嫌なのか、麟太郎たちの足元には数羽が集まって餌を探している。

「麻世。ひょっとして、あの女性はお前の昔の仲間というか何というか……」

いいづらそうに麟太郎がいった。

「そう。だから、普通の男には合わない。一言でいえばそういうことだよ」

ちらっと麻世は高史を眺める。

「あの、僕にはどういうことなのか、さっぱり、わからないんだけど」

おどおどした調子で高史はいう。

「つまり、私は、元ヤンキーだったという話」

ずばっと麻世がいった。

「麻世さんが、ヤンキーですか……」

呆気にとられた声を出す高史に、

「まあ、ここだけの話だけどよ」

釘《くぎ》を刺すことを麟太郎は忘れない。

「少なくとも半年ほど前までは、あいつは現役のヤンキーだったはず。それも武闘派のバリバリで、喧嘩《ゴロマキ》のときはいつも先頭に立っていた。幸い私とタイマン張ったことは一度もないけど」

麻世はそういって、ぽつぽつと話し出した。

女の名前は相原《あいはら》知沙《ちさ》――年は十九歳。

都内の私立高校に通っていた三年のころからグレ始め、学校を卒業してからも定職にはつかず、高校のときの仲間たちとつるんで喧嘩と恐喝を繰り返していたという。

縄張りは上野駅界隈で、異名はメリケン知沙。いったん事があると、右手に鉄製のメリケンサックをつけて殴り合うことから、この名がついたという。

その知沙の名前を聞かないようになったのが半年ほど前。何があったのかはわからないが、あの店でウェイトレスをやっているところを見ると、更生したのかもしれないと麻世はいった。

「その知沙のメリケンのせいで、何人かの人間が顎の骨を砕かれて病院送りになってるはずだよ……ちなみに、私の異名はボッケン麻世。剣術が得意だったから」

じろりと麻世は高史を睨み、

「だから、あんたには合わない。悪いことはいわないから諦めたほうがいいよ」

低すぎるほどの声でいった。

「あの人、相原知沙さんていうんですか」

高史は視線を地面に落してぼそっといい、

「でも、今は更生してるんですよね」

蚊の鳴くような声を出した。

「ちゃんと働いているところを見ると、そうかもしれないけど。いずれにしても、あんたとは別世界の人間だから、考え方から生き方まで合うはずがないから。向こう側の人間は、いろんな意味で汚れてるから」

はっきりした口調でいう麻世に、

「汚れてる……」

呟くようにいって高史は体を竦めた。

「それはちょっと、いいすぎだ、麻世」

思わず麟太郎は口を開いた。

「以前は別世界だったかもしれないが、今はああしてちゃんと働いてるんだ。こっちの世界へ足を踏み入れてきてるんだ。そんな枠組で片づけちゃあいけねえよ」

「お前だって、そうだろう」という言葉を麟太郎は喉の奥にしまいこむ。

「これは理屈じゃないんだ、じいさん。合わないものは合わないんだ。第一――」

じろりと麻世は高史を睨む。

「いくら好きだといっても、あんただってこんな話を聞いたら引いちまうんじゃないのか。普通のちゃんとした女のほうが、いいんじゃないのか」

「僕は……」

高史が泣き出しそうな声をあげた。

「よく考えてみます。よく……」

力のない声を高史はあげた。

「ほら、見ろ——それに向こうのほうが、あんたなんかを相手にしないことも大いに考えられるし」

吐き出すようにいう麻世に、

「今日は帰ります。ショックが大きすぎました。帰ってよく考えてみます」

高史はいうなり頭を深く下げ、とぼとぼと歩き出した。両肩がすとんと落ちていた。

「じいさんは、あの二人がうまくいけばいいと思ってるのか」

麻世の矛先が今度は麟太郎に向かった。

「思ってるよ。もっとも、あの知沙さんていう娘が向こうの世界からこっちの世界へ戻ってきていると仮定しての話だけどよ」

麟太郎はしみじみといった。

麟太郎にとって、知沙という娘と麻世は同義語になっていた。高史と知沙がうまくいけば麻世にしたって……だからこそ余計に高史と知沙にはうまくいってほしかった。

「修羅場をくぐったことのある女と、普通の男がうまくいくはずがないよ。身の丈に合った相手じゃなくちゃ、まとまらないよ。反発しあうだけだよ」

麻世の辛辣な言葉に、

「反発しあってから、さらに強く、くっつくということも考えられるぞ。いずれにしても俺は高史君を全面的に応援する。だから、お前もその手助けをしてやってくれ」

哀願口調で麟太郎はいった。

「いいけど。でも、私の今日の話を聞いても、あいつが知沙を諦められないという答えを出したらね……そうじゃないと、手助けもへったくれもないから」

最後の言葉をつけ加えるようにして麻世はいった。

周囲を見ると、いつのまにか鳩は一羽もいなくなっていた。

麟太郎が『田園』に顔を出すと、奥の席で水道屋の敏之が一人でビールを飲んでいるのが目に入った。麟太郎はすぐに、その対面に腰をおろす。

「おいどうだい、体の具合は」

怒鳴るような声をあげると、

「絶好調とはいえねえが、絶不調でもねえな。年を取るといろんな所が悲鳴をよ。まあ、こうしてビールが飲めるんだから、まだしばらくは大丈夫ってところだろ」

煙に巻くような答えが返ってきた。

「おめえ、まだ体の病院に行ってねえだろ。早く行って検査をして、すっきりした気分でビールを飲んだほうがうめえだろうによ」

「行く行く。すぐに行くから、うるせえことはいいっこなしだ。それより、麟ちゃん」

にまっと敏之が笑みを浮べた。

「風鈴屋の高史が、恋患いで息も絶え絶えだそうじゃねえか」

「えっ、おめえ、何でそんなこと知ってんだ」

怪訝な思いで麟太郎が訊くと、

「親方の徳三さんが、面白おかしくいいふらしているからよ、町内のほとんどが知ってらあな」

嬉しそうに敏之は答えた。

「ネタ元は徳三さんか。あの親方は何でも笑い話にしちまう悪い癖があるからな。で、高史君の様子はどんなんだい」

「徳三さんのホラを差し引いて考えても、どうやら高史は仕事が手につかねえ状態らしいな。背中を丸めて溜息ばかりついて、時々涙ぐんでいるらしい」

「涙ぐんでるって――それじゃあ、まるで女みてえな恋患いじゃねえか」

といってから、高史のあの性格なら涙ぐむというのもうなずけると麟太郎は考える。

「そうそう。高史は大体、純情可憐《かれん》が売り物の好青年だったからな――だがよ、面白《おもしれ》えのはこの後だ。その高史の恋患いの相手だが、どうやら、おめえんところの麻世ちゃんらしいじゃねえか」

とんでもないことをいい出した。

「何でも、二、三日前に町内を二人が連れそって歩いてるのを見た者がいるらしくてよ。

それで噂がぱあっとな」
二、三日前というと麟太郎が二人を連れて知沙の働いている店へ行った日だ。誰かがあれを見て面白おかしく脚色して……まったく下町っていうところはプライバシーも何もあったものじゃない。
「いやいや、あれは違うぞ。あのときは俺も一緒でな──」

事がこれだけ知れ渡っているのならと、麟太郎はその次第をざっと敏之に話して聞かせる。むろん、知沙の勤めている店の名前とヤンキーの件は伏せてだ。

「何だ、そんなことか──で、その店の名前は教えてくれねえのか」

不満顔を露《あら》わにする敏之に、

「おめえに教えれば、あっというまに町内中に知れ渡り、その店にわんさか野次馬が押しよせることになるじゃねえか」

「そりゃあ、まあ、そうともいえるがよ」

情けない顔で敏之がうなずいたところへ、夏希が水とオシボリを持ってやってきた。

「いらっしゃい、大先生。同じようにビールでいいですか」

軽くうなずくと夏希は厨房に向かってビールと声をかけ、すぐに若い子がビールと小鉢に入った煮つけを持ってきた。なかを覗くと切干し大根である。夏希の手製だ。

「大先生のところ。今、幸せの手当ての客でいっぱいですってね。私も一度やってもらおうかしら、その手当てってやつ」

ビールをつぎながら機嫌よく夏希はいう。

「おうおう。いつでもきてくれ。夏希ママなら一時間でも二時間でもさすってやるからよ。裏も表も、縦から横までもよ」

夏希よりも、もっと機嫌よく麟太郎は答える。

「あら、背中だけで充分ですから」

夏希はふわっと笑ってから、

「そんなことより、麻世さん。あの子をまた連れてきてくださいよ。例の件を、じっくり相談してみたいですから」

妙に生真面目な顔でいった。

「例の件ってのは、銀座に店を出して二人で、それをやろうっていうやつかい」

「そう。起死回生のホームラン構想。二人の美形が組めば、これはもう怖いものなし」

「麻世ちゃんとママ二人の美形か。見ているだけで背中に寒気が走る光景だよなあ」

茶々を入れるように敏之がいう。

「美形といっても、それぞれですから。麻世さんは今風の可愛らしさ、私は正統派の美女。これで、どんなお客さんでも文句はなし」

夏希は大きくうなずいてみせる。

「それで、今風の可愛らしさと正統派の美女では、どっちのほうが人気が出るんだろ」

ぼそっと敏之がいう。

「それは……」

夏希は一瞬絶句してから、

「人気が出るのは可愛らしさの麻世さんでしょうね。可愛らしさは何といっても好感度の間口が広いから。そこへ行くと美女のほうは、お客さんの好みも多種多様で間口がやや狭いから」

一気にいった。そして、

「でも、格は可愛らしさより、美女のほうが上。そういうことですから」

きっちりいって席を立っていった。

「何だか怖いねえ、女ってやつは」

敏之が吐息をもらすようにいった。

そう、女は怖い。

夏希も怖いが、麻世も怖い。

麟太郎が夏希に麻世を会わせたのは、十日ほど前のことだった。

時計を見ると六時少し前。

ちょうどいい時間帯だ。

二階に声をかけようとすると、折りよく麻世が階段をおりてきた。夕食の下拵《したごしら》えで
もするつもりらしい。

「麻世、今夜の夕食は外にしないか。といっても、決してご馳走じゃねえけどよ」

鱗太郎が明るく声をかけると、

「いいな、それは。近頃主婦の苦労が、しみじみわかってきてな。自分でつくらなくていいのなら、ソースかけごはんでも卵かけごはんでも、何でもいい気分だからな」

打てば響くような返事が返ってきた。

「ソースかけごはんって。お前、そんなものを食ってたのか」

鱗太郎の呆れたような声に、

「食べてたよ、子供のころから。昼も夜も母親は仕事で忙しかったから、食生活は極めていいかげん。まあ、腹が膨れれば、それでよしといったところだな」

麻世は屈託のない口調で答える。

「そうか。それよりはましな物が、食えるとは思うけどよ」

鱗太郎はこういって、麻世を診療所の外に連れ出す。

「どこへ行くんだ、じいさん」

丸い灯りをのせた石造りの門柱を抜けたところで、麻世が声をかけてきた。

「そこさ」

麟太郎は隣の『田園』に向かって顎をしゃくる。以前、麻世を一度店に連れてこいと夏希ママはいっていた。顔も見たいし、じっくり話もしたいからと——ここで麻世を連れていけば、いちおうの義理は果たせるといえる。さて二人が会って、どんな情況になるのか。これも楽しみだった。

店のなかに入ると、幸いなことに客は誰もいない。

「いらっしゃい、大先生。今日はまた中途半端な時間に……」

カウンターのなかにいた夏希の声が一瞬途切れた。麟太郎の後ろの麻世の姿に気がついたのだ。

「まあ、可愛い娘さんとご一緒ですね、華やかですね」

「前にもいったけど麻世という名で、親類筋からの預り物の高校二年生だ」

いいながら麟太郎は奥の席に麻世を誘いいれる。

すぐに夏希が冷たい水の入ったコップをトレイにのせてやってくる。

「お酒にしますか、それとも」

真直ぐ麟太郎の顔を見て夏希は訊く。まだ麻世の顔に視線は合せない。

「預り物の高校生の前で酒は飲めねえから、俺はコーヒー。麻世も一緒でいいか」

こくっとうなずく麻世の返事を確かめてから、

「それから何か食い物をな。夕食代りになるような」

機嫌のいい声をあげる。

「焼きそばとか、オムライスとか……」

夏希の言葉に、

「オムライスがいいな。どうだ、麻世」

麟太郎が麻世の顔を見ると、無言でうなずく。

「じゃあ、オムライス、二つですね。先に飲物を持ってくればいいですか」

「そうしてくれ」

という麟太郎の言葉に夏希は背中を見せる。一度も麻世の顔は見なかった。

すぐに飲物がウェイトレスの理香子の手で運ばれてくる。目は麻世の顔に釘づけだ。

夏希はカウンターのなかで、料理づくりに専念している。

しばらくすると「お待ちどおさま」という夏希の声。オムライスの到着だ。

麟太郎と麻世の前に、平べったい玉子を巻いた昔ながらのオムライスが並ぶ。上には真赤なトマトケチャップがかけ回してある。見るからにうまそうだ。野菜サラダと、どういう加減か味噌汁もそえてある。

「じゃあ、いただこうじゃないか」

麟太郎の声に麻世がスプーンを手に取る。むろん、麟太郎もだ。夏希はといえば、すぐ近くの席に腰をおろして二人の食べっぷりをじっと見ている。

「どう、おいしい？」

夏希の声に麟太郎と麻世は同時にうなずく。

「オムライスは、やっぱり昔ながらの平べったい玉子を巻きこんだやつが一番だな」

麟太郎の言葉に、

「嬉しいことをいってくれますね、大先生。でも、実をいうと今風のふっくら玉子のつくり方がよくわからなくて。それで、いまだに昔のままで」

少し恥ずかしそうに夏希はいう。

「昔から食べてきたものが、一番。それに勝るうまさはないからな」

そんな話をしながら、二人はオムライスを食べ終える。ほっと一息ついたところで夏希がおもむろに口を開いた。視線は麻世の顔だ。

「約束通り、噂の美女を連れてきていただいて、ありがとうございます、大先生」

夏希の言葉に、きょとんとした表情を麻世は浮べる。

「いや、ここの夏希ママが麻世の評判を聞いて、一度話がしたいというので……」

「私の評判？」

「麻世さんを見た男連中が、可愛い可愛いっていうもんで、それで大先生に一度会わせてくださいと頼んだんです」

夏希の目は麻世の顔を凝視している。

「ああ」

と一言だけ麻世はいい、

「ヤンキーの沢木麻世です。よろしく」

とドスの利いた声で答えた。

「麻世さんは、ヤンキーなんですか」

夏希が驚いた声をあげた。

「つい、この間まで殴り合いの喧嘩ばかりしてた、正真正銘のヤンキーです」

「殴り合いって――そんなことしてたら折角の綺麗な顔が台なしに……」

啞然《あぜん》とした表情を浮べる夏希に、

「顔なんて、砕けようが潰れようが、どうでもいいから。それより、確実に喧嘩に勝つほうが大事だから」

何でもないことのように麻世はいった。

「そんな心にもないことを、麻世さん」

夏希はたしなめるようにいった。

「心にもないことじゃないよ。私は本当にそう思ってるから。て、いうか。私はこの顔にかなりの迷惑をこうむってるから」

妙なことを麻世が口にした。

「この顔のために、私は男からも女からも目をつけられて、あげくの果てに殴り合いの喧嘩。そんな毎日をずっと過してきて、いいかげん、うんざりしてることは確かだから」

吐き出すようにいった。

「そんな、罰当たりなことを！」

いいつつ、夏希はようやく、麻世が普通の思考の持主ではないことに気がつき始めたようだ。

「麻世さんはまだ若いから、自分の恵まれた状況に気がついてないだけ。もう少し、年を取れば……」

「年を取れば取るほど、女はそれだけ不細工になっていくだけ。私はそう思うけど」

表情を変えずにいう麻世に、

「不細工にならない女もいると思うわ」

幾分胸を張って夏希がいった。

「でも、そんな女の人。私、今まで一度も見たことがないけど」

面倒臭そうに麻世はいう。

そんな二人のやりとりを、麟太郎は複雑な思いで聞いていた。まったく言葉が嚙み合わない。これでは水と油だ。そう思いながらも二人のやりとりは面白かった。しかし、そろそろ止めたほうが……。

「ねえ、麻世さん。あなたって、すっごく面白い。高校を卒業したら、私と一緒に仕事をしない。もし、お金が好きなら。それとも嫌い？」

夏希が妙なことをいい出した。

「そりゃあ、嫌いじゃないけど」

初めて麻世が呆気にとられた表情を浮べた。

「私と麻世さんが一緒になって、銀座にでも水商売の店を出せば大繁盛間違いなし。そうは思わない」

とんでもないことをいい出した。

「残念だけど、それは無理。私に接待業なんかできるはずがない。だから無理」

きっぱりといい切る麻世に、

「それは麻世さんの単なる思いこみ。女って片足を一歩踏み出すだけで、生き方も考え方もがらっと変えることのできる不思議な生き物なんだから」

嚙んで含めるように夏希はいう。

「でも、無理です」

仏頂面で麻世は答える。

「そうか、麻世さんは看護師志望だったもんね。前に大先生が、そんなことをいってたのを思い出したわ」

夏希の言葉に麻世の視線が動いて、じろっと麟太郎の顔を見る。何かいうかと思ったが、何もいわなかった。

「麻世の気性なら看護師にはうってつけだから、なってくれたら嬉しいなと思ってよ」

麟太郎のほうが口を開いて、弁解じみた言葉を出した。

「私が看護師……」

ぽつりと麻世が呟いた。

「もしくは、水商売の女王」

すかさず、夏希が言葉を出した。

そのとき入口の扉が開いて、数人の男たちが威勢よくなだれこんできた。そろそろ、スナック『田園』の開店時間なのだ。当然、夏希と麻世の会話は打ち切られ、店内は急に賑わしくなった。

高史が診療所へやってきたのは、敏之と話をした翌日。治療の終る夕方頃に顔を見せて、受付も通さず入ってくると、そのまま待合室の隅にひっそりと座りこんだ。

その日の診療を終えた麟太郎が待合室に顔を見せると、

「あっ、すみません。勝手に押しかけてきて」

弱々しい声で高史はいい、頭が膝につくほど腰を折った。

「よく考えてみるといっていたが、何か結論は出たのかな」

やんわりと訊くと、

「結論は出ました。だからこうして、ここへ」

高史にしては大きな声で答えた。

「そうか、ちょっと待て。麻世ももう、帰ってきてるはずだからよ」

と麟太郎は奥につづく扉を開けて、おおい、麻世と大声をあげた。

すぐにやってきた麻世は、高史の顔を見て低い声を出しながら片手を小さくあげた。

三人は待合室のイスに並んで腰をおろした。

高史が大きく深呼吸をした。

「麻世さんの話を聞いて心が動揺したのは確かなんですが、やっぱり僕には知沙さんを諦めることは……何があろうが、どうあろうが、僕はあの人が大好きで、できれば知沙さんと生涯を共にしていきたいと」

大胆なことを一気にいった。

「そうか、そういう結論になったか、生涯を共にってか。そうか、世の中そうでなくっちゃな。いや、よくいった、高史君」

手放しで麟太郎は誉《ほ》めるが、麻世は浮かぬ表情だ。

「いくら、こっちがそうきめても、肝心の向こうがあんたのことをどう思っているか」

ぼそりといった。

「はい、だから、この僕の気持と、何とかおつきあいができたらという気持を知沙さんに伝えたいんですが、僕は何しろ口べたというか気が小さいというか、こういうことはまったく慣れてないというか」

しどろもどろに高史はいい、

「それで、麻世さんに僕の代りにあの人にこの気持を伝えてもらって、それで返事というか何というか」

顔を真赤にして後をつづけた。

「麻世に、それを託すというのか。しかし、そういうことは自分で――」

と麟太郎は口にしてから、

「いや、そのほうがワンクッション置けることになって、この場合は……」

口のなかでもごもご独り言をいう。そして、

「麻世、高史君の頼みを聞いてやってくれ」

こんな結論を出した。

「それはいいけど、私はやっぱり無理なような気がするよ。それでもいいっていうんな

ら」

麻世の言葉に高史の両肩が落ちる。

「どんな結果が出てもいいから、高史君の気持をそのまま知沙さんによ」

といったところへ、母屋に通じる扉のところに誰かが立つのがわかった。

「居間に行ったら誰もいなくて、それでここにきたんだけど……」

潤一が掠れた声でいいながらて立っていた。

しかしまあ、なんとこいつはいつも、間の悪いときに現れるもんだと麟太郎が思っていると潤一が手招きをした。不審な気持で潤一の前に麟太郎が行くと、

「当たった。隅田川の花火大会。三枚じゃなかったけれどキャンセル待ちの分で二枚当たった。代金も振り込んでおいた」

ポケットから二枚のチケットを出して麟太郎の前でひらひらさせた。

「当たったのか。それにしても当選通知のくるのが遅かったな」

「実はもっと前に届いてたんだけど、ほかの郵便物のなかに紛れこんでいて……あらためて丁寧に探したら、それが出てきて慌てて先方に連絡を――申しわけない」

頭をかきながらいう。

「要するに、お前のうっかりミスか。まあ、二枚でも当たったからいいようなもんだが」

麟太郎はひょいと二枚のチケットを潤一の手から抜き取り、

「とにかくこれは、俺が預かっとくからよ」

白衣のポケットのなかに捩じこんだ。

「それはいいけど、チケットは二枚だから。三枚じゃなく二枚だから」

念を押すように潤一がいったとき、

「じゃあ、じいさん。これから知沙に会いにいってくるよ。こういうことは早いほうがいいだろうから」

と麻世が大声でいった。

「何だか、取りこんでいるみたいだな、親父」

「そう、まったくお前は、間が悪い。とにかくそういうことだから今日はもう帰れ。麻世も出かけるっていうし、夕飯もどうなるかわからんし」

睨みつけるような目を向けると、

「そうだな、帰ったほうがよさそうだ。だけど、腕相撲には負けてしまったけど、チケットは二枚だからな、親父」

あのことも、まだ引きずってはいるようだ。

どういうつもりか、潤一は音を立てないように静かに扉の向こうに消えていった。

「麻世っ」

今度は麟太郎が手招きで麻世を呼んだ。

「もし、駄目な場合、知沙さんにこう伝えてくれ。今月末の土曜日、ここへ幸せの手当てを受けにこないかと――時間はそうだな、夕方の五時頃にとよ」

こんなことを耳打ちした。

「幸せの手当てを知沙に――いったい、どんな魂胆があるんだ、じいさん」

怪訝な表情を見せる麻世に、

「幸せの手当てを受ければ、知沙さんだって誰だって幸せになれるからよ。何といってもオキシトシンだからよ」

煙に巻くようなことを麟太郎はいう。

「わかったよ。とにかく行ってくるから」

そのまま診療所の玄関から出ていく麻世の姿を、麟太郎と高史は見送る。

「さて待つか、吉報を」

ぽんと高史の肩を叩いた。

麻世が帰ってきたのは二時間ほど後だった。

「えらく、時間がかかったな」

と高史と一緒に居間から出てきた麟太郎が訊くと、

「ちょうど知沙は早番で終るところだったから、別の喫茶店に行って。やっぱり元ヤンキー同士、つもる話もあったからね」

麻世はこんなことをいい、三人はまた待合室のイスに並んで腰をおろした。

「あんたの気持、聞いた通りに相手に伝えたよ」

と麻世はいい、そのときの一部始終を高史と麟太郎に話し出した。

「あの人、高史さんていうのか」

話を聞いた知沙は、まずこういったという。

「気づいてたのか」

と訊く麻世に、

「そりゃあな。あれだけ熱い目でちらちら見られれば、女なら誰でも気づくよ。視線が合えば、ぱっとうつむくし。以前の私たちの周りには絶対にいなかったタイプ」

すらすらと知沙は答えた。

「純情可憐な好青年で通ってるらしいよ」

「純情可憐か――何だか眩《まぶ》しいような言葉だよなあ。私たちがいつか昔、忘れ去ってしまった言葉というか。でも……」

ぽつりと知沙は言葉を切り、

「ああいうタイプ、嫌いじゃねえよ。女の保護欲というか母性本能というか、そんなものを誘ってさ」

知沙はアイスコーヒーを強くすすった。

「やっぱりな。それで、つきあってほしいという、あんたの答えは」

麻世は真直ぐ知沙の顔を見た。

「あんたが思ってる通り……莫迦ばっかりやってきた私たちに、ああいう眩しい相手は無理。結局は申しわけなさから怒鳴りまくるか、しばきまくるか、そんな結果になるような気がする。何たって私たちはワルだったんだから。それも世間様からは極めつきの」

大きな溜息を知沙はもらした。

「わかった。それはそれとして、ひとつだけメリケン知沙のあんたに訊きたいことがあるんだけど、教えてくれるか」

麻世がドスの利いた声を出した。

「なんで、ヤンキーやめたんだ」

知沙の顔がすっと青くなった。

「母親が首をくくった……だからな」

低すぎるほどの声でいった。

「悪い。嫌なこと訊いちまった。本当に悪い」

麻世は上体を折るように頭を下げた。

「いいよ――じゃあ私からもひとつ。なんで、ボッケン麻世はヤンキーやめたんだ。あんなに強かったのによ」

麻世の胸が嫌な音を立てた。

「男にいいようにされて……」

ごくりと唾を飲みこんだ。

「殺してやろうときめたところを、あのじいさんに助けられた」

絞り出すような声でいった。

しばらく沈黙がつづいた。

「最悪だな私たち――ところで、あのじいさんっていうのは、この前一緒にきていたじいさんのことか」

妙に明るい声で知沙がいった。

「ああ、今戸神社近くで診療所を開いている医者のじいさんだよ」

「それって、やぶさか診療所のことか。ヤクザにも警察にも顔が利く、チョーお節介な、じいさんがやってるっていう」

弾んだ声で知沙は訊いた。

「知ってるのか、お節介じいさんのこと」

「風の噂のようなもんだけど、けっこう有名だな、そのじいさんは」

「実は、そのじいさんのところに私は今、住んでるんだ。じいさんは私を看護師にさせたがってるらしくて」

照れたような口調でいうと、

「ボッケン麻世が人様の命を救う、看護師か。いいなそれは、かなりいいな」

知沙がはしゃいだ声をあげた。

おまけに拍手までした。

「じゃあ、メリケン知沙が、純情可憐な風鈴屋の嫁になってもいいんじゃないか。私はそう思うけどな」

「それは……」

とたんに知沙はうつむいた。

「それはそれとして、そのじいさんからあんたに伝言があるんだ」

と麻世は麟太郎から聞いた通りのことを、そのまま知沙に話した。

「幸せの手当て？」

きょとんとした目を向ける知沙に、

「今、町内で大はやりらしい。誰もが幸せになれるという触れこみのようだけど」

麻世は手当ての効用を詳細に知沙に話して聞かせる。

「何だか面白そうだな。月末の土曜日は早番のはずだから行ってもいいけど。そのじいさんの顔もじっくり見てみたい気がするし」

なんと知沙が乗ってきた。

「じゃあ、くるといい。診療所は土、日休みだけど、チャイムを鳴らしてくれれば、すぐに行くから」

一件落着はしたが、二人の話はそれから一時間近くつづいた。ほとんどが昔の喧嘩自慢になってしまったが。

これが知沙との話の全部だった。

診療所に帰って麻世はこのすべてを正直に二人に話したが、自分がヤンキーをやめた部分だけは伏せた。心の整理がまだつかず、簡単に話せる状況には至っていないようだ。

「お母さんが首を……」

話を聞いた麟太郎はまずこういい、

「それなら、余計に知沙さんには幸せになってもらわねえとな」

しょげ返っている隣の高史の肩を、そっと叩いた。

「大丈夫だ、これからだ」

肩を揺さぶってささやいた。

月末の土曜日は晴天だった。

考えれば、この日は両国の花火大会の日である。午後になって、診療所のなかが何となく落ちつかない雰囲気になった。

看護師の八重子がやってきて、何やら二階の奥の部屋に入ってごそごそやっている。三時すぎに今度は潤一がやってきて、ほんの少し顔を見せたかと思ったら、何やらそわそわした様子で外に出ていった。

麟太郎と麻世は、二人で食堂兼居間のテーブルの前に座っている。

「今夜はいよいよ両国の川開き、花火大会の日だ。みんなで出かけるから、麻世もそのつもりでな」

上機嫌で麟太郎がいった。

「花火大会はわかってるけど、みんなっていうのは」

怪訝な面持ちを浮べて麻世が訊くと、

「みんなというのは、俺に麻世に潤一、それに八重さんだな」

にまっと麟太郎が笑った。

「さらに、もう二人。高史君と知沙さんがこれに加わるな」

上機嫌でいった。

「知沙さんって。知沙も一緒に花火大会に行くのか、じいさん」

驚いた声をあげる麻世に、

「不満か」

笑いながら麟太郎はいう。

「不満なんかはないけど、突然だったからびっくりして」

「幸せの手当ての後に、みんなしてな。そのためにあの子を呼んだんだが、本当にくるんだろうな、メリケン知沙は」

心配になってきたのか、口調がやや乱暴になった。

「くるよ。あいつはけっこう律儀なヤンキーだったから、いったことは必ず守るよ。なんたってメリケン知沙だから」

訳のわからないことを麻世はいう。

「くるなら、それでいいんだ。なんといってもあの子が、こねえことには……」

口のなかでぼそぼそいったとき、二階から八重子がおりてきて、

「麻世さん、上にきてください。柄をきめましたから」

と嬉しそうな顔で声をかけた。

「えっ、上で何か」

訝しげな声を出す麻世に、

「女の子のたしなみだ。いいから上に行って八重さんの指示に従え、麻世」

発破をかけるように麟太郎はいい、麻世は訳がわからないような顔をして二階に行く。

それを見送った麟太郎はテーブルの上の大皿に手を伸ばす。

大皿の上に盛ってあるのは数十個の稲荷寿司《いなりずし》だ。

どういう習わしなのか、下町では何か事あるごとに、このオイナリさんが出てくる。花火大会のために夕食を摂っている暇もなくなるだろうと、麟太郎が八重子に頼んで、みんなのためにつくってもらったものだ。

麟太郎はオイナリさんをつまみながらビールを飲む。何はともあれ腹ごしらえ。本当の仕上げはそのあとだ。

二階から八重子と一緒に麻世がおりてきた。

「何だか、恥ずかしいよ、じいさん」

本当に恥ずかしそうに麻世はいうが、そのなかには嬉しさも混じっているような……。

麻世は浴衣姿だった。

柄は紺地に白抜きの朝鮮朝顔。

麟太郎の妻の妙子が着ていたものだった。

「おおっ！」

麟太郎は叫び声をあげた。

前から花火大会の日には麻世に浴衣を着せようときめていた。亡くなった妻が持っていた物のなかから選んで。それが実現した。正直いって嬉しかった。

「綺麗だな、麻世。すごく綺麗だな」

思わず麟太郎は拍手をした。

「やめろよ、じいさん。余計に恥ずかしくなるから。それに、こんな格好じゃ窮屈で、喧嘩を売られても買えないよ」

すねたような口調でいう麻世に、

「そんなものは、買わんでいい」

ぴしゃりといって麟太郎は首を横に振る。

「麻世さんは今風の顔立ちなので、はたして浴衣はと心配していましたら、この似合いよう。正直いって驚きました」

感心したようにいう八重子に、

「麻世は心根がいいから、だからよ、何を着てもよ。俺はそうだと思うぜ、俺はよ」

ふいに麟太郎の声に潤みが混じった。

「じいさん……」

叫ぶような声を麻世があげた。

「何だか夏風邪をひいちまったようだ。医者の不養生だよなあ」

ちゅんと洟をすすった。

「じいさん、縁もゆかりもない私に、こんなことまで。どういったらいいのか……本当に、本当に……」

麻世の声も潤んでいた。

思いきり頭を下げた。

そのとき潤一が帰ってきた。

「わおっ！」

と奇声をあげた。

「すごいな麻世ちゃん。すっごく綺麗だ。似合いすぎ、浴衣似合いすぎ。ひょっとしたら、世界でいちばん綺麗かも」

上ずった声でいった。

三人の目が潤一を睨んだ。

「若先生、この場の空気をよく読んで」

八重子がやんわりといった。

潤一はすぐに静かになった。

高史がやってきたのは四時半頃。すぐに居間に招き入れられた。

そして五時ちょうどに、知沙が診療所の玄関に姿を見せた。

「じゃあ、八重さん。俺たちは診察室に行こうか」

麟太郎は麻世だけを手招きして、三人でまず待合室のほうへ行き、知沙をなかに入れる。

「おっ、麻世、お前！」

浴衣姿の麻世に知沙が驚きの声をあげた。そのあとに簡単な挨拶を交わして、麟太郎は知沙を診察室のほうへ誘う。八重と麻世も知沙のあとにつづいてなかに入る。

「さて、面倒な前置きはなしにして早速、幸せの手当てにかかろうかいね。時間も迫っていることだしよ」

知沙を丸イスに座らせて前を向かせ、ゆっくりと背中をさすり始める。

「体の力を抜いて、リラックスして、知沙」

麻世が応援するような言葉をかける。

「お母さんのことは麻世から聞いたよ。悲しいことだけど、それだけに知沙さんには幸せになってもらわねえとな。知沙さんも麻世も、辛いことや苦しいことに散々あってきてるんだから、余計によ」

こんなことをいいながら、麟太郎は知沙に手当ての法を丁寧に施す。手当ては三十分以上、知沙の背中に加えられた。

「さて、気分のほうは、どんなものかな。オキシトシンはちゃんと出てるかいね」

麟太郎の砕けたいい方に、

「はい。かなり楽になった気分です。何だか背中がぽかぽかしているというか、なんというか」

柔らかな調子で知沙もいった。

本当にゆったりとした表情だ。

「じゃあ、手当てが効いたところで、知沙さんにプレゼントだ」

といってから、八重子にうなずいてみせる。

八重子はすぐにその場を離れ、母屋に行って高史を連れてきた。後ろには潤一も一緒にいるが――。

「すべては麻世から聞いたけど、ここはいろんな理屈は全部棚の上にあげて、今夜だけこれを持って高史君と花火につきあってやってくれねえか」

花火大会の二枚のチケットを知沙の手に握らせた。後ろに立っている潤一の首が、がくっとたれるのがわかった。

「えっ、チケットが手に入ったんですか」

驚きの声をあげる知沙に、

「だから今夜だけ二人で。むろん、高史君が訳のわからんことをいったら怒鳴りまくってても、しばきまくってもいいからよ」

おどけた口調で麟太郎はいう。

「あっ、はい。この先は、どうなるかわかりませんけど、精一杯」

と知沙も素直な声をあげた。

「もちろん、先のことなんぞ、お釈迦《しゃか》様ぐれいにしかわからねえからよ。先なんてのは成り行きまかせでけっこう――そうときまったらよ、八重さん」

突然、麟太郎の口調が伝法になった。

「はい。じゃあ、知沙さん、私と一緒に」

「えっ、どこへ行くんですか」

とまどいの声を知沙はあげる。

「麻世さんと同じように浴衣をですね。女の子はやっぱり、こういうときは浴衣ですから」

とたんに知沙の顔がぱっと輝いた。

「私が浴衣を着るんですか、いいんですか、そこまで甘えて」

嬉しさいっぱいの声をあげた。

オキシトシンのときより、嬉しそうな声だ。

「このじいさんは、甘えると喜ぶ変な性格なんだから、それでいいんだよ」

麻世が顔中を笑いにしていった。

高史の顔も歓《よろこ》びに溢《あふ》れている。
そのとき、花火の音がドーンと響いた。
いそいそと知沙が立ちあがった。

第五章　妻の復讐

白い布で包まれた小さな塊。

寝間の和箪笥《わだんす》の上にちょこんとのっているのは骨壺《こつつぼ》だ。

四畳半の真中に足を崩して座った幸子《さちこ》は、その骨壺をじっと見る。骨壺の主は有村《ありむら》要《かなめ》、幸子の亭主である。

「さて、あんた。このなかの骨をどうしようかね」

低い声で呟くようにいった。

「大川に投げこんでもいいし、そのへんの道端に、まきちらしてもいいし……いっそ、ごみの収集車に持っていってもらうという手もあるよね」

これも呟くようにいってから、

「そうだ」

と声を張りあげて幸子は腰をあげ、一階につづく狭い階段をおりて台所に行く。ポットから熱い湯を急須に入れて、手早くお茶を淹《い》れる。お茶の入った湯飲みを手に、幸子はゆっくりと階段をあがって寝間に戻り、元の位置に腰をおろす。

「こうやって」

じろりと骨壺を睨みつける。

「お茶を飲みながら、骨壺の前であんたの悪口を死ぬまでいいつづけてもいいよね。羊《よう》羹《かん》か何かを食べながら、あんたの悪口をくどくどとね」

そろそろと熱いお茶をすすりこむ。

「とにかく、確実にいえることは、あんたの骨はうちの墓には絶対に入れない。これだけはきめたことだから、覚悟しときな。それだけのことをやってきたんだから、文句はいえないよね」

いったとたんに、涙が頬を伝うのがわかった。何の涙なのかわからなかった。悲しみではないはずだ。それでは憎しみなのか。人間は憎しみの感情でも涙を流すのか。これも、わからなかった。わからなかったが自分が泣いているのは確かだった。

幸子は手にしていた湯飲みを、畳の上に叩きつけるように置いた。お茶が飛びちって、ささくれた畳を濡らした。

むしょうに寒かった。

寒さは足の先から徐々に這《は》いあがっていき、首のあたりですっと止まった。体は寒かったが、頭だけは熱かった。喉が渇いて仕方がなかった。幸子は湯飲みに半分ほど残っていたお茶を一気に飲んだ。

「チキショウ、チキショウ……」

湯飲みを払いのけて、幸子は両手で畳を叩いた。何度も何度も叩いた。夢中になって叩いた。

いつのまにか涙は止まっていた。

体だけが、やっぱり寒かった。


幸子は三十分ほど前に『やぶさか診療所』から帰ったばかりだった。

昨夜、院長の麟太郎から、今日の夕方、診療所のほうにきてもらえないかと電話があって行ってみたのだが。

診察室に入ると雰囲気が変だった。

麟太郎も看護師の八重子も何となく硬い表情で、ぎこちない。

無理がないともいえた。

幸子は十日前に亭主を亡くしていた。

「要さんは、本当に残念なことになって……」

ぽつりと麟太郎がいった。

「本当に残念なことに——それで、お店のほうはまだ休業中なんですか。お店を開けたほうが気が紛れるということも」

すぐに、その場の雰囲気を和ませるように、八重子が麟太郎のあとをつづけた。

「はい、紛れることはわかっているんですが、なかなか気力のほうが……あと十日ほどは休もうと思っています」

低い声でいった。

幸子の家は父親の代から浅草で『ありむら』という名のもんじゃ焼きの店をやっていた。亭主の要は店に食材を入れていた会社の従業員で、それが一人娘の幸子と恋仲になり、入り婿として『ありむら』の店に入ったのが、ちょうど二十年前。幸子が二十五、要が二十七のときだった。

その要が呆気なく死んだ。交通事故だった。

店の買出しでワゴン車を運転して市場に行く途中、大型トラックと正面衝突して、ほぼ即死に近い状態だった。要との間に子供はなかった。二人だけの家族だった。

「あのう、大先生」

幸子は遠慮がちに声をかけた。

「今日はいったい、どんな話があって私をここへ」

怪訝そうな顔で麟太郎を見た。

「さあ、それなんだけどな」

麟太郎は幸子の視線をそらして天井を睨みつけた。

何とも妙な様子だった。要の交通事故の件で、何か不審な点でも見つかったのだろうか。それぐらいしか幸子には思いあたることはなかったが、それにしても要が運びこまれたのはこの診療所ではない。と、なると、いったいどんなことが。

「ちょっと幸子さんに訊きたいことがあってな。それで、ここまできてもらったんだがよ」

申しわけなさそうにいう麟太郎の言葉に、口をぎゅっと引き結んだ表情で八重子が小さくうなずく。

「幸子さんは要さんから、何か病気のことを聞いていたかな」

今度ははっきりした口調でいった。顔も本来の医者の表情に戻っている。

「病気って……私はそういったことは何も聞いてはいませんが。あの、うちの人は何か病気に罹《かか》っていたのでしょうか」

胸一杯に不安が広がった。

麟太郎が自分をわざわざここへ呼び寄せて訊くぐらいなのだから、たちの悪い病気としか考えられない。それも伝染病……腸チフス、赤痢、結核などといった病名が幸子の頭に浮ぶ。

「まあ、罹ってはいたんだが——そうか、何も聞いてねえか」

鱗太郎はそういって腕をくんだ。

「大先生、ここはやっぱり、幸子さんに正直にいったほうが」

八重子が遠慮ぎみに声を出した。

「そうだな、やはりな」

鱗太郎は小さくうなずき、

「俺がこれから話すことは、実は法律違反になることなんだが、事がこうなった以上違反になろうがなるまいが、隠してるわけにはいかないからな」

きっぱりした調子でいった。

「法律違反ですか？」

ざわっと胸が騒いだ。

「本来なら本人の承諾を得なければ、たとえ家族であっても喋ってはいかんのだが、要さんはすでに亡くなってしまっているからな。だからな」

鱗太郎の困ったような表情に幸子の胸はさらに重くなる。いったいどんな病気なんですかと口に出そうとしたが、その勇気がなかった。体を縮めて、鱗太郎の次の言葉を待つのがやっとの状態だ。

「要さんは、ＨＩＶのキャリアだった」

声は落していたが、しっかりした口調で鱗太郎はいった。

「エイチアイブイ……ですか」

聞いたことのない言葉だった。ということはよほど珍しい病気なのか。それなら稀《まれ》というだけで、それほど怖いものではないのかもしれない。幸子が都合のいい解釈を頭のなかで組立てていると——。

「HIVというのは、ヒト免疫不全ウィルスとも呼ばれているもので、後天性免疫不全症候群……つまり、エイズを発症させるウィルスのことだよ」

幸子でも知っている言葉が麟太郎の口から出た。それも衝撃的な言葉が。

「エイズ……」

口に出したとたん、頭のなかが真白になった。顔から血の気が引くのが自分でもわかった。体が小刻みに震え出した。

幸子は声も出さずに黙りこんだ。

「要さんがここにきたのは、ひとつきほど前のことです」

八重子が口を開いた。

「何か引っかかることでもあったのか、血液検査を申し出られたんですが、その結果が陽性でした。要さんの話では、東南アジアのほうへ一週間ほど旅行に行ってきたとだけ、おっしゃっていましたが。おそらくそのとき、ちょっとハメを外したのが原因ではないかと」

確かに一年ほど前、もんじゃ焼きの組合の旅行でタイとベトナムに行ったことはある。そのときに要は——むろん、この旅行に幸子は行ってはいない。

「それは、それとして」

麟太郎が低い声を出した。

「わざわざきてもらったのは、事がこうなった以上、奥さんにも血液検査を受けてもらったほうがいいと思ってよ。夫婦ということでもあるし、ここはやっぱりきちんとしておいたほうがよ」

ようやく呼ばれた理由がわかった。

心のほうも、かなり落ちついてきた。

「あの、エイズというのは、どうしたら感染するんでしょうか」

逆に質問をしてみた。

「基本的には性交渉なんだがね。粘膜の小さな傷から感染するわけだから、運が悪ければキス程度でも感染の可能性はあるな。あとは、汚染された血液の輸血や、稀には、これも汚染された注射針からということもよ」

ささいな可能性まで麟太郎は口にして、

「ただ、もし感染していたとしても、以前と違って今はエイズの発症を遅らせるなどの、いい薬が開発されているから、絶望的になる必要などまったくない。そこのところを間違えないようにな、幸子さん」

いたわるような言葉をかけた。

「ですから幸子さん。血液検査をしてみましょうよ。感染していなければそれでいいし、もしそうであっても、今大先生がいったように、いい薬があるんですから。結果は三日ほどで出ますから」

今度は諭すような言葉を八重子がかけた。

「はい、それなら、検査を受けても私はいいですけど」

幸子は血液検査を受ける臍《ほぞ》を固めた。

といっても、麟太郎の説明からすれば、まず感染はしていないはずだ。だが、念には念を入れて検査を受けてみるのもいい。世の中には途方もない運の悪さがついてまわることもあるのだ。

それに、要がＨＩＶのキャリアなら、あの件をどうするかだ。

口をつぐんでいるか、それとも……。

麟太郎は要の病気を、本人の了承なしで自分に伝えることは法律違反だといった。つまり、黙っていてもいいのだと。それでいけば、自分が口をつぐんでいても法律を犯すことにはならないはずだ。たとえ相手が、そのために死んだとしても、罪には……。

幸子は呼吸を整えるために、大きく息を吸いこんだ。

三日後——。

幸子は今日も二階の寝間の真中に座りこんで、和箪笥の上の骨壺をじっと見ている。血液検査の結果を訊くために『やぶさか診療所』に出向いて帰ってきたばかりだった。結果は陰性。幸子はＨＩＶウィルスに感染していなかった。

「当然だよね」

ぽつりと幸子は声に出す。

「この一年ほど、私とあんたは体の関係なんてなかったんだから」

じろりと骨壺を睨みつける。

「だけど、なんでこうなっちまったんだろうね。間が悪いというか、運が悪いというか。情けないというか」

古畳の上にはお茶を入れた湯飲みが置いてある。隣の皿にのっているのは羊羹だ。黒蜜のたっぷり入った、ずしりと重い上等の羊羹である。

「だけど、あれはあんたが悪い。いくら夫婦だからって、いっていいことと悪いことがあるんだ」

幸子は羊羹を一切れ指でつまみ、ぽいと口のなかに放りこむ。ゆっくりと嚙みしめながら、一年ほど前の要との出来事を思い出す。考えようによっては、ささいな諍《いさか》いともいえるのだが。

あの日。店も終って従業員の早紀子《さきこ》も帰り、要と二人で遅い夕食を摂《と》っていたときのことだ。

小瓶一本のビールで顔を赤くした要が、こんなことを口にした。

「お前が太っているのは、もんじゃを食いつづけたせいかもしれんな。もう少し、痩せたらどうだ」

この一言で幸子は切れた。

幸子は自分のことを決して太っているとは思っていない。年相応の体重だ。町内を見回しても自分ぐらいの体重の女はいくらでもいる。それをこの男は。簡単にいえば、要は痩せた女が好みなのだ。そういうことなのだ。

そして、もんじゃを引合いに出されたことが、もっと嫌だった。

幸子は小学一年のときに母親を乳癌で亡くしていた。それを機に父親は会社勤めをやめ、なるべく一人娘の幸子と一緒にいられるようにと店を始めた。どうせやるなら下町らしい店をと考えた結果が、もんじゃだった。その父親も三年前に、心筋梗塞で他界していた。幸子にとって、もんじゃは家業であると同時に、父親の情愛の証しともいえるものだった。それを汚された思いがした。

「あんた。いっていいことと悪いことがあるんじゃないの。この家にとって、もんじゃは大切な生活の糧であり、大袈裟なことをいえば、心の拠《よ》りどころでもあるんだよ」

声を荒らげて要の顔を睨みつけた。

「あっ……」

要の口から短い悲鳴があがった。

「ごめん、いいすぎただべ。ほら、この通り謝るからなし」

要は福島県の出身で、慌てると東北弁が口から出る癖があった。要は胡坐《あぐら》をかいたまま、頭を下げた。

「今更、もう遅い！」

怒鳴るようにいった。

大体、謝るなら胡坐じゃなくて正座だろ。そんなところにも腹を立てながら幸子は怒りを収めることができなかった。

その夜、隣で寝ている要が久々に幸子の体に手を伸ばしてきた。もんじゃの件の罪ほろぼしだ。これであの諍いを帳消しにするつもりに違いない。

要は優しさだけが取柄の気の小さな男で、争い事を腹にためてそのままにしておけない性分なのだ。人と争うのが苦手で、火種はなるべく早く消しさって心配事をなくしたい。日々是好日《にちにちこれこうじつ》――これが要の心情だった。

「嫌っ、私はあんたとはやらない」

ぴしゃりと、はねつけた。

「けど、お前」

手を引っこめながら要は情けない声を出す。

「けども、クソもない」

さっと背中を向けた。こうすれば要は絶対に手を出さない。力にまかせてということをしない男だった。気の小ささと優しさが要のすべてだった。

次の夜も要は手を伸ばしてきたが、これも幸子ははねつけた。その月のうちに数度、要は体を求めてきたが、幸子はそれをすべてはねつけた。要は幸子に手を伸ばしてこないようになった。

そして組合の旅行になったのだ。

そこで要は……小心者の要にしたら思いきったことをしたものだが、幸子の怒りはそれだけではない。

旅行から帰ったころから、店が終ったあと、要はちょくちょく外出するようになった。どうやらどこかに飲みに行っているようだ。それまでも飲みに行くことはあったが、誰かに誘われてというのがほとんどだった。それが一人で――。

「どこへ行ってるのさ」

と質してみると、

「飲みに行ってるんだよ。安くてうまい店が見つかったから」

きまり悪そうに要は答えた。

「安くてうまいって、どこの店よ」

「長命寺《ちょうめいじ》裏のちっぽけな、おでん屋だよ」

なんと、川向こうである。

「私に対する、あてつけかい」

嫌みたらしくいってやると、

「そんなんじゃねえよ。心身のリフレッシュだよ、それだけだよ」

要は悲しそうな声で答えた。

「精々リフレッシュして、しっかり働いてくれるがいいさ」

そっけなくいって、その件は収まったが、ある日、市場に行った要がケータイを忘れていったことがあった。台所のテーブルの上に置いてあったケータイを幸子は手にし、何気なく着信記録を見てみると、見知らぬ番号がいくつもあった。ほとんど、一日置きだ。胸騒ぎのようなものを感じた。すぐに店の電話から、その番号にかけてみると、

「はいっ、つじ屋です」

という女の声が聞こえた。

慌てて電話を切った。

なぜか胸の鼓動が速くなった。

いつも行っている、おでん屋だ。そう思った。しかし、それにしては通話記録が多すぎる。単なる客に、店がこれほど電話をかけてくるものなのか。浮気という言葉がすぐに浮んだ。あの小心者が……。

その夜の夕食時。

「あんたがいつも行っているおでん屋って、どんな店だい」

さりげなく訊くと、

「俺たちぐらいの年のおばさんが、一人でやってる店だよ。だから安いんだよ」

すらすらと答えが返ってきた。

「ふうん。だから安いんだ。それなら私も一度行ってみようかしら」

極めつきの言葉を出した。

「いいよ。何なら俺が連れていってやろうか。二人で行っても、それほどかからねえから」

これもすらすらと答えて、幸子はそれ以上の詮索を諦めた。要は理論武装している。そう思った。小心者が浮気をするときの典型だとも感じた。

その夜、久しぶりに要は幸子を求めてきたが、これもきっぱりとはねつけた。

「あんた」

　幸子は和箪笥の上の骨壺に話しかける。

「私は腹を括ってるからね。徹底的にやるからね。あんたは死んじまって、もういないからどうしようもないけど。浮気相手の女は絶対に許さないから。あんたがＨＩＶに罹っていたことは口が裂けても相手の女に教えないから」

　一気にいって、羊羹を一切れ、また口のなかに入れた。痩せたいがために、これまで我慢してきた羊羹だ。噛みしめた。甘かったが、うまさは感じなかった。幸子はむきになったように、もう一切れ羊羹を口のなかに入れた。うまいはずだと力を入れて噛んだ。やはり甘いだけだった。

「うまいよ、この羊羹。普段は食べたことのない上等の羊羹だからね。あんたも食べてみるかい、といっても、あんたは何にも喋れない、骨になった身だから無理か。こんなにうまい、羊羹なのにさ」

　ことさら、うまさを強調していった。

　幸子は畳の上の湯飲みに手を伸ばし、たてつづけに喉の奥に流しこむ。口のなかが甘すぎて気色が悪かった。そのとき、今日帰りがけに麟太郎が口にした言葉が頭を掠めた。

「要さんに限って、そんなことはないだろうけどよ。幸子さん以外、つまり、他の女の人と浮気をしていたってことは……」

麟太郎は申しわけなさそうに、こんなことをいった。

「あの、それは」

不覚だったが言葉が一瞬つまり、語尾も震えた。

「あの、おとなしいだけが取柄のうちの人に限って、そんなことは絶対」

慌てて言葉をつけ加えた。

「そうだな、要さんに限って、そんなことはねえよな」

いいながら幸子を見る麟太郎の目が強い光を放っていた。何かを見透かすような厳しい目。麟太郎は自分の言葉に疑いを持った。そう感じた。

「もしそうなら、早めにその女性に教えてやらねえと、大変なことにな。悪いな幸子さん、とんでもねえことをいってよ」

冗談っぽくいう麟太郎に幸子はぺこりと頭を下げ、そそくさと立ちあがって診察室を出てきたのだ。

そんなことを頭に思い浮べながら、そろそろ店を開けたほうがいいかもしれないと幸子は思う。時間がなければ人間は余計なことを考えない。望むことだけに専念できる。たとえそれが良くないことであってもだ。ただ、その前に、やっておかなければいけないことがひとつあった。幸子は長命寺裏のおでん屋に行ってみるつもりだった。相手の女の顔が見たかった。じっくりと観察したかった。

夜の八時過ぎ。

幸子は長命寺の裏手に立っていた。

めざすおでん屋はこの界隈だ。店の名前は『つじ屋』。幸子はうろうろとその周辺を歩き回った。店は十分ほどで見つかった。これに間違いない。狭い路地のなかにある、間口二間ほどのちっぽけな店だった。

古ぼけた暖簾《のれん》をくぐって、これも古ぼけた木製の引戸を開けると、エアコンの冷気がふわりと顔をつつみこむ。

「いらっしゃいませ」

という言葉に迎えられ、なかに入って見渡すと、カウンター席だけの造りで『ありむら』よりも狭かった。「勝った」と幸子は胸の奥で会心の声をあげる。

まだ暑い時期だったがカウンターは七割方埋まり、幸子は出入口に近い端の席に腰をおろす。そこでようやくカウンターのなかに目を向ける。普段着に白いエプロンだけをつけた中年の女が奥のほうで、おでん種の入った大きな鍋を覗きこんで、ダシ汁を足している。

これが要の相手の女だ。

目をこらすが、うつむき加減の横顔なのでよくわからない。しかし、年は要がいったように幸子と同じぐらいに見えた。

鍋の塩梅がよくなったようで、女が顔をあげた。すぐに幸子の前にやってきて、顔に笑みを浮べた。

「お客さん。初めてですか、ここ」

やけに明るい声でいった。

わずかに幸子がうなずくと、

「千賀子《ちかこ》と申します。以後、ご贔屓《ひいき》よろしくお願いします」

思いきり頭を下げた。

「あっ、こちらこそ」

ぼそっといった。

「何にしますか」

という千賀子の言葉に、

「生ビールと、それから、何かおでんを見つくろって」

これもぼそっといった。

ありがとうございますと、愛想よく千賀子はいって奥のほうに戻っていき、おでんの鍋のなかを覗きこむ。

幸子は機嫌が悪かった。

要は、俺たちぐらいのおばさんといったが、半分は当たっていて半分は外れていた。年は確かに要のいったように中年だったが、容姿がかなり違っていた。

美人というほどではなかったが、千賀子の目鼻立ちは整っていた。そして何よりも、千賀子の顔には華があった。人間を惹きつける何かがあった。つまり、端的にいって千賀子は綺麗なのだ。容姿では完全に負けていた。それが幸子には面白くなかった。まったく当てが外れた。

「お待ちどお様でした」

声と同時に、おでんの盛り合せと生ビールのジョッキが置かれ、幸子はちらっと千賀子の顔を見てからわずかにうなずく。

カウンターの奥に戻る千賀子の後ろ姿を見ると、すっきりとした体つきで贅肉《ぜいにく》はついていない。つまり、千賀子は痩せているということになる。さらに面白くなかった。

半平《はんぺん》を箸でつまみ、口に入れる。

ゆっくりと舌の上で転がして、おでんの味を吟味する。

「ふうん」

と幸子は小さく声をもらす。

昆布と鰹《かつお》のダシがしっかり利いてはいたが、取り立てていうほどのものではない。プロならこれぐらいの味は当たり前。つまり、普通ということになる。もんじゃとおでん、料理は違っていても、これなら『ありむら』のほうが味は上。この勝負は自分の勝ちだ。あとは大根を食べてみて、味の染み具合をと考えていると――。

カウンターのあちこちから、男たちが小出しに、おでんの注文を千賀子にしているのに気がついた。

「千賀ちゃん、千賀ちゃん」

という男たちの声が響く。

この声に幸子は憮然《ぶぜん》とする。

要するに甘えてるだけじゃないか。

そうは思うのだが男たちは嬉しげだ。

ということは、要もこの男たちと同じような態度を取っていたということなのか。いずれにしても面白くないのは確かだった。

幸子は三十分ほどで『つじ屋』を出た。

おでんは半分ほど残した。

幸子にできる唯一の抵抗だった。

それを見た千賀子は「どうもすみません」と素直に頭を下げた。これがまた面白くなかった。店の外に出た幸子は大きな咳払いを、ひとつした。値段は確かに安かった。

幸子は長命寺裏から急ぎ足で自宅に向かった。桜橋を駆けるようにして渡り、二十分ほどで自宅に戻った。

要にいいたいことがあった。

二階にあがり、和箪笥の上の骨壺を袋から出して剝き出しにした。その前に幸子は仁王立ちになった。

「話が違うじゃないか、あんた。確かに値段は安くて、女のほうも中年だったけど。様子がちっとばかし良すぎたじゃないか」

いってから幸子は思わず周囲を見回した。

これだと自分の容姿が、相手に負けたことを公言しているようなものだ。こんなことを誰かに聞かれたら、恥ずかしくて外も歩けなくなる。が、当然のことに周囲に人がいるわけがない。

「おまけに、あの女は痩せてるじゃないか。あんたは、あの女の顔とスタイルに参っちまったのか、情けないねえ」

こう怒鳴ってから、情けないのは自分のほうだと幸子は気がついた。わざわざ長命寺裏まで出かけ、女の容姿と店を値踏みして、おまけに、その鬱憤を死んだ亭主の骨壺の前でぶつけているのだ。情けないにきまっている。そうはわかっていても、憤りはなかなか収まらない。

幸子はつと指を伸ばして、骨壺を両手でつかんだ。じっと睨みつけるように見てから、つかんだ骨壺を振り出した。まるで、シェイカーを振るバーテンダーのように。骨壺のなかで骨が音を立てていた。

乾いた音だった。

軽すぎる音だった。

骨壺を振りながら、幸子はいつのまにか大粒の涙を流していた。

幸子は泣きながら骨壺を振りつづけた。

店を開けて十日が過ぎた。

亭主の要がいなくなって従業員の早紀子と二人で店をきりもりしているのだが、さすがに戦力が一人欠けた分だけ忙しくなった。

しかし、幸子はそのほうがいいと思っている。忙しければ余分なことを考える暇もなくなる。特にあの件だ。店を開けるまでは、何かにつけて要の浮気相手の千賀子の顔が頭に浮んだが、体を動かしているときはそれを忘れることができた。しかし、店が終って一人になると……。

そして、困ったことがもうひとつあった。

店を開けたとたん、ちょいちょい『やぶさか診療所』の麟太郎が顔を覗かせるようになったのだ。これまでも、たまに店にやってきて、もんじゃを肴《さかな》にビールを飲んでいくことはあったが、ここのところ二日に一度は顔を見せている。顔を見せれば早紀子にまかせておくわけにもいかず、少しは幸子が相手をすることになる。それが面倒だった。

今夜も麟太郎はきている。

奥の席で器用にヘラを使って、もんじゃの土手をつくりながら、ちびちびとビールを飲んでいる。

時計を見ると七時半。診察が終ってからくるので麟太郎が顔を見せるのは、いつも七時過ぎになる。『ありむら』の閉店は八時なので、あと三十分ほどだ。

「毎度、ありがとうございます。大先生」

幸子は奥の席にいって頭を下げると、

「おっ、いいところへきた、幸子さん。少し話でもよ」

といって向かいの席をすすめる。

断るわけにもいかず、幸子は麟太郎の前に腰をおろし、テーブルの上のコップにビールを注ぐ。

「ありがとよ。すっかり暮しも元通りになって、幸子さんの顔にも気持の余裕が出てきたようで、何よりだな」

機嫌よく麟太郎はいって、コップのなかのビールを一気に飲みほす。

こうなると次のビールも注がなければならない。幸子はコップにビールを満たして、ちくりと嫌みをいう。

「大先生。どういう風の吹きまわしか、近頃もんじゃが前にも増して、お気に入りになったようですね」

精一杯、顔に笑みを浮べる。

「そうだな。ガキのころから馴染んできた味だからな。年を取ると、それがいっそう愛《いと》しい味に感じてきてな。だからまあ、ここへちょくちょくとよ」

麟太郎は機嫌よくいう。

いつもなら、このあたりで幸子は礼の言葉を口に乗せて席を立つのだが、今夜は少し違った。

「本当にそれだけで、うちにきてるんですか」

麟太郎の顔を真直ぐ見た。

「ふむっ」

と妙な声を出して麟太郎は天井を仰ぐ。

次の言葉が出るのを幸子は待つが、麟太郎は天井を睨みつづけている。

「うちなんかにきているより、田園に行って夏希ママの顔を見てたほうがいいんじゃないですか。顔を見せないと、嫌われちゃいますよ」

また、嫌みっぽくいってやる。

麟太郎がここにくる理由はわかりきっていた。ＨＩＶに感染した要の浮気相手の件だ。そうとしか考えられなかった。

「夏希ママか……」

ぽつりと麟太郎はいい、視線をぴたりと幸子の顔に向けてきた。どうやら話の接ぎ穂を見つけたようで、何かを喋る気になったらしい。

「世の中には色恋よりも、もっと大事なことがあるからな」

はっきりした口調で麟太郎はいった。

「それって、うちの亭主が浮気をしてたんじゃないかっていうことですよね」

幸子は腹を括った。今夜は麟太郎に徹底抗戦しようと臍を固めた。

「有り体にいえば、そういうことだな。もし、そういう相手がいたら、できるだけ早く教えてやったほうがいいからよ」

低い声で麟太郎はいった。

「この前もいいましたように、事勿《ことなか》れが大好きなうちの亭主に限って、そんなことは絶対にありませんよ」

きっぱりした口調でいった。

「それなら嬉しいんだが、どうにも俺には、そこのところがよ」

「引っかかるっていうんですか――でも、女房の私がそういってるんですから、これぐらい確かなことは」

幸子も負けてはいない。なんとしてでもここは死守しなければ。

「そうだな――」

麟太郎はすとんと肩を落し、

「これぐらい確かなことはねえよな。だけどよ、逆にいえばこれぐらい不確かなことはねえともいえるんじゃねえか。何たって、幸子さんは血の通った人間だからよ。機械じゃねえからよ」

悲しげな表情を浮べながらいった。

「そんなこと……」

幸子は絶句する。

麟太郎は機械じゃないからといった。そう、機械じゃないから、自分は口をつぐんで相手の女性に教えようとしない。血の通った人間だから、情けなくて悔しくて……その結果、自分は鬼になった。

「だけどよ――」

と麟太郎が何かをいいかけたところで、後ろから声がかかった。

「女将さん、そろそろ」

早紀子だ。後ろを向くと客は一人もいなくなっていて、あとは麟太郎だけだ。時計も八時を回っている。

「大先生、申しわけないんですけど、そろそろ。若い子は早く帰りたいばっかりですから」

幸子はそういって頭を下げる。

「おう、そうだな。長っ尻は野暮ってえもんだな」

麟太郎は小さくうなずいて、

「しばらくは、こねえからよ」

ささやくようにいって、レジに向かった。


後片づけを終えて、二階の寝間にあがると九時を回っていた。

幸子は和簞笥の上から骨壺を左手でつかんで、畳の上に乱暴に置く。自分もその前に足を崩して座りこみ、右手で持っていたビール瓶とコップを畳の上に置く。

ビールをコップに注いでから、幸子はいつものように骨壺に話しかける。

「あんた、今夜も大先生がきたよ。何とか私の口を割らせて、相手の女の名前を訊き出そうとする魂胆なんだろうけど、そうは問屋が卸さないよ。私は金輪際、あの女の名前をいうつもりはないからね」

空いた手で骨壺を左右に揺する。

骨壺の蓋はテープで止めてある。これなら、いくら振ろうが揺すろうが、骨が飛び出てくることはないから大丈夫だ。

「もっとも、しばらくはもうこないっていってたから、ちょっとほっとしてるけどね。やっぱり、ああ、しょっちゅうこられては気分のほうがね」

といってから、麟太郎は帰りがけに何かをいおうとしていたが、あれはいったい何だったんだろうと幸子は首を傾げる。あれは確か「だけどよ――」といったあとだ。幸子はしばらく考えてから、

「いずれにしても、説教じみた言葉だろうから私にはまったく関係ないけどね。何たって私は今、鬼になってるからね。あんたと、あの女のおかげでね。あんなに真っ当だった私がだよ」

空いていた手で骨壺を横に払った。

骨壺は横になって畳の上をころころと転がり、止まった。止まるとき、なかでガサッという乾いた音がした。

「そんな音しか出せないのかねえ。情けないねえ、まったく」

幸子はコップのビールを音を立てて飲みほし、

「そろそろ、あんたの浮気相手の顔でも、また拝んでこようかね。何だか、やたら男に人気のある女のようだけど、あんたもあそこにいた男たちと同じように、甘えた声を出

してたのかねえ。私の前では一度も出したことのないような声を」

いっているうちに段々腹が立ってきた。

横になっている骨壺のところまで這っていって、さらに手で転がした。何度も何度も幸子は骨壺を転がし、そのたびになかの骨は乾いた音を立てた。畳の上をあっちこっちと這っているうちに、幸子は息があがってくるのを感じた。動きをとめて大きく深呼吸した。

「ああいう、優しそうな女に限って」

幸子は肩で息をする。

「腹んなかに何があるのか、わかったもんじゃないんだ。おためごかしの愛嬌《あいきょう》を振りまきやがってさ。どうせ出処《でどこ》は、どっかの田舎者だ。口先だけで世の中を渡ってきた性悪女にきまってるさ」

いっているうちに悲しくなってきた。

涙が出そうになるのを、幸子は歯をくいしばって我慢した。あの女の話をしているときには、泣きたくなかった。代りに畳を両手で思いきり叩いた。手が痛かったが、何度も叩いた。涙を封じこめるために何度も叩いた。

幸子が再び『つじ屋』に向かったのは、それから三日後。

時間通り八時に店を閉め、早紀子と二人で大急ぎで後片づけをして、八時四十分を過ぎたころに店を出た。

「どうしたんですか、女将さん。今夜は何だかウキウキしてますけど」

帰り際に早紀子が口にした、この言葉に幸子は愕然《がくぜん》とした。決してウキウキしているつもりはなかったが、他人の目にそんなふうに映るということは……自分はかなり、嫌な女になっている。そう思わざるを得なかった。

そんなことを考えつつ、幸子は急ぎ足で桜橋を渡る。隅田川からの風が心地いい。暑さはもう感じられず、季節はそろそろ秋になろうとしていた。

長命寺裏の狭い路地に入り、幸子は間口二間ほどの店の前に立つ。

古ぼけた引戸を開けて店内を覗きこむと、カウンターは以前きたときと同様七割方埋まっていた。

「あっ、いらっしゃい。またきてくれたんですね、ありがとうございます」

千賀子の嬉しそうな声が幸子を迎える。

ちゃんと覚えていたようだ。

カウンターの端の空いている席にゆっくりと腰をおろす。

「何にいたしましょう」

すぐに白いエプロン姿の千賀子が前に立ち、愛想よくいう。

「何かおでんと、生ビールを」

前回と同じ物を幸子は注文する。

「ありがとうございます。すぐに持ってきますから」

千賀子はそういってから生ビールのジョッキを幸子の前に置き、奥に戻っておでん種の入った大きな鍋を覗きこむ。少しすると、おでんを盛った皿が幸子の前に置かれた。

「お客さん、この辺りの人ですか」

千賀子が声をかける。

「川向こうから、きたんですけどね」

抑揚のない声で答える。

「川向こうから、わざわざきてくれたんですか。それはありがとうございます」

ぺこりと頭を下げた。

「味はともかく、ここのおでんは安いという噂だったから、それでね」

思いきったことを口にすると、千賀子の顔に怯《ひる》んだような表情が浮んだ。

「すみません。味のほうは、これからもっと勉強しますから」

また頭を下げた。

何だかこの女は頭ばかり下げている。おそらく何をいってもこの繰り返しで、決して本音は出さない性格なのだろうと幸子は結論づけ、

「こういう女とは喧嘩をしても、まず勝てない」

口のなかだけで呟いて、ビールをごくりと喉の奥に落しこむ。

「あんたって――」

じろりと千賀子の顔を睨みつける。

「どんなときでも、愛想がいいんだね」

視線を外さずにいった。

「私には何の取柄もありませんから、それぐらいしかできませんので、それで……どうもすみません」

また頭を下げた。

「それにしたって、愛想よすぎるよね」

と幸子が口にしたとき、

「姐《ねえ》さん、そんなに千賀ちゃんを苛めちゃいけねえよ」

近くにいた作業衣姿の中年男が、ぼそりといった。

「千賀ちゃんは五年ほど前にご亭主を亡くして苦労を重ね、ようやくここにおでん屋を開いて、毎日を食いつないでいるんだからよ。だから、千賀ちゃんの愛想は生活の知恵のようなものなんだ。そこんところを汲《く》んでやらねえとよ」

中年男のしみじみとした口調に、幸子はようやく気がついた。ここは敵地なのだ。客はすべて千賀子の味方で、滅多なことをいえば袋叩きにされる。よくよく考えて物をいわないと、えらい目にあう。

「まあ、そんな硬い話はなしで、みんなで仲よくね、みんなでね」

とりなすようにいう千賀子に、

「子供さんは？」

幸子はなるべく柔らかな声を出す。

すぐに千賀子は首を横に振る。

「そうなんだ」

といったところへ、カウンターの真中あたりから「千賀ちゃん」と呼ぶ声が聞こえた。

「すみません」

千賀子はまた幸子に頭を下げて、声のしたほうに移っていった。

「うちの嫁が冷たくてさ。今朝も家を出るとき、あんたなんか死んじまったほうがいいなんて、いいやがってさ」

すぐに愚痴話が始まり、周りの客たちもその話に加わって賑やかになる。

この女は聞き上手なのだ。客の話をきちんと聞き、その上でしっかりと相槌を打つ。それがこの女の武器なのだ。たったそれだけのことなのだが、男はそれで充分に納得して、いい気分になれる。千賀子はさっき、愛想ぐらいしか取柄はないといっていたが、それも満更嘘ではないのかもしれない。

そんなことを考えていた幸子の頭に何かが閃いた。要の骨壺だ。そんなに千賀子が物わかりがよく愛想がいいのなら、千賀子に引き取ってもらうのもひとつの手だ。

正直、骨壺の処理には困っていた。家の墓に入れるつもりはないし、かといって、いくら何でも隅田川にすてるというのも、実際問題としては怯むものがある。

それなら、千賀子に引き取ってもらうのがいちばんいい。何といっても千賀子は要の浮気相手なのである。そのために、話はここまでこじれているのだ。その責任を取ってもらうためにも最良の選択といえる。

そうしようと幸子が一人でうなずいていると、頭の上から声がかかった。

「あの、何かいいことでも、思い出したんですか。何となく嬉しそうなかんじが……」

千賀子である。

「あっ、いいえ。これからいいことがあるというか、何というか」

いいながら幸子は腹のなかで舌を出す。

「見てろよ、女狐。今に目に物見せてやるからな、あとで吠《ほ》え面かくんじゃないぞ」

そんなことを胸の奥で呟きながら千賀子の顔をしみじみ見ると、やっぱり綺麗だった。

また、腹が立ってきた。

「あの、ビールのお代り、持ってきましょうか」

千賀子の言葉にジョッキを見ると、いつのまに飲んだのか空になっている。

「あっ、お願いします」

素直に千賀子の言葉に従った。

その夜は、おでんも残さずに全部食べた。

すべては次にここにきたときだ。

骨壺を見せたら千賀子はいったい、どんな顔をするのか。楽しみだった。


鱗太郎が久しぶりにやってきた。

時間はいつものように七時半に近い。

奥の席に座りこみ、器用にヘラを操ってもんじゃの土手をつくって、ちびちびとビールを飲んでいる。

閉店の十五分ほど前を見計らって、幸子は鱗太郎の席に行く。十五分ぐらいなら、鱗太郎の説教を聞いても耐えられる。

「元気そうだな、幸子さん」

ごつい顔に笑みを浮べて鱗太郎はいう。

「おかげさまで、何とか元気にやらせてもらっています」

幸子は当たり障りのない返事をする。

「変ったことは、何かないかの」

まだ顔は笑っている。

「特に変ったことなどありませんよ、大先生」

突き放すように幸子がいうと、

「そうか、特にないか。こっちとしては、あってほしかったんだがの」

笑みは消えて落胆の表情が麟太郎の顔をおおう。

「また、例の話ですか」

「そうだよ、例の話だよ。俺にとっても幸子さんにとっても、これ以上大切な話はないという、例の話だよ」

神妙な顔をして麟太郎はいった。

「大先生って、けっこう、しつっこいんですね」

呆れた口調でいってやると、

「この件に関してはな。他のことは極めていいかげんなんだがよ」

麟太郎は軽く頭を振る。

「そんなことより、夏希ママのところへは顔を出したんですか。出さないと、本当に嫌われちゃいますよ」

「一度、出した」

ぼそっといった。

「どうでした。大事にしてもらえましたか」

冗談っぽくいうと、

「邪険にされたな、思いっきり」

麟太郎も冗談っぽく答えた。

「だから、せっせと顔を――」

といったところで、

「前にもいったろ。世の中には色恋よりも大事なことがあるってよ。人の命に較べたら、色恋なんぞは次の次の、さらに次。それぐらい、人の命というものは重いということでな」

しんみりとした口調でいった。

「それは、そうですけど……」

幸子は歯切れの悪い口調で答えてから、

「そういえば前にきたとき、帰り際に大先生、何かいいかけてましたよね。確か、だけど、よといった次の言葉だったと思いますけど、あれって」

気になっていたことを訊いてみた。

「前にきたときの帰り際なあ……」

麟太郎はちょっと考えこんでから、

「ああ、あれか」

ぽんと膝を打った。

「子供のころ、あんたは感心するほど優しかった。そういいたかったんだよ」

思いがけないことをいった。

「子供のころって、いつぐらいのことですか」

ほんの少し、体を乗り出した。

「今から四十年近くも前のことだな。まだ、この国が貧しかったころのことだよ」

「そのころに、何があったっていうんですか、大先生は」

怪訝な思いで幸子が訊くと、

「ワタアメだよ」

ぽつりといって麟太郎は太い腕をくんだ。

幸子が小学校一年生くらいのとき、三社祭の最中の出来事だと麟太郎はいった。

辺りには屋台がずらりと並び、幸子はワタアメを売る店の前に立って、出来あがりを待っていた。

麟太郎は偶然、幸子のその様子を目にしたといい、ちょっと離れた所からそのワタアメ屋をじっと見ている小さな女の子にも気がついたといった。

「小さな女の子って、どれぐらいの年の子なんですか」

話をさえぎって幸子が訊くと、

「お前さんと同じ小学校の一年生ぐらいの女の子だったが、身なりがいかにも貧しいかんじで、おそらく小遣いも持たせてもらってなかったんだろうな。だが、その子はワタアメが欲しくて……」

悲しそうな顔で麟太郎はいい、あとをつづけた。

ワタアメを手にした幸子が振り向くと、その女の子と目が合ったという。二人はしばらく互いに見つめ合っていたが、幸子のほうがそっと視線を外して手にしていたワタアメに目をやった。何やら考えているような素振りに見えた。

「考えているって――私は何を考えていたんですか」

幾分身を乗り出す幸子に、

「それは俺にもわからんがよ。おそらく、その子に自分のワタアメをやろうかどうか、迷っていたんだろうな」

首を振りながら麟太郎は答える。

「それで、結局私はそのワタアメをどうしたんですか」

いちばん気になったことを訊いてみた。

「やったよ、その子に。嬉しそうな顔をする、その子の手にワタアメを押しつけて、お前さんは脱兎《だつと》のごとく駆け出した。多分、恥ずかしかったんだろうな。これがそのときの一部始終だよ。俺の脳裏には、そのときのお前さんの迷った顔と、受け取った女の子の嬉しそうな顔が鮮やかに残ってるよ」

初夏の柔らかな陽の光が、幸子と相手の女の子の髪を薄茶色に光らせ、とても綺麗な光景だったといって麟太郎は話をしめくくった。

「だから、私が優しい心の持主だと——大先生は、そうおっしゃりたいわけですか」

やや挑戦的な声を幸子はあげる。

「そうだよ。負けず嫌いで勝ち気な性格ではあるけれど、お前さんは心の優しい子だと俺は思う。だから今回のことも——」

麟太郎の言葉を追い払うように、幸子が大声を出した。

「今の話、いかにもできすぎてますよね。嘘ですよね。今回の目論見を自分の思い通りにするために、大先生がつくりあげたお伽話《とぎばなし》ですよね」

麟太郎を睨みつけた。

「私、そんな話、まったく覚えていませんし。第一、そんな場合、私の性格なら何の迷いもなく相手の女の子にワタアメをあげるはずです。そんな、ウジウジした態度なんか小さなころからしたことないですし」

幸子の言葉に麟太郎の表情が歪んだ。

「何をいわれようと、私は私の道を進んでいきます。大先生の指図は受けません。それから」

麟太郎を真直ぐ見た。

「もう、ここにはこないでください。大先生の顔を見ているとイライラします。だから、もうここには。いくら何でも、お節介がすぎます」

幸子は声を荒らげていった。

麟太郎がゆっくり立ちあがった。

「しばらくは、こねえから」

いかにも悲しそうな声でいい、レジに向かって歩いた。早紀子が呆然とした表情で二人を見ていた。


幸子が要の骨壺を持って、『つじ屋』に出かけたのは、この怒鳴りつけ事件のあった次の日だった。

さすがに白い布では目立ちすぎるので骨壺は普通の風呂敷で包み、蓋をとめてあったテープも剝がした。『つじ屋』の閉店時間は十一時なので、幸子は十時過ぎに店を出て、長命寺裏に向かった。

古びた引戸を開けると、さすがに看板間際のためか店内の客は三人だけだった。

「あっ、いらっしゃい」

遅くに訪れた幸子の姿に、千賀子は幾分とまどいぎみの声をかける。

「今夜はちょっと千賀子さんに、お話があってきました。こみいった話になるので、こんな時間にしました」

席に座った瞬間、幸子は宣戦布告をするように挑戦的な言葉を千賀子にぶつけた。

「えっ、私に話ですか」

呆気にとられた表情を千賀子は浮べてから、

「お客さん、ひょっとしたら、有村さんの奥さんの幸子さんじゃないですか」

ぴたりと幸子の素性をいいあてた。

「えっ、どうしてそれを」

驚きの表情の幸子を両手で制し、

「みなさん、今日はこれでお店を閉めますから。申しわけありませんが、これで看板ということでお願いします」

千賀子は三人の客に何度も頭を下げる。

「千賀子ちゃんからそういわれれば、仕方がねえよな。何だか、お取込みのようだしな」

口々にそんなことをいいながら、三人の客は勘定を払って素直に外に出ていった。残されたのは幸子と千賀子だけ。幸子は深呼吸をひとつして千賀子の言葉を待った。

「幸子さんがこの店に現れたということは、計画はみごとに失敗した。そういうことなんですね」

妙なことを千賀子はいうが、そんな詮索は後回しだ。幸子は膝の上にのせていた、風呂敷で包みこんだ要の骨壺をカウンターの上にどんと置いた。

「これを千賀子さんに引き取ってもらおうと思って、今夜はここにきました」

見る見るうちに千賀子の顔に怪訝な表情が浮びあがる。

「それは？」

低すぎるほどの声で訊いた。

幸子は風呂敷の結び目をほどく。

真白な骨壺がなかから現れた。

「亭主だった、有村要の骨が入っています」

一気にいって千賀子を睨みつけた。

「骨って、それは……」

おろおろ声を千賀子はあげた。

「有村要は今から一カ月ほど前、市場に行く途中に大型トラックと正面衝突して、この世を去りました」

視線を落して幸子はいう。

「有村さん、亡くなられたんですか。私はてっきり計画がばれて、ここにくるのを奥さんから止められているとばかり。そうですか、有村さん、そんなことに」

　最後のほうは涙声になっていた。

「こんな状況になって、要の遺骨をうちの墓に入れることはできませんので、こうして千賀子さんに引き取ってもらうために持ってきました。そのほうが要も嬉しいでしょうし」

　最後の言葉を吐き出すようにして、幸子はいう。

「こんな状況っていうのは……」

　恐る恐るといった様子で千賀子が声を出した。

「何を今さら――こんな状況というのは要と千賀子さんの浮気のことですよ。そんな亭主は私はいりませんから、浮気相手の千賀子さんに引き取ってもらおうと。こうしてわざわざ持ってきたんですよ」

　勝ち誇ったように幸子はいう。

「それは――」

　叫ぶような声を千賀子があげた。

「私も座らせてもらって、いいですか」

　返事も待たずに厨房の隅から丸イスを持ってきて、カウンターごしの幸子の前に腰を

おろした。ふううっと大きな吐息を千賀子はひとつもらしてから、

「幸子さん、それは誤解です。私と有村さんは浮気なんかしていません」

思いもよらない言葉を口にした。

「浮気してないって。じゃあ、要のケータイに入っていた、あんたの着信記録は何ですか。単なるお客に対してというには、あまりに数が多すぎるじゃないですか。男と女が毎日のように電話で話をするってことは、それだけ深い間柄であるという証拠のようなものじゃないんですか。何を今さら、ごまかすようなことを」

一気にまくしたてた。胸の鼓動が速かった。

「あれはすべて、お芝居です」

低い声で千賀子はいった。

一瞬、幸子は耳を疑った。しばらくは何をいわれたか、わからなかった。頭のなかが真白になった。

「芝居って、それはいったい……」

ようやく喉につまった声をあげた。

事のおこりは、要に対する幸子のあの態度だったという。

「もんじゃに対する、たったひとつの失言でこんな仕打ちは酷すぎる。いくら何でも、そろそろ許してくれてもいいのに、あいつは一切耳を貸してくれない。いったい俺はど

うしたらいいんだろう」

　そんなことを愚痴っぽく何度も要は千賀子に話し、そしてあるとき、こんな提案をしてきたという。

「俺が誰かと浮気をしてるということにして、それをさりげなくあいつに伝えてヤキモチを焼かせる。そして、あいつの気持を俺のほうに引っ張りこむ――そんな計画を思いついたんだけど、千賀ちゃん、これに協力してくれないか」

　そしてあの、ケータイの通話作戦になったと千賀子はいった。

「そんな子供っぽいことやめたほうがいいと何度もいったんですけど、有村さん、まったく聞く耳持たずで――最後には俺は幸子が大好きなんだ。あいつがいないと生きていけないんだと、駄々っ子のように……」

　考えてもみなかったことだった。

　それほど、あの仕打ちを要が気にしていたとは。幸子にしたら、ほどよいところで手を打って仲直りしようと考えていたのに。むろん、それまでは徹底的に逆らうつもりだったが。

「すみません。変な計画に加担してしまって、本当にすみません」

　千賀子は立ちあがって思いきり頭を下げた。

　あの要がそんな手のこんだことを……幸子にしたら信じられないことだった。それに自分に対する要の思い。自分がいないと生きていけない。本当にそんなことを思っていたんだろうか。もし、それが本当だとしたら……。

と考えてみて、幸子は首を左右に振った。

まだ、不明な点が残っていた。

なぜ千賀子は、それほど要に親身になったのか。これがわからなかった。要はどこにでもいる普通の中年男だが、千賀子は誰が見ても華があって綺麗だった。そんな千賀子が、ただの客である要に対して。

単刀直入に、幸子がそれを千賀子に質すと意外な答えが返ってきた。

「幸子さんは、なじょしてそんなことを。私と有村さんは同郷のよしみだべ。だかん、つい親身になっただなし」

ふいに千賀子の口調が変った。まるで幸子に聞かせるかのように。

ようやくわかった。千賀子も要も福島の生まれで、同県人なのだ。

「私も有村さんも福島原発の近くの町で育ったんです。むろん面識はなかったものの、大震災で思い出のなかのふるさとを失ったという、素朴な連帯感もありました。そんなことも重なって、つい……」

申しわけなさそうに千賀子はいい、

「それに私も有村さんも、学歴は福島の中卒です。中卒の地方出身者の悲哀は、骨の髄までわかっていましたし」

そういって千賀子は幸子に向かって深々と頭を下げた。千賀子は知らないうちに立ちあがっていた。

これで疑念が解けた。

要は浮気芝居の後にＨＩＶに感染していることを知り、市場に行く途中で交通事故をおこしてこの世を去ってしまい、中途半端な芝居による疑念だけがあとに残されたが、それも今夜で氷解した。

しかし、幸子はまだ釈然としない。

疑えば疑うことのできる余地が、まだひとつ残されていた。千賀子によって筋書きだけは納得できたが、だからといって二人の間に体の関係がなかったとはいい切れない。もし、二人の間に体の関係があったとすると、芝居云々《うんぬん》の話はでっちあげ――そういう筋書きも見えてくる。

幸子は極端に疑い深くなっていた。

そして、それを明らかにする方法が、たったひとつあった。要のＨＩＶ感染だ。これを千賀子に教えたとき、どんな態度をとるのか。体の関係があれば、千賀子の表情は恐怖に染まるはずだ。一目瞭然だった。

「実は私、千賀子さんにひとつ、重大なお知らせがあるんです」

千賀子の顔を真直ぐ見た。

千賀子はまだ、カウンターのむこうで立っていた。怪訝な視線を幸子に向けた。

「亭主の、有村要はＨＩＶに感染していました」

いいながら、幸子は千賀子の表情をつぶさに見る。変化はまだない。

組合の旅行で東南アジアに行ったとき、感染したらしいという経過を、ざっと千賀子に説明し、

「ＨＩＶというのは、俗にいうエイズのことです」

最後にこの言葉をつけ加えた。

千賀子の表情がわずかに変った。

「有村さん、そんな病気に――」

驚きの声はあがったが、恐れはそのなかに感じられなかった。

千賀子と要の間に深い関係はなかった。

千賀子の話したすべてが真実だった。

幸子は自分の疑い深さを恥じた。

「すみません。私、今の今まで千賀子さんと亭主のことを疑ってました。本当にすみません、恥ずかしい限りです。でも、うちの人がＨＩＶに感染していたのは本当です」

正直にいって頭を下げた。

「でも、エイズって輸血なんかでも感染することがあるんでしょ。人の好《よ》い有村さんのことだから、現地でボランティアの献血——そんなことも考えられるんじゃないですか」

千賀子が好意的な言葉を口にした。

そういえば麟太郎も運が悪ければ、そういうこともあり得るといっていた。でも、もうよかった。千賀子流に穿った考え方をすれば、要はＨＩＶに感染して絶望し、交通事故を装って自殺した——こんなことも想像できる。それではあまりに悲しすぎる。すんだことはもう戻らない。事実だけを受けとめようと思った。

要は自分を愛していた。

これだけで充分だった。

そんなことを考えていると、

「幸子さん、今夜は二人で有村さんの思い出話でもしませんか。肴もお酒も売るほどありますし、追悼会ということで」

千賀子がふわっとした声でいった。

「追悼会ですか、いいですね。もっとも悪口会になるかもしれませんけど」

「悪口会、けっこう。なおいいですね」

おどけた口調で千賀子はいい、

「その前にお茶でも淹れましょうか。お客さんからもらった蕨餅《わらびもち》がありますし」

幸子の前を離れていった。

しばらくして、カウンターを挟んだ幸子と千賀子の前に、蕨餅と湯気の立つ湯飲みが並んだ。黄粉のたっぷりかかった蕨餅を眺めて「おいしそう」と幸子は目の前の千賀子に声をあげる。

そのとき、それがおこった。

既視感だ。

遠い昔の小学校一年生ぐらいのときの。

頭のなかで何かが弾《はじ》け、幸子は思わず「あっ」と声をあげる。昨夜、麟太郎が口にしたワタアメの件。あれを思い出した。麟太郎のいった話はすべて事実だ。自分はワタアメをあの女の子に……しかし、なぜここで急に思い出したのかと考え、目の前の蕨餅と、その向こうの千賀子の顔を見た。ワタアメのときと状況が似ていた。

そして、なぜ自分がワタアメを手にして迷っていたのか、その理由を思い出した。相手の女の子は古ぼけた服を着ていたが……顔だけは可愛かった。顔だけは幸子に勝っていた。ほんの少しそれが納得できず、それで自分は迷ったのだ。

今回も同じような気がした。

千賀子の容姿は誰が見ても自分より上だった。だから自分は意地を張って……ひょっとしたら心の奥底では相手の女性に、要がＨＩＶキャリアだったことを結局は教えるつもりだったのではなかったか。都合のいい見方だが、そう思うことにした。そうでなければ心が壊れてしまう……。

「子供のころ、あんたは感心するほど優しかった」

麟太郎もそういっていたはずだ。

そして幸子は明日の朝一番に『やぶさか診療所』に行き、麟太郎に謝ろうと心にきめた。

「どうしたんですか、妙な顔をして」

千賀子が怪訝な面持ちで声をかけてきた。

「あの人にも、この蕨餅を食べさせてやりたかったなと思って」

いいながら幸子は目の前の骨壺の頭の部分をそっとなでた。ごめん、本当にごめん、あんたのこと信じられずに、ごめん……何度も頭の部分をなでた。

心の奥で呟いているうちに涙が頰を濡らしていることに気がついた。何もかも洗い流してくれる、浄《きよ》めの涙のように思えた。

そう、思いたかった。

第六章　スキルス癌

血の気がすうっと引いた。

麟太郎はごくっと唾を飲みこんで、潤一の顔を睨みつけるように見る。

「確かなんだな」

喉につまった声を出した。

「スキルス性胃癌の、ステージフォー。胃全体はいわゆる硬い皮袋状態になっていて、手術をしても癌細胞を取りのぞくことは……」

声をひそめていう潤一に、

「腹膜《ふくまく》播種《はしゅ》が酷いのか」

念を押すように麟太郎はいう。

「腹膜のほとんどが転移でやられてしまって、これを手術で綺麗にすることは今の医学では……」

「そうすると、あとは抗癌剤ということになるんだが、その効果はどれほどだとお前は考えているんだ」

「親父も知っているように、もともとスキルス性胃癌には抗癌剤が効きにくいということもあるから、副作用のことを考えるとなかなか実行するには。だから、飲用のもののみに留《とど》めようと思っているよ」

掠れた声で潤一はいった。

「それが、今日のことなんだな」

「一昨日病院へきたんだけど、触診と腹水のたまり具合から詳しく検査をしたほうがいいと思って、今日奥さんと一緒に病院にきてもらって検査をした結果――」

潤一は両肩を落とした。

「その結果を、敏之には？」

嗄れた声を麟太郎は出した。

話題の主は麟太郎の幼馴染みの、水道屋の敏之なのだ。麟太郎の体から血の気が引くのも当然だった。敏之は同級生であり、飲み友達であり、『田園』の夏希ママをめぐってのライバルでもあった。

「隠しているわけにもいかないから、敏之さんと奥さんにはなるべくわかりやすく冷静に、その詳細を話したよ。そして、みんなでしっかり頑張ろうって励ましたんだけど……敏之さんの病状が絶望的なのは話の節々から二人とも察したようで」

潤一の視線が食卓の上に落ちる。

話しているのは『やぶさか診療所』の食堂兼居間で、二人の雰囲気から徒《ただ》ならぬものを感じたらしく、キッチンから麻世が心配そうな表情を浮べてこちらを窺っていた。

「で、二人の様子はどうだ——といっても訊くまでもないか」

独り言のように麟太郎はいい、

「今までの話からいうと、延命治療は無駄だと、お前は考えているんだな」

今度ははっきりした口調でいった。

「QOLから考えれば、このまま、今までと同じ生活をさせてあげたほうが敏之さんにはいいような気がして」

医療上のQOL（クオリティー・オブ・ライフ）とはその患者の生活の質、毎日の暮し方、さらには人間としての尊厳等を重視した治療を考えていこうという概念だった。

「つまり、入院はしないで、しばらくは飲用の抗癌剤で自宅療養をしてもらって、今まで通りの生活を敏之に送らせようということか。むろん、仕事などはできねえだろうが——」

麟太郎はしっかりうなずく。

「あとは、たまってくる腹水なんだけど、これはここの診療所でも抜くことはできるはずだから、それは親父にまかせるよ」

「腹水ドレナージか——それぐらいはここでも充分に可能だから、大丈夫だ。で、敏之の現在の症状はどうなんだ」

「腹部は硬く腹水はたまっていたけど、動くのに支障はないようだった。あとは、胃の痛みと食欲不振。たまに、下痢、嘔吐《おうと》があるってことだな。珍しいことだけど、敏之さんはまだ充分に動くことが可能だということだよ。そんな症状だから、本人もずっと高を括ってたんじゃないのかな」

潤一は首を左右に振った。

「最終段階直前の嵐の前の静けさか。で、お前の診断では、その動ける状態はどれぐらいつづくと思うんだ」

「多分、あと一カ月ほど」

きっぱりした調子でいった。

「そのあとに待っているのは、急激な重症化か。そうなったら、入院するしか術はねえんだろうなあ。治る当てのまったくねえ、悲しい入院をよ」

麟太郎はぽつりと言葉を切ってから、

「お前の見立てでは、敏之の余命はいったいどれぐらいだと踏んでるんだ」

じろりと潤一を睨みつけた。

「長くて半年、短い場合は自宅療養の間の一カ月ほど……」

低い声でいった。

「短い場合は一カ月か……自宅で最期を迎えることができれば、あいつにとってそれがいちばん幸せかもしれんな」

ざらついた声をあげた。

「怖いな親父、スキルス癌は」

これも絞り出すようにいう潤一に、

「進行は速いし、症状はつかみにくいし。現に俺は半年ほど前、敏之を触診してるんだからな。あのときは何も感じなかったが、すでに癌は侵蝕してたんだろうな。あのとき、首に縄をつけてでも病院に連れていけば、あるいは」

目頭が熱くなった。麟太郎は唇を強く嚙みしめた。

「自分を責めるなよ、親父。おそらくそのときにはもう腹膜播種は始まって、癌細胞はちらばっていたと思うよ。だから、これは親父のせいじゃない。親父は紹介状まで書いて敏之さんに病院に行くことをすすめたんだから。悪いのは――」

潤一は天井をちらっと睨んでから、

「腹膜播種を何ともできない現代医学と、そしてやっぱりスキルス癌だよ。敏之さんは運が悪すぎた」

淡々とした調子で潤一はいった。

スキルス性胃癌とは、胃の表面粘膜を侵すものではなく胃壁のなかを浸潤して粘膜層の下にもぐりこみ、木が根っこを張るように広がっていくものだった。

このため表面部分には変化が出づらく、また症状のほうも顕著なものが見られず、単なる胃炎と間違えられることも多かった。その結果、気がついたときには手遅れという場合が多く、進行が他の癌に較べて速いというのもスキルス性胃癌の厄介な特徴だった。

「親父っ」

突然、凜とした声を潤一があげた。

「めそめそしていてどうするんだ。親父は医者なんだから、泣いてる暇なんかないはずだ。親父には明日から大切な仕事が待っている。入院はしないで、しばらく自宅療養ということで明日か明後日には、敏之さんがここへくるはずだ。それに、どう対応していくか。どう、敏之さんのケアをしていくか。親父には大変な仕事が待ってるんだから」

声を荒らげて一気にいった。

「そうか、そういうことだな。医者が湿った態度をしているわけにはいかんな。前向きに、しっかり敏之と奥さんを支えてやらねえとな。泣いてる暇なんぞはねえよな」

いい終るなり、麟太郎は両手で自分の頰を強い力で叩いた。

いい音がした。

戦闘開始の音だ。

それが合図だったかのように、キッチンから麻世がやってきて二人の前に立った。

「何だか大変な話をしてたようだけど、夕食はどうするの」

いいづらそうにいった。

「もちろん、食うさ。腹一杯食うさ。腹が減っては軍《いくさ》はできぬというからな。ところで、今夜の献立は何なんだ。ちゃんと食べられるものなのか」

おどけたようにいうが、麟太郎の両目は潤んでいる。

「幸いなことなんだけど、今夜の料理は食べられるもんだと思うよ。野菜を炒めて湯を入れて、そのなかにカレーのルーをぶちこんだだけのもんだから、食欲がなくても喉は通ると思うよ」

低い声で麻世はいう。

ずっとキッチンにいたのだから、二人の話のおおよそは聞こえていたはずなのだ。

「要するに、麻世ちゃん特製のカレーライスっていうことか」

明るい調子で潤一がいう。

「おじさんって」

じろりと麻世は潤一を見て、

「ちゃんとした話をするときも、あるんだね。医者っぽい話を」

それだけいってキッチンに戻っていった。

すぐにテーブルの上に湯気のあがるカレーの入った皿が並べられる。添えられているのは、どういう加減か豆腐の味噌汁だったが、カレーの皿の端には定番の福神漬けがちょこんとのっていた。

麟太郎は皿の上のカレーライスをスプーンですくって、口のなかに入れる。ゆっくりと噛んだ。うまくもなく、まずくもなかったが、その個性のない味が逆に食欲のない麟太郎には有難かった。お代りはできなかったが、無理なく食べることができた。腹を満たすには充分な味だった。

潤一は二皿食べた。さすがに今夜は麻世の料理に対する過剰な称讃《しょうさん》は口から出さなかったが、たった一言、

「感謝して、いただきました」

静かに両手を合せた。

「ところで麻世――」

食事が終ってから、麟太郎はこういって麻世の顔をじっと見た。

「お前の耳にも届いただろうが、水道屋の敏之はそういった状態だ。だから、待合室で敏之を見かけたら、できるだけ優しく接してやってくれ」

こくっと頭を下げた。

「俺も優しくは接するが、俺は医者だ。その領分を守らなければならん。さっき倅がい

ったように、めそめそしているわけにはいかんからな。医者として友人として、敏之のこれからを何とかフォローしていかなければならん。だからな」

「うん、わかったよ」

麟太郎の言葉に麻世は素直にうなずく。

「お前も、いざというときにはすぐに駆けつけてくれよ」

潤一に向かって命令口調でいう。

「わかってるさ。緊急事態に備えて、うちの病院の受入れ態勢も万全にしておくから」

大きくうなずいた。

「よし。余りに身近すぎる患者で、どう対応していいかわからない部分もあるが、当分は医者らしい態度で敏之とは接するつもりだから。そういうことでな」

麟太郎は静かな口調でいって、コップの水をごくりと飲みこんだ。

次の日、敏之は診療所に顔を見せなかった。

「どうしたんだろうな。こうなったら、こっちから押しかけていったほうがいいのかもしれんな」

はやる気持を抑えきれずに看護師の八重子にぶつけると、

「大先生、落ちついてください。今日か明日ぐらいと若先生もいってらしたんでしょう。

患者さんには患者さんの、それぞれの事情っていうものもあるでしょうし。せめて、明日までは待ったほうがいいんじゃないんでしょうか」

やんわりとたしなめられた。

そして、次の日の昼近く、八重子がいった通り、敏之と奥さんの文子《ふみこ》が診療所にやってきた。

長引くかもしれないと思い、麟太郎はいちばん最後に二人を診察室に招き入れた。

「敏之、とんだことだったな」

優しく声をかけると、

「おう、まったくな」

と、敏之はそれでも普段通りの口調で答えたが、顔は憔悴《しょうすい》しきっていた。奥さんの文子も同様の顔をしていた。

「とにかく頑張ろうじゃないか。お前が一日でも長く生きられるようによ。俺も倅の勤める大学病院も、出来る限りのことはするつもりだからよ」

麟太郎はこういってから文子のほうに視線を向け、

「奥さんも大変でしょうけど、何とか気を落さず、みんなで頑張って前向きの気持でここを乗り切りましょう」

強い口調でいった。

「はい、ありがとうございます」

頭を下げる文子の言葉にかぶせるように、

「麟ちゃん」

と敏之が叫ぶような声をあげた。

「どうした。何か不都合なことでも出てきたか」

あえて怪訝な面持ちを顔に浮べると、

「泣いた、喚《わめ》いた、暴れた」

敏之が怒鳴るような声をあげた。

「えっ？」

「大学病院へ顔を出してから今日までの三日間だよ。とにかく怖くて、心細くてな。そしてあとは悔しさだよ」

悔しさと敏之はいった。

「なんで麟ちゃんに紹介状を書いてもらったときに、さっさと病院へ行かなかったんだろうってよ。そうすればひょっとしたら、こんなことにはならなかったんじゃねえかと思ってよ」

「それは、まあ、何といったら」

低い声で答えると、

「けど、それも若先生から話を聞いて納得したよ。たとえ、そのとき病院に行ってたとしても、俺の罹っている癌ではやっぱり手遅れという公算のほうが強かったとわかって」

こんなことを敏之はいうが、いったい何がいいたいのか麟太郎にはわからない。

「つまりよ」

掠れ声で敏之はいい、

「悔しさが諦めに変ったとき、癌に対する俺の様々な思いは半分ほどなくなって軽くなったということだよ」

小さくうなずいた。

「そしてよ、あとの半分の思いに追い立てられるようにして、俺はやっぱり泣いて喚いて、家のなかのあっちの物、こっちの物を壊しまくって暴れ放題をやったんだ」

「………」

「けど、駄目だった。あとの半分は俺の心から出ていかなかった。でも、昨日の夜、文子と一緒に壊れた家のなかを黙々と片づけていて、不思議に安らいだ気持を感じたんだよ。何も考えずに、ただひたすら片づけをしてたら段々とよ」

敏之の目が麟太郎の目を見ていた。

「なあ、麟ちゃん。単純作業っていうのはいいもんだな。荒《すさ》んだ心を何となく落ちつかせて元に戻してくれるんだからよ。まして、女房と二人での単純作業はよ」

　嘘か本当かわからないような話だったが、正直麟太郎はほっとするものを覚えた。有難すぎる話だった。

「だからよ。今の俺の心は普段のときと同じといったら、嘘になるけどよ。麟ちゃんが考えてるほど深刻じゃねえってことだよ。悔しさが抜け、泣いて喚いて暴れて、その後片づけをして心の安らぎを感じて――だから、まっとうな医者と患者のようなやりとりはやめて、いつも通り、ざっくばらんにいこうじゃねえか。俺はそのほうが助かるからよ。なあ、幼馴染みの麟ちゃんよ」

　哀願するような声を敏之はあげた。

　敏之はかなり無理をしている。そう思った。これは下町っ子の心意気であり、見栄だと思った。敏之は今、精一杯の見栄と意地を張り、自分流のやり方で癌と闘っているのだ。のたうち回っているのだ。

　傍らに目をやると文子が顔を両手でおおって泣いていた。泣いてはいたが声は出さなかった。文子は無言で泣きながら、敏之の話を聞いていた。麟太郎の心を羨ましさが襲った。眩しいほどの二人だった。

「わかったよ。敏之のいう通り、いつも通りのざっくばらんでいこうじゃねえか。癌なんぞに頭をたれてたら、江戸っ子の名がすたる。そんなものは酒の肴にでもして、食っちまえばいいんだ」

このとき麟太郎は医者としてよりも、幼馴染みの友として敏之に向かっていこうと心にきめた。そのほうが肩の荷がおりることも確かだったし、敏之のためにもなるような気がした。

「で、麟ちゃんにひとつ訊きてえことがあるんだけどよ。いくら訊いても若先生は、はっきり答えてくれねえしよ」

明るすぎる声で敏之がいった。

「俺はいってえ、あとどのくらい生きていられるんだ。そこんところをしっかり教えてくれねえかな」

ざわっと胸が騒いだ。

そんなことをはっきり口にしていいものなのか。しかし今更曖昧なことをいっても敏之は納得しないに違いない。それなら、どうしたら……。

そのとき、それまで黙っていた文子が、ふいに口を開いた。

「この人のいう通りにしてやってください。お願いします、大先生」

吼えるような声だった。

麟太郎は腹を括った。

「長くて一年、短ければ二カ月といったところだな」

はっきりした口調で、それでもかなりのサバを読んで麟太郎は答えた。

「一年と二カ月か」

敏之は妙ないい方をしてから、

「しかしまあ、これで身辺整理のメドがついたというもんだ――といっても、俺のようなガサツで単純な男にゃ、そんなものは必要ねえかもしれねえけどな」

ふわっと笑った。

笑った顔の目だけが潤んでいた。

絵に描いたような泣き笑いだった。

極上の笑いだと麟太郎は思った。

「大した男だな、おめえってやつはよ」

思わずこんな言葉が飛び出した。

「江戸っ子の得意技は、痩せ我慢だからよ」

洟をずっとすすり、

「これで家に帰れば、女房のやつに抱きついて泣くんだから、ザマはねえ」

泣き笑いの顔で、敏之はゆっくりと首を振った。

「それより、敏之。体の塩梅はどうなんだ。どんな症状が出てるんだ」

麟太郎は初めて医者らしい言葉を出した。

「胃がどんよりと重くて、時々痛むな。何となく胃全体が石になったような感じというか。あとは下痢と嘔吐が、これも時々。まあ、そんなところだな」

他人事のようにいう敏之に、

「それなら、順調だ」

麟太郎も思いきって軽口を飛ばした。

「食事のほうはどうだ。どれくらい食べられるんだ」

「メシなら茶碗に半分ほど、といったところだな。まあ、猫メシといったほどの量だな」

冗談っぽくいってから、

「麟ちゃんに、もうひとつ訊きてえことがあるんだがよ」

妙に真面目な表情を向けてきた。

「俺はまだ、曲がりなりにも普通の暮しができてるんだが、この状態はいつまでもつんだろうかな」

「そうだな……あと一、二カ月。それを過ぎるとなかなかな。入院ということになるかもしれんな」

低い声でいうと、

「一、二カ月か──いや、体が普通に動くうちに吉原にでも行ってみようかと思ってな。

この世の名残りによ」

また、嘘か本当かわからないことを敏之は口にした。

ちらっと文子の顔を見ると、無言でうんうんとうなずいているだけだ。これも嘘か本当かわからない仕草だった。

「それだけの元気があれば大丈夫だ。ひょっとしたらおめえ、しぶとく生き残るかもしれねえな」

「しぶとく生き残るのはいいけど、病院のベッドの上で死ぬのは嫌だな。できるなら、家のボロ畳の上でよ。ところで、俺はどれぐらいの間を置いてここに通えばいいんだ」

現実的なことを訊いてきた。

「三日ほどで腹に水がたまってくるだろうから。そのときはここにきて、一、二時間ベッドに横になってくれれば抜くからよ……もちろん、毎日顔を見せてくれてもいいからな」

神妙な表情で麟太郎はいってから、

「うちへくると、いいことがあるぞ。うちの美形が、待合室でうろうろしてるはずだからよ。きっと優しくしてくれるぞ」

笑いながらいった。

「麻世ちゃんか。確かにあの子は美形だが、俺はやっぱり、ちゃんとした大人の色気を持った夏希ママのほうが好みだな。おめえだってそうだろ、麟ちゃん」

しゃあしゃあといった。

「それはまあ、そうだけどよ」

ちらっとまた文子に目をやると、ゆっくりとうなずいている。

「じゃあ、一緒に行ってくるか、田園によ。麟ちゃん」

「それはいいけど、おめえまだ、酒が飲めるのか」

呆れた口調で訊くと、

「ビールをコップに一杯くらいならな」

はっきりした口調で敏之は答えた。

「しかしなあ……」

といったところで、文子が口を開いた。

「あの、大先生。できるだけ、うちの人のいう通りにしてやってください。できるだけ、お願いします」

敏之にわからないよう、文子は素早く両手を合せて麟太郎を見た。

「文子さんがそういうんなら。じゃあ、善は急げで今夜あたり行くか」

うなずきながら声を出すと、

「今日、明日は駄目だ。息子夫婦と孫が見舞いにきて泊っていくからよ」

嬉しそうな声で敏之は答えた。

食品メーカーに勤めている敏之たちの一人息子は結婚して、町田で建売住宅を買って暮している。孫は二人で小学三年生と二年生。両方とも女の子だった。

「そうか、それじゃあ駄目だな。まあ、その気になったら、いつでもいいから声をかけてくれ。一緒に行くからよ」

麟太郎も機嫌よく答える。

二人は、それからしばらくして帰っていった。

敏之は思った以上に確かな足取りだった。肩をすぼめて歩く文子は何度も後ろを振り向いて、玄関まで見送りに出た麟太郎と八重子に頭を下げつづけた。

「凄い夫婦ですね、二人とも」

二人の姿を見送りながら、ぽつりと八重子がいった。

「よくできた奥さんで、敏之の野郎は幸せ者だ。だけど、あの野郎があれだけの痩せ我慢を張るとはな。正直いってびっくりしたというか、頭が下がるというか」

しみじみとした口調で麟太郎がいうと、

「でも、二人のあんな姿を見ていると、夫婦というのもいいもんだなと、つくづく思いますね」

普段からは想像できないようなことを八重子は口にした。

「えっ、それはまあ……」

麟太郎は何と答えていいかわからず、言葉を濁してから、

「あれであの野郎、家に帰ったら文子さんにべったりと甘えているんだと俺は思うよ。おそらく敏之が本音を出すのは、あの奥さんの前だけ。それができるから、俺たちの前では痩せ我慢が張れるんじゃねえかな」

　羨ましそうにいうと、

「あら、そういうもんですか」

　八重子が少女のように小首を傾げた。

「そうだよ。我慢して、我慢して、我慢して……まあ、高倉健の世界と同じだな」

「大先生の大好きな、唐獅子牡丹ですか。義理と人情を秤にかけるという……」

　素頓狂な声を八重子は出す。

「そうだよ。曲がりくねった六区の風だよ。敏之は高倉健扮《ふん》する、花田秀次郎だな。痩せ我慢も、あそこまでいくと本当に頭が下がる。俺が敏之の立場だったら、あそこまで痩せ我慢が張れるかどうか……はなはだ疑わしいな」

　情けなさそうな声を出す麟太郎に、

「それで、我慢して、我慢して、結局、花田秀次郎さんはどうなるんですか」

八重子が妙なことを訊いてきた。

「爆発するな。我慢の限界をこえて、どかんとよ」

何気なく麟太郎が答えると、

「すると、敏之さんも、いずれ爆発するんでしょうか」

空を仰いで八重子がいった。

「えっ！」

「何となく、そんな気がしただけです。ほら大先生、空が綺麗ですよ。真青に澄みきった秋空ですよ」

つられて麟太郎も空を見る。

確かに綺麗な秋空だった。


土曜日の午後――。

麟太郎が『田園』のランチに一緒に行かないかと、麻世を誘ってみると、

「あそこは苦手だなあ。あのおばさんは私の顔を見るたびに、銀座で一緒に店をやろうとうるさくいってくるから」

こんな返事が返ってきた。

麻世はこれまでに何度か麟太郎に連れられて『田園』に顔を出したことがあるものの、

そのたびに、

「私の美しさと麻世ちゃんの可愛らしさが組めば、天下無敵。だから、一緒に銀座にお店を出して大きく儲けよ」

夏希の口癖だった。

「麻世のいい分もわかるけどよ。今度敏之と一緒に田園に行かなきゃならなくてよ。その前に、病気のことを話して、敏之に優しくしてやってくれと夏希ママに頼むつもりなんだが、何だか一人で行くのが心細くてよ。だからよ、麻世。一緒によ」

情けなさそうにいった。

「病気のことを話してって——医者には確か守秘義務ってやつがあって、そういうことは話せないんじゃないのか、じいさん」

怪訝な表情を麻世は浮べる。

「確かに守秘義務ってやつはあるが、そんなものは下町じゃあ通用しねえんだ。俺がいわなくたって、今頃はもう近所の連中は敏之の病気の件なんぞ、みんな知ってるはずだ。そういうところなんだ、この辺りはよ」

何でもないことのように麟太郎はいう。

「プライバシーがないのか、ここには」

ぎょっとしたような目をしてから、

「じゃあ、行ってやってもいいけど――とにかく、私とあのおばさんとは相性が悪いってことは確かだから。それさえ、わかっててくれれば」

ようやく麻世は納得して、二人して夏希のつくるランチを食べに出かけることにした。

扉を押してなかに入ると、席は八割方埋まっている。すぐに夏希が飛んできて、

「麻世ちゃん、いらっしゃい」

まずこういってから、麟太郎と麻世をカウンター脇の四人席に座らせる。麟太郎はちらっと腕時計に目をやり、「ランチと、あとでコーヒー」と低い声を出す。時計の針は一時四十分を指していた。

しばらくすると、ウェイトレスの理香子ではなく夏希自身が、ランチを運んできた。今日のメイン料理は豚肉の生姜焼きである。肉がじゅうじゅうと湯気をあげている。

「こりゃあ、うまそうだ」

麟太郎が声をあげると、

「じゃあ、食べ終ったころに、コーヒー持ってきますから」

夏希は麻世に笑みを投げかけて、その場を離れていった。

麟太郎と麻世は、しばらくランチを食べることに専念する。

「どうだ、麻世。お前もこれぐらいの料理は、できるようになるといいな」

いらんことをいって、じろりと麟太郎は麻世から睨まれる。

二人が料理を食べ終るころを見計らって、夏希がコーヒーを持ってきた。時節柄、ホットコーヒーである。手際よくランチセットをテーブルの脇に下げ、コーヒーカップを二人の前に並べて、自分も麟太郎の隣に腰をそっとおろす。

「で、どう、麻世ちゃん。銀座の件は考え直してくれた」

これ以上はないというような、優しい声を夏希は出す。

「無理だよ。私がお店に立っても、お客なんか誰もこないよ。無愛想で可愛げがないし、顔には険があるし」

以前は自分の顔をけなすだけだった麻世が客観的な言葉を口にした。

「そこがいいのよ。その落差が男どもには、たまらないはずだから。それに経験を積めば麻世ちゃんの顔にも愛想がね」

と顔中を笑いにしたとたん、

「出ない」

ぼそっといった。

「そんな、にべも、しゃしゃりも、ないことを」

「無愛想な女と、年を取ったおばさんが店に立っていても、お客はこない。無駄な時間をつぶすだけで勿体ない」

麻世にかかると、麟太郎たちのマドンナである夏希も一刀両断である。

「あっ、あのね、麻世ちゃん。麻世ちゃんたちから見るとおばさんかもしれないけど、普通の男たちから見れば、私は充分に綺麗なお姉さんだから、そこのところは勘違いしないようにね」

釘を刺すようにちくりという。

「そうか、そういう考え方もあるのか。見る人によって、おばさんからお姉さんまで、いろいろ変って騙されてしまうのか」

夏希の言葉から何かを学んだのか、感心したように麻世がいった。それから、夏希の顔をじっと見た。

「おばさん、近頃老けたんじゃない。私がここにきたときよりも、ずっと。ひょっとして、苦労してるの」

とんでもないことを口にした。

「おい、こら、麻世――」

慌てて声をあげ、麟太郎は夏希の顔を真直ぐ見る。どきりとした。確かに顔にやつれが見えた。見過してしまえば今まで通りの美しい顔だったが、しみじみ見ると……それに今は昼間だった。外に面した曇りガラスの窓からは、うっすらと陽《さ》も射している。

「麻世、お前の勘違いだ。夏希ママは以前の通り、惚れ惚れするような美しさだ」

それでも麟太郎は、こんな言葉を口にして夏希に向かってうなずいて見せる。

「そうよ。私はやっぱりまだ、綺麗なお姉さん。可愛らしさは麻世ちゃんには負けるかもしれないけど、美しさのほうではね」

胸を張ってみせるが、何となく覇気がないような。麻世がいうように、他人にはわからないような、夏希なりの苦労があるのかもしれない。

「それから、私。高校を卒業したあとの進路は、自分でちゃんと考えるつもりだから。だから、おばさんと一緒に銀座に行くのは、やっぱり無理。悪いけど」

なんと、麻世はここで夏希に頭を深く下げたのだ。これには麟太郎はむろん、夏希も驚いたようで、二人ともぽかっと口を開け、呆気にとられた表情を浮べた。

「お前、将来のことを、ちゃんと考えているのか」

恐る恐る声をかけると、

「考えてるよ。具体的なことはまだきめていないけど、考えてることは本当だよ。いつまでも莫迦ばかり、やってられないことも確かだから。私も少しは大人にならないと、やぶさか診療所にきた甲斐がないからね。じいさんにも悪いしね」

羞《はにか》んだような顔をして、麻世は殊勝な言葉を口にした。

「麻世、お前！」

思わず叫ぶようにいう麟太郎に、

「かといって、じいさんが心のなかで望んでいるような結果になるとは、限らないけど……」

含みをもたせるようないい方を、麻世はした。

「そうか。じゃあ、その話はこれぐらいでひとまず置くとしてだな。俺は夏希ママにちょっと頼みごとがあるんだけどよ」

幾分気落ちした表情で隣に目を向けると、

「私に話って、敏之さんの癌の件？」

声をひそめて夏希がいった。

「声なんかひそめなくても、敏之のことはもうみんな、すべて知ってるから普通に話せば大丈夫だからよ」

「すべて知ってるって、私は敏之さんが癌になったという程度しか知らないんだけど」

困ったような顔をして夏希はいった。

「えっ、そうなのか」

麟太郎も少し驚いたような声をあげ、敏之の癌の種類から症状、余命のことまでをざっと夏希に話して聞かせる。

「そんな酷い状況なの、敏之さん」

夏希は顔を強張らせて低い声をあげた。

「てっきり、知っているかと」

と困惑の声を麟太郎があげると、

「ここにはまだ、プライバシーがあったんだ」

ぽつりと麻世がいった。

「私はまだこの辺りでは、他所者で新参者だから」

淋しそうに夏希はいい、

「とにかく、そういうことなら私にできることは何でもしますから、どんなことでもいってください、大先生」

凜とした声をあげた。

「何も難しいことじゃねえんだ。敏之の野郎がママの顔を見たいっていうので、近々ここに連れてくるから、そのときはできるだけ優しく接してやってほしいんだ」

「そんなことなら、お安い御用です。こう見えても私も接客のプロですから、必ず敏之さんの気分を和ませてみせますよ」

はっきりといいきって、形のいい細い顎でうなずいた。そんな様子をじっと見ていた麻世が、

「おばさんってすごいね。ちゃんと一本、筋が通ってるんだ」

感心したようにいった。

「ちっとは見直した、麻世ちゃん」

ちらっと流し目を送る夏希に、

「見直したよ。本当のおばさんは、偉い人なのかもしれないって感じたよ」

本当にそう思ったのか、夏希の顔を正面から見て麻世はかすかにうなずいた。


敏之が麟太郎と一緒に『田園』に顔を見せたのは三日後のこと。夜の八時を回ったころで、たまった腹水を麟太郎のところで抜いた次の日だった。

客は三組ほどいるだけで、夏希はすぐに二人を奥のテーブル席に座らせた。

「話は全部、大先生から聞いたわ。大丈夫なの敏之さん」

敏之の顔をしっかり見て訊く夏希に、

「大丈夫だよ。やぶさか診療所前の坂は、まだ苦労せずに上れるからよ」

笑いながら敏之はいった。

麟太郎の診療所前には、ほんの少し勾配がついているが、そこをちゃんと上りきることができればまだまだ死なないという言い伝えが、この辺りでは昔からあった。といっても、わずかな坂なので、よほどの重病人でない限り、上ることはできるのだが。

「ああ、それなら大丈夫よね。まだまだ頑張れるよね」

と夏希はいうが、やぶさかの言い伝えはどうやら知らなかった様子だ。

テーブルの上にツマミと一緒に、夏希特製の肉じゃがの小鉢が置かれた。敏之の大好物の一品だ。

「さあ、食べて。腕によりをかけて私がつくったんだから、おいしいよ」

敏之の手が箸を取り、肉じゃがの小鉢に伸びた。そっとつまんで、ゆっくりと口に運ぶ。口のなかに落しこむように入れ、肉じゃがを転がすようにして敏之は咀嚼する。ごくりと喉の奥に落しこんだ。

そのとたん、夏希は両手を激しく叩いて拍手をした。今夜の夏希はことさら一生懸命の様子だ。

「次はビール。コップ一杯ぐらいしか飲めないって聞いてるから、少しずつね」

夏希は敏之の前のコップに、そろそろとビールを注ぐ。

「ママ、そんなに重病人扱いしなくても、俺はすこぶる元気だから大丈夫だよ。特に今夜は調子がいいからさ。ママの顔を見たせいかもしれないけどな」

敏之は思いきり顔を崩して笑った。

夏希の心遣いが敏之も嬉しいのだ。

二人のやりとりを眺めている麟太郎も嬉しかった。そして、ほんの少し羨ましかったが、心のほうは温かかった。

敏之の手がビールの入ったコップに伸び、そろそろと口に運んだ。喉をわずかに鳴らして飲んだ。さすがに一気にというわけにはいかなかったが、コップのビールは半分近くなっていた。

「凄い、敏之さん。立派、立派すぎる。でも、あとの分は、ちびちびとね」

いいながら夏希はまた、拍手した。

そんな様子がしばらくつづいた。

ふいに敏之の前に座っていた夏希の背中が、ぴんと伸びた。背筋を伸ばした状態で、真直ぐ敏之の顔を見た。

「十年ほど前、銀座のクラブにいたとき……」

低い声を夏希は出した。

「乳癌になって、右の乳房を全摘しちゃった」

少女のような声でいった。

突然の告白だった。麟太郎の胸がどんと音を立てた。敏之の顔にも驚きの表情が張りついた。

「全摘って、それは本当なのか、夏希ママ」

麟太郎は思わず声を張りあげた。

このとき麟太郎の胸に、ひょっとしたらこれは嘘なのではという思いが湧いたのも確かだ。夏希は敏之の状態に合せて、こんな嘘をついた。しかし、この期におよんでそんなことを……。

「本当よ。その時点で私の女の価値は半減した。普通の女性と違って、夜の商売をする私たちにとって、片方のオッパイがないっていうことは死活問題だから」

泣き出しそうな顔をして夏希はいった。

真に迫っていた。これは本物だと麟太郎は感じた。もしこれが芝居なら、夏希という女は女優顔負けの演技力の持主といえる。

「私たちの商売って、時には裸になってお客と一夜を過さなければならないことも出てくる……それはわかるわよね、敏之さんも大先生も大人だから」

わずかにうなずく麟太郎と敏之の顔をちらっと見てから、

「片方のオッパイがなくなったということで、私にはそれができなくなった。私の存在感は薄くなり、お店での立場もどんどん悪くなった。いくら顔だけよくっても、最後の武器が使えない女は役立たずそのもの。だから私は銀座を離れて、あちこちを転々とし、結局この地に流れついた」

夏希は大きな吐息をもらした。

「形成外科で、何とかよ。元通りにならねえとしても、何とかよ」

遠慮ぎみに声を出す麟太郎に、

「当時はそんなことをする人はいなかったし、それに再発すれば、どうせ、また……」

夏希は細い声で答えた。

「そうだな、乳癌は他の癌と違って全身病だからな。五年たとうが十年たとうが、完治というわけにはいかねえからな。そこんところが厄介というかよ……」

麟太郎の語尾が震えた。

「そう、再発の恐怖と女としての情けなさ」

夏希は絞り出すような声でいい、

「これが私の、誰にも話せなかった悲惨な過去……」

つけ足すようにいった。

「だから、麻世と一緒に銀座にって、しつっこく誘ったのか。あれは、すべて本気だったのか。ひょっとしたら冗談かとも思っていたんだがよ」

「もちろん、本気だった。私は銀座を忘れることができなかった。だから、せめて――」

ぷつんと夏希は言葉を切ってから、

「将来的には、裸になれない私に代って、その役目は麻世ちゃん。私の役目は愛嬌をふりまいて男を引きよせる、客寄せパンダ。二人で仕事を分担すれば何とかなると思ってた。それで、丸く収まるはずだった」

低い声で一気にいった。

「けどよ、何たって麻世はまだ若いし、それに麻世はよ――」

麟太郎は言葉を飲みこんだ。麻世がレイプ被害者であることを軽々しく話すわけにはいかない。これ以上はいえなかった。

「いずれにしても、麻世には無理だ」

ぽつりといった。

麟太郎のその言葉に何かを感じたのか、

「わかってます。私が何をいおうと麻世ちゃんはまったく相手にしてくれなかったし、無理なことはよく……だから私の妄想も、これでおしまい。よく、わかってます」

くちゅんと夏希は子供のように洟をすすった。

「夏希ママ……」

敏之が掠れた声を出した。

「元気出さないとよ、元気だけはよ。何がなくても元気だけはよ」

「そうね、元気だけは出さないとね――敏之さんと私は似た者同士、最前線の戦友のようなもの。その敏之さんがこんなに元気なんだもの、私も元気を出して頑張らないとね」

敏之と自分は似た者同士だと、夏希はいった。

「そうだよ。夏希ママが元気を出してくれねえと俺、頼みごともできねえからよ」

顔中を笑いにして敏之がいった。

「私に頼みごとって何。似た者同士の敏之さんの頼みなら、私何でも聞いちゃうから」

　夏希も顔中で笑って返事をする。

　二人とも泣いているような顔だった。

「俺、一度でいいから夏希ママとデートがしたくってよ。それがなかなかいえなかったんだけど、あの世を間近に感じたら、こうしてすらっといえるようになってよ」

　意外なことを口にした。

「いいわね、デート。行こ、敏之さんの好きなところへ、二人で行こ。いったい、どこへ行きたいの」

　妙な展開になってきた。

「本当なら吉原へ行きたかったんだけど、夏希ママと一緒に吉原へは行けねえから。ここはやっぱり浅草生《エンコ》まれの俺にしたら、花やしきだな」

　子供のようなことを敏之はいった。

「花やしきか。あそこなら乗物もゆっくりしているから、私たちのように最前線で戦っているものの息ぬきには最適。敏之さんの容体が上向きになったら、ケータイに連絡して。二人して、メリーゴーランドに乗ろ」

　はしゃいだような声で夏希はいうが、顔はやっぱり泣きそうだ。

「そうだな、容体が上向きになったらな」

そういって敏之は黙りこみ、同じように夏希もぎゅっと口を引き結んだ。そして、子供がにらめっこをするように、二人は互いの顔を睨みつけたのだ。

異様な光景に見えた。

一言も喋らず、二人はにらめっこをつづけた。やがて敏之の目から涙がこぼれ落ち、つられたように夏希の目からも涙がしたたって白い頬を伝った。二人は涙をこぼしながら互いの顔を睨みつけるように見つづけた。

何がどうなっているのか、麟太郎にはさっぱりわからなかった。が、二人の間に入って口出しする隙は見出《みいだ》せなかった。二人は真剣そのものの表情で見合っていた。

しばらくして、ようやくわかった。

敏之と夏希は無言で話をしているのだ。

涙を流しながら、意思の疎通を図っているのだ。麟太郎には思いもよらぬことだが、二人は言葉を交さずに何かを話している。そうとしか考えられなかった。麟太郎の胸に、途方もない羨ましさが湧きおこった。

二人の目は涙に濡れていた。

泣きながら二人は無言で見つめ合っていた。

半分、死んだも同然という敏之と夏希が。

睨み合いは十分ほどもつづき、ふいに終りを迎えた。

敏之の体から力が抜け、両肩がすとんと落ちた。同時に夏希の体からも力が抜けて両肩が落ちた。

「麟ちゃん、疲れたから、そろそろ、おいとましようか」

いつもの声で敏之がいった。

「そりゃあ、疲れもするわよ。あれだけ真剣に、にらめっこをすれば。いくら、私の顔が綺麗だからといって、あれは見すぎ。でもこれで、私の顔は敏之さんの脳に焼きついてしまったんじゃないの。その逆もいえるけどね」

おどけた調子で夏希がいって、その夜はおひらきになった。

敏之を家に送り、診療所に戻ってみると麻世がまだ起きていて、居間でテレビを見ていた。同じようにソファーに腰をおろし、麟太郎は今夜の敏之と夏希のあれこれを麻世に話してみた。

「私たちにも、そういうことはよくあったよ」

麻世が、すぐにこんなことをいった。

道場で木刀を持って相手と対峙《たいじ》したとき、互いにどう攻撃していいかわからなくなり、膠着《こうちゃく》状態になったときの状況に似ていると麻世はいった。

「竹刀と違って木刀同士だと、ぽんぽん打ち合うことはできないから。打たれれば骨が折れるかもしれないし、肉が裂かれるかもしれない。だから真剣同様、慎重になるんだけど。そんなときは互いに木刀を構えながら、心のなかで相手との話し合いになるんだ」

麻世のこの言葉に、

「腹の探り合いじゃなくて、話し合いなのか」

麟太郎は首を傾げて訊く。

「木刀同士の命がけの立合いだから、腹の探り合いなんていう姑息《こそく》なまねは通用しない。これはあくまでも話し合い――」

「話し合いって、いったいどうしようというつもりなんだ」

「こういうときは、ほとんど同じ力量の者同士だから、どういう手段を用いて引き分けにするかという」

「引き分け――」

素頓狂な声をあげる麟太郎に、

「そんな膠着状態になったときは、相手を倒してやろうという気はなくなってしまっているから、引き分けでいいんだ。詳しい理《ことわり》を話すと長くなるからいわないけど、それが古武道の極意だともいわれている。針ケ谷夕雲《はりがやせきうん》という剣客があみ出した、無住心《むじゅうしん》剣術という流派では、これを相抜けといって剣の奥儀にしているよ」

柳剛流剣術の腕達者といわれる麻世は、すらすらと答えるが、

「相抜けなあ……」

スポーツとしての柔道しか知らない麟太郎には、そこのところがよくわからない。が、あのとき、敏之と夏希は互いに心を通わせ合っていたことは確かだと思った。羨ましくなるほど確かだった。

「あのおばさんも、いろいろ苦労をしてきたんだね」

そのとき、麻世がぽつりといった。

「そうだな。それだけは、わかってやらねえとな。麻世のように、目の敵にばかりしないでな」

しんみりした調子でいうと、

「うん。悪かったと思ってる。あんまりしつっこいから悪く見てたけど、あのおばさんのいろいろがわかったような気がするよ」

これも、しんみりした口調で麻世が答えた。

「ひょっとしたら、その麻世の心変りも相抜けという境地と同じようなものなのか」

思わずこういうと、

「そうかもしれない」

珍しく、素直な言葉が返ってきた。

十日ほどがたった土曜日の午後。

今日は非番だといって、潤一がやってきた。

敏之の様子をあれこれ訊く潤一に、あの夜の夏希との一件を麟太郎は話してやる。

「へえっ、夏希さんにデートを申しこんだんですか。それは凄い。実に凄い」

嬉しそうにいう潤一に、

「そのあとは相抜けだよ」

と麻世が武術のあれこれを説明するが、むろん潤一にわかるはずはない。困ったような顔をしている潤一に、

「おじさんは、やっぱり医者になってよかったと思う。勉強はできるんだろうけど、それだけ頭が固いと」

さじを投げたように麻世がいう。

「いや、それは違うと思うよ、麻世ちゃん。俺は頭が固いんじゃなくて、世智《せち》にうといだけで――」

と反論を始めたところで電話のベルが鳴って、麻世が出る。すぐに「水道屋さんの奥さんから」といって受話器を麟太郎にわたす。

話をしていた麟太郎の顔色が変った。しばらくして電話を切り、

「おい、敏之がいなくなった。十二時頃家を出て、いまだに戻らないそうだ。ケータイに電話をしても電源を切っているようでつながらないらしいし」

古い柱時計に目をやると、すでに三時を回っている。

「容体のほうは、どうなんですか」

潤一の顔つきも変っている。

「昨日、腹水ドレナージをしているから、体のほうは比較的楽なはずだ。それに、文子さんの話では、今日は気分がいいから、久しぶりにゆるゆると遠出をしてくる。何かあったらケータイで電話するから心配はいらないといって、上機嫌で出ていったそうだ」

「いくら、上機嫌だからといって」

潤一は怒鳴るようにいい、

「俺はとにかく大学のほうに帰り、万が一の状況に備えて待機しています。こちらのほうは親父にまかせるから、何かあったらすぐに電話を――」

返事も聞かずに、真剣な表情で潤一は居間を飛び出していった。

「あのおじさん。頭は固いけど、医者の腕のほうは本物のようだね」

ぽつりと麻世はいってから、突然「あっ」という叫び声をあげた。

「じいさん。ひょっとしたら、あの相抜けじゃないのか。隣の夏希さんと二人で」

いつのまにか呼び方が、おばさんから夏希さんに変っているのはいいとしても、あの敏之がそんなことを。麟太郎の胸が、ざわっと騒いだ。

「麻世っ。隣に行って店が開いてるかどうか、見てこい」

麻世が居間を飛び出していき、すぐに戻ってきた。

「閉まってる。鍵がかかっていて扉は開かない」

満足そうに麻世はいうが、麟太郎の胸には敏之に対する嫉妬のようなものが湧きおこる。

『田園』の休日は日曜日で土曜日ではない。となると今日は臨時休業――二人で示し合せてどこかへ行ったということも。おそらくは、この前夏希に話していた『花やしき』だ。

とりあえず、まず文子に連絡を入れなければと麟太郎は受話器を手にして敏之の家の番号をプッシュする。文子はすぐに出た。

敏之の行き先は大体わかっているので、心配はしないようにと明るく文子にいい、麟太郎は苦虫を嚙みつぶしたような顔で電話を切る。

「じいさん、どうした。顔色が悪いぞ」

面白そうに麻世がいう。

「人騒がせな敏之の野郎のことを考えたら、ちょっと腹が立ってきてな」

ひとつ空咳をしてから、

「どうだ、麻世。二人で花やしきに行ってみるか。二人がどんなデートをしているか、見てみるのも面白いかもしれん」

何とか顔を元に戻していった。

「うん、行こう、行こう。いろんな意味で見物かもしれない」

すぐに麻世が賛同した。

『花やしき』までは、一キロほどの道のりだ。二十分後、麟太郎と麻世は、遊園地のなかで辺りを見回し、敏之と夏希の姿を探していた。

狭い遊園地なのですぐに探しあてられると思ったが、なかなか見つからない。妙だった。土曜日のことなので人も多かったが、探すのに苦労をするほどの人出ではない。隅から隅まで二人で歩き回ってみたものの、二人の姿はまったく見当たらない。

念のため、切符売場の女性に二人の風体をいって確かめてみるが、よくわからないと首を傾げるだけだった。

麟太郎は園内を上から見るために、階段を上がって、ジェットコースターの乗場に行く。そこから下を見回すが、二人の姿はどこにもない。奇妙だった。まるで狐につままれたような気持だった。

そのとき麟太郎の視線が園内からそれて、外に向かった。麟太郎の目がそれを捉えた。遊園地の裏手に建つ、ラブホテル群だ。嫌な胸騒ぎを麟太郎は覚えた。

夏希は敏之のことを似た者同士だといった。最前線の戦友のようなものだともいった。そして涙を流しながらの、あの無言の会話だ。意気投合して、二人でラブホテルにしけこんだとしても不思議ではなかった。

ラブホテルを眺める麟太郎の脳裏に、裸でからみ合う二人の姿が浮んだ。夏希は右の乳房をなくして、男の前で裸になることができないといっていたが、相手が似た者同士の敏之なら……。

麟太郎は奥歯を嚙みしめた。

「相抜けじゃなくて、これなら逢《あ》い引きじゃねえか」

こんな言葉がぽろりと出た。

とたんに妙におかしくなって、苦笑がもれた。苦笑は段々と大きくなり、やがて麟太郎は顔を崩して笑っていた。脳裏に浮ぶ裸の二人の姿からは卑猥《ひわい》さが消え、温かさのようなものを感じた。

「二人とも、今まで一生懸命生きてきたんだからよ。それぐらいのことはよ」

口に出して呟いた。

とたんに体中から力が抜けて楽になった。

麻世が階段を上がってきた。

「どうやら二人は別の場所に行ったらしい。どこかの喫茶店でコーヒーでも飲んで、甘いものでも食ってるんだろう。莫迦らしいから帰るとするか」

　麟太郎は階段を下り始める。

「えっ、せっかくきたのに何も乗らずに帰るのか」

　唇を尖らせる麻世に、帰りに葛餅《くずもち》でも食わせてやるからといって、麟太郎は出口に向かった。はたしてあの体で、アレができるもんだろうかと余計な心配を胸に……。


　この失踪事件――敏之がちょっと疲れた様子で家に帰ってきたのは、六時頃だったという。

「この世の名残りに浅草界隈の喫茶店を回って、コーヒーの飲み較べをしていた」

　これが敏之のいい分だった。

　夜になって店を開けた『田園』に早速麟太郎が押しかけると、夏希は愛想よく笑顔で迎えいれてくれた。

　臨時休業のわけを訊くと、

「何となくですよ、ただ何となく、誰にでもそういうときって、あるんじゃないですか」

　夏希は何でもないことのようにいい、麟太郎の背中をぽんと叩いて奥の席に座らせた。

　敏之の失踪と『田園』の臨時休業の真相は、わからずじまいで終った。

敏之が死んだのは、この事件があってから十日ほど後、自宅での往生だった。看取ったのは妻の文子と、容体の変化の報を受けて駆けつけた麟太郎の二人だった。

麟太郎が枕元に立ったとき敏之の意識は混濁状態で成す術はなかった。

肩で大きく息をする敏之の右手が布団のなかから何かを探っている素振りを見せた。文子がその手を握ると、敏之が握り返してきた。

「あなた……」

文子が小さく叫んだ。

とたんに敏之の息遣いは弱くなり、意識不明の状態に陥った。が、敏之の右手はまだ文子の手を握り締めている。

その手から徐々に力が抜け、やがて敏之の指は開いた状態になり、同時に息遣いもすっとなくなった。

ひと通り体の状況を調べ、麟太郎は臨終を文子に伝えた。文子は両肩を震わせて泣いた。涙が古い畳にしたたり落ちた。

文子の髪は、このひと月のうちに白髪がかなり増えたようで、黒かった頭は薄い灰色に変っていた。

「文子さん、本当にご苦労様でした。敏之も大変でしたが、いちばん苦労されたのは文子さんだと私は思っています。本当にお疲れ様でした」

頭を下げる麟太郎に、

「いえ、私なんか。この人の苦しさに較べたら、私なんかの苦しさは」

文子はいやいやをするように、首を振った。

「でも、あの半日間いなくなったときには、本当に心配しました。本人は喫茶店巡りなどといっていましたが、本当はどこへ行ってたんでしょうね」

どきりとするようなことをいった。

「いや、敏之は本当に、コーヒーの飲み較べをしてたんだと思いますよ」

当たり障りのないことをいうと、

「空白の半日間です――」

ぼそりと文子はいって、ついさっきまで敏之に握られていた左手を麟太郎に見せた。よほど強い力で握られていたようで、文子の親指と人差指の間が紫色になっていた。敏之が死の瞬間まで、文子を頼りにしていた証しのように見えた。

「あの、空白の半日間……幸せな人ですね、この人は。これからの語り草になりそうです」

何もかもわかっているようなことを、文子は呟いた。そして、文子の目尻の皺が急に深くなったように感じた。これは……。

そう、文子はこのとき、わずかに微笑《ほほえ》んだのだ。が、不謹慎には見えなかった。綺麗な笑顔に見えた。

文子の両目は、まだ涙で潤んでいた。

麟太郎は畳に額がつくまで、頭を下げた。

第七章　ある決断

　足元から寒さが這いあがってくる。

　身震いをひとつしてから『田園』の扉を押すと、暖かな空気が麟太郎の顔に、わっと押しよせた。

「大先生、いらっしゃい」

　機嫌のいい声と一緒に、すぐに夏希がやってきて奥の席に連れていかれる。

「近頃、お見限りで、ちっとも顔を見せてくれないんだから」

　ちくりと夏希は嫌みをいって、

「いつもの、ビールでいいですか」

　うなずく麟太郎の顔を覗きこむように見てきた。

「お見限りって……そんなに俺はここにきてねえかな」

　ぼそっというと、

「そうですね、ざっと数えて十日ほど。大先生は私の顔を見にきてませんね」

唇を少し尖らせた。

「十日ほどか――」

確かに常連客の麟太郎にしたら、間が開きすぎていた。が、原因はわかっている。ここにくる心の余裕がなかった。

「実はちょっと心配事があってな。だからよ、とても酒を飲む気がな」

素直に心のなかを吐露すると、夏希が小指をぴんと立てた。

「心配事ってこっちのほうなの。だから、ここにはこられなかったの」

「そんな色っぽい話じゃねえよ。もっと深刻な話だよ。もっとも、医者には守秘義務ってものがあって、いくら夏希ママでも内容を話すわけにはいかねえけどな」

釘を刺すようにいうが、麟太郎の心配事はそっちとはまったく関係のないことだった。関係はないものの人に話せるような内容でないことは確かなので、そのために、あらかじめ予防線を張ったのだ。

「あっ、そうなんだ。そっちのほうの話なんだ。だったら、訊くわけにはいきませんよね」

夏希が納得したところで、店の女の子がビールとツマミを盆にのせて持ってきた。すぐに夏希がグラスにビールを満たす。自分のグラスにも半分ほどいれ、二人はグラスを軽く合せる。

「実は私のほうにも、心配事があるんです。けっこう、深刻というか……」

ビールを飲みほしてから、生真面目な表情で夏希がいった。

「…………」

心配事を紛らわせるために夏希の顔を見にきたのに、その夏希のほうも心配事を抱えているというのは……啞然とした面持ちで夏希の顔を麟太郎は見返す。

「オカネ――実は、この店は今、火の車なんです。昔からの借金が、まだかなり残っていて。そんなものはすぐ返せると高を括っていたんだけど、何といってもこの辺りは一人当りの客単価が安いから。だから目算が外れて、私は頭を抱えているっていう次第」

一気に喋って夏希は大きな吐息をついた。満更、嘘でもなさそうな話に聞こえた。

「金か……そういう話になると、俺の力ではちょっとな」

麟太郎も吐息をもらすと、

「わかってますから、大丈夫ですよ。大先生んところは、いつまでたっても医は仁術――お金儲けの道具じゃないから。うちと一緒で客単価が安いから」

顔中でふわっと笑った。

やけに綺麗な顔だった。

「少しぐれえの金なら、俺でも何とかなるけどよ」

しんみりした口調でいうと、

「いいんですよ、無理しなくったって。大先生の顔は、私にとって癒しそのものなんですから。ここに顔を出していただければ、それだけで私は充分です」

夏希が軽く頭を振ったところで、新しい客がやってきた。

「じゃあ、大先生。またあとで」

頭を下げて夏希は離れていった。

「俺の顔は、癒しの顔か……」

独り言のように呟く麟太郎の脳裏に、麻世の顔が浮んだ。心配事の張本人だった。麻世の言動がここのところ変だった。妙に落ちつきがなく、ぎすぎすしたかんじだった。そして、今夜――。

夕食のあと、麟太郎は思いきって麻世に声をかけてみた。

「麻世っ、近頃顔色が冴えねえし口数も少ねえし、おまけにいつもより帰りは遅《おせ》えし。いったいどこへ行っているんだ」

できる限り、柔らかな声で訊いてみた。

「どこへ行ってるって、それは……」

麻世は少しいいよどんでから、

「道場――」

ぼそっといった。

麻世が小学生のころから通っていた、総合武術といわれる柳剛流剣術の林田道場だ。

「林田先生は病気で臥せっていると、聞いていたが」

「先生は臥せっていても、門人たちがいるから」

小さな声で麻世はいう。

「その門人たちと麻世は稽古をしていたというのか。いったい何のための稽古なんだ」

嫌な予感が胸の奥から、じわじわとせりあがってきた。

「それは、昔の勘を取り戻すためというか、なまった体を引き締めるというか、何というか」

つかえつかえ、麻世はいった。

「昔の勘を取り戻して、それで麻世はどうするつもりなんだ」

決定的なことを麟太郎は口にした。

「それは……」

麻世の顔が歪んだ。

沈黙が流れた。

「あの、クソ野郎を殺すために」

押し殺した声で、殺すためにと、はっきり麻世はいった。麟太郎の胸が早鐘を打ったように騒ぎ出した。最悪の言葉だった。

クソ野郎とは麻世の母親と同棲《どうせい》している三十歳ほどの男で、名前は梅村。母親の留守に麻世を失神させて犯し、そのために麻世は家を飛び出して、この診療所に転がりこんできたのだが。その経緯《いきさつ》の元凶が梅村だった。

「麻世、お前がこの診療所にやってきて、半年以上になる。その間、お前は様々な病人を見てきて、言葉をかわしてきたはずだ」

ごくりと麟太郎は唾を飲みこみ、

「つまり、お前は、生きるために懸命になって頑張っている人たちと数多く接して、その人たちの気持も肌で感じてきたはずだ。そのお前が、人の命をとろうっていうのか。人を殺そうというのか」

懇願するようにいった。

「それは……」

また、沈黙が流れた。

「あいつを殺さないと、私の心が壊れてしまうから。このまま放っておいたら、私が生きていくことができないから。今年おこったことは、今年中にケリをつけたいから」

ようやく麻世が口を開いた。

「だから、殺すというのか、その殺すための稽古を今日もしてきたというのか」

叫ぶような声を麟太郎はあげた。

「今日は……」

切羽つまった声を麻世は出した。

「馬道通り裏のアパートまで行ってきた。あいつと決着をつけるために」

思ってもいなかった言葉が飛び出して麟太郎は慌てた。元々、麻世は真正直で、嘘のつけない性分なのだ。

「殺しに行ったのか！」

麟太郎の胸が悲鳴をあげた。

「行ったけど、殺せなかった」

泣き出しそうな声で麻世は答えた。

「殺せなかったって、それはどういうことなんだ」

怒鳴った。

まだ、二時間ほど前のことだという。

麻世は、かつて住んでいた馬道通り裏のアパートの近くまで行き、電柱の陰に立って出入口を凝視していた。

麻世がアパートを飛び出してすぐ、梅村が満代の元に転がりこんだのは噂で聞いて知っていた。待っていれば、いつか必ず梅村は出てくるはずだった。そのときが勝負だ。

カバンのなかの特殊警棒で、あいつの喉を突くか脳天に渾身の一撃をくらわせれば、すべてはそれで終る。あのことさえなければ、自分の実力で確実に葬りさることのできる相手なのだ。

そんなことを何度も胸のなかで呟きながら、麻世は梅村の出てくるのを待つ。寒さに体を硬くさせながら辛抱強く待つ。

立ちつづけて一時間ほど。

アパートの出入口から、誰かが出てくる気配が伝わった。麻世の体に緊張が走る。右手をカバンのポケットに突っこみ、特殊警棒を握りしめた。

誰かが出てきた。違った。六十年配の派手目の化粧をした老女だ。麻世は電柱の陰に体をひそめてやりすごす。

梅村が姿を見せたのは、それから二十分ほど後だった。派手な金具をあちこちにつけた、革ジャン姿だった。

麻世は電柱の陰から梅村の顔を、息をとめて睨みつける。

相手はまだ、麻世の存在に気づかない。

気づいて麻世の顔を睨みつけてきたときが勝負だった。自分は梅村の視線を受けとめることができるのか。恐怖感を克服できるのか。それとも、あの犯されたというトラウマが麻世の全身を再び支配して、手も足も出ない状態に陥ってしまうのか。

やってみなければ、わからなかった。

麻世は電柱の陰から体を出し、梅村に向かってゆっくりと歩いた。梅村が麻世の存在に気がついた。真直ぐ麻世の顔を見た。これまでは恐怖で正視できず、忌み嫌ってきた獣の目だ。それが麻世の顔を睨みつけていた。

「何だよ、麻世じゃねえか。俺に抱かれに、また戻ってきたのか」

梅村が薄笑いを浮べていった。

麻世の全身に悪寒が走った。

が、耐えた。

両目を大きく見開いて睨み返した。

これなら何とかなる。

こう確信した麻世が、特殊警棒をひと振りして伸ばそうとした瞬間、別の人間が出入口に顔を見せた。

母親の満代だ。

麻世をすてて、十歳以上も年下の男に走った母親の満代だった。これから向島の店に行くようで、顔は厚い化粧におおわれていた。

麻世と満代の目が合った。満代の表情が変った。浮んでいるのは怯えのようなもの。小動物の表情だ。満代はすぐに目を伏せた。麻世の顔を見ようとしなかった。

麻世の体から、ふいに力が抜けた。

体中が無防備状態に陥った。急に寒さを感じた。体が小刻みに震え出した。これは恐怖だ。元に戻った。もう、梅村の顔を見ることはできない。無理だ。

麻世はさっと背中を向け、全速力でその場から逃げた。

「麻世、いつでも抱いてやるからよ。おめえだって、本当は俺とやりてえんだろうが」

満代の前だというのに、梅村のこんな声が背中ごしに聞こえた。

麻世の話は終った。

少しの沈黙の後、麟太郎が口を開いた。

「そうか、お母さんとぶちあたったのか。しかし、逆にそれが幸いしたんじゃないのか。麻世はそれで、梅村を殺さずにすんだ。正直俺は、お母さんに感謝してるよ」

しみじみとした口調でいいながら、満代にあらためて会ってみなければと麟太郎は思った。

「じいさん」

低い声を麻世が出した。

「私はいったい、どうしたらいいんだ。さっきもいったように、このままだと私の心は壊れてしまう。あのクソ野郎を、この手で何とかしない限り、私は……」

泣き出しそうな声でいった。

実際、麻世は泣いていた。

「それを一緒に考えようじゃないか。麻世の心が壊れずに、ちゃんと、まっとうに生きていける方法をよ」

麟太郎は大きくうなずいてから、

「面と向かって麻世にはいったことはなかったけどよ。俺は麻世に看護師になってもらいてえと、ずっと思ってたてよ。お前の真正直な心と、ヤンキー上がりの根性は看護師にぴったりだからよ、それでよ」

独り言をいうようにいった。

「看護師か……」

ぼそっとした声を麻世はあげ、

「じゃあ、後片づけするから、私」

テーブルの上のものを流しに運び、洗い物を始めた。

後ろ姿の両肩が落ちていた。

次の日の昼休み、馬道通り裏にある麻世の母親の住むアパートを麟太郎は訪れていた。

ドアをノックすると、少しして中年女の顔が覗いた。満代だ。起きて、まだまもない顔に見えた。

麟太郎の顔を見た満代は「あっ」と叫んでドアを閉めようとしたが、麟太郎は素早く右足をなかにいれ、強引に部屋のなかに体をすべりこませた。

「少し話をしにきただけですから。お母さんの本意が知りたいだけで、説教する気も怒る気もないですから」

哀願するようにいって部屋のなかを覗きこんだが、幸いなことに梅村はどこかに出かけているようで、その気配はなかった。

麟太郎の言葉に少しは安心したのか、満代はおどおどした様子でなかに招きいれた。奥の部屋に通されて、小さなテーブルを挟んで二人は向き合った。

「今、お茶を」

と席を立とうとする満代を制して麟太郎は話を切り出した。

「昨日のことは、もちろん、お母さんもご存知ですよね」

というと、満代はわずかに首を縦に振った。

「麻世と、梅村という男との間に、何があったかは、お母さんも知っているんですね。そのために麻世が昨日、梅村を殺しにきたということも」

いいづらいことを口にすると、満代はまたわずかにうなずいた――この女性は何もかもわかった上で、あの男と一緒に暮しつづけているのだ。

麟太郎は診療所にきてからの麻世の生活をざっと満代に話して聞かせ、

「あの、梅村という男と、お母さんは別れることはできませんか」

思いきっていってみた。

満代の体が左右に揺れた。

視線はテーブルに落したままだ。

「今更別れても、麻世は決して許してはくれないでしょう」

しばらくして、細い声を満代は出した。

「許してくれるか、くれないかはわかりませんが、まず別れるというのが人の道というか、親の道じゃないですか」

諭すようにいうと、

「私はもう、人の道からも親の道からも外れた身ですから」

また満代の体が揺れた。ゆっくりと顔をあげて麟太郎の顔を見た。青ざめた顔だった。まるで何もかも諦めたような、まったく覇気を感じさせない、生命力のない不思議な顔だった。

「それでも、お母さんは麻世の母親です」

凛とした声を麟太郎はあげた。

「こんな女を親にするより、先生のところに置いてもらっていたほうが、あの子には幸せのような気がします。さっきの先生の話だと、ゆくゆくは看護師にさせたいと――そうしていただければ、それがいちばん麻世のためになるのではと、私は……」

一気にいってから、満代は両肩で大きく息をした。両目が潤んでいるようにも見えた。理由はわからないが、何かに必死で耐えているような顔にも見えた。

「ですから、私のことはもう、ほっといてくれたほうが。でも、勝手ないい分ですが、麻世のことだけは、あの子のことだけは何とか、よろしくお願いいたします」

途切れ途切れにいってから、満代は麟太郎に向かって両手を合せた。そのとき、玄関のほうで音がして、人の気配が伝わった。満代の体が左右に大きく揺れた。おそらく、梅村が帰ってきたのだ。

「出ねえ、いくら弾いても玉が出ねえ。まったく頭にくる」

こんな声が響いてから、

「何だ、誰かきてるのか、客か」

不審げな声が聞こえた。

「先生、今日のところはこれで、お願いですから、先生」

満代のおろおろした声に、麟太郎も慌てて席を立つ。できるなら、麟太郎もこんなところで梅村と事をおこしたくはなかった。

梅村が奥の部屋に入ると同時に、麟太郎はすれ違いざま廊下に出た。

「あっ、何だてめえ。こんなところまで何しにきやがった」

怒号を背中に素早く靴をはいた。

「ちょっと真面目な話をしにきただけだ。喧嘩をしにきたわけじゃねえ」

はっきりした口調でいうと、

「てめえ、もう、麻世とはやったのか。麻世は俺の女だ。てめえごときに勝手なまねはさせねえから、そう思え。オイボレのクソッタレ医者がよ。そのうちに、てめえの家まで挨拶に出向いてやるから、首を洗って待っていやがれ、莫迦野郎が」

臆面もなく大声でいい放った。

ここは地獄だ。

そう思った。

麻世を帰すところでは決してない。

アパートを背に、そんなことを考えながら歩く麟太郎の胸に違和感のようなものが、突然湧いた。満代とのやりとりのなかだ……しかし、それが何であるかは、いくら考えてもわからない。たったひとつわかったのは、満代は得体のしれぬ女。それだけだった。

それにしてももと麟太郎は頭を振る。

こう問題ばかりが一度に噴出して、いったい自分はどうしたらいいのかと、少し途方にくれる。実は昨夜、あれからすぐに、潤一が『田園』にやってきたのだ。

「仕事が早く終ったので家に寄ってみたけど、親父はいないし、声をかけても麻世ちゃんは出てこないし。それで、どうせここだろうと思って、きてみたんだけど」

どうやら麻世は部屋にこもって、居留守をきめこんだようだ。

「でも、麻世ちゃんは、一緒じゃないんだよな」

潤一はいいながら、周囲を見回す。いかにも残念そうな表情だ。

このとき麟太郎は、麻世のあれこれをすべて潤一に話してみようと決心した。いつまでも黙っているわけにはいかないし、潤一は麻世にぞっこんのようだし。やはり、すべてを話しておいたほうが麻世のためにも潤一のためにもいいような気がした。

医者である潤一なら他の人間に話すこともないだろうし、騒ぎ立てることもないはずだ。ただ、麻世のすべてを潤一が聞いて、どんな態度をとるのか……そのあたりがまったく予測できなかった。一度は潤一と麻世が一緒になったらなどと考えたこともあったが、その可能性もどうなるのか……。

「いらっしゃい、若先生」

とテーブルにきた夏希に、内密の話があるからと制して、麟太郎はグラスのビールをひとくち飲んでから、ゆっくりと麻世にまつわる、すべてを潤一に語った。

麻世のヤンキー時代の話は割に平気な顔で聞いていた潤一だったが、麻世の母親と梅村のこと、そして梅村と麻世の間におきた痛ましい事件のことに話がおよぶと、顔色がさっと変った。それまで打っていた相槌もなくなり、顔つきが険しくなった。

「それは、すべて本当のことなんだな」

話が終って潤一が口にしたのは、この一言だけだった。

「そうだ、忌わしい話だが、すべて本当のことだ」

ぽつりと麟太郎がいうと、

「悪いが親父、俺は今日はこれで帰らせてもらう」

それだけいって潤一はすっと席を立ち、ドアに向かって早足で歩いていった。

「えっ、若先生、もう帰っちゃったんですか。何も飲まずに」

飛んできた夏希が呆気にとられた声をあげて、潤一が消えたドアを見つめた。

「あいつも、いろいろ悩みがあってな。その対処というか対応というか」

苦し紛れに麟太郎がこういうと、

「悩みですか。若先生にも、そういうものがあるんですねえ。あんなに若くて、ハツラツとして、立派なのに」

夏希は納得したような声をあげてこんなことをいってから、麟太郎の前の席にそっと座りこんだ。

「実は大先生……」

妙に真剣な表情で麟太郎を見た。

「実は何だよ。金の話なら、この間聞いてはいるけどよ」

低い声を麟太郎は出す。

「それがらみの話では、あるんですけど」

夏希もふいに声を落した。

「私、夜逃げするかもしれません」

蚊の鳴くような声でいい、泣き笑いのような表情を夏希は見せた。


午後からの診療が終り、麟太郎は母屋の居間のソファーに仰向《あおむ》けに体を投げ出して天井を見つめている。

麻世は林田道場に寄っているのか帰っておらず、居間にいるのは麟太郎だけ。むろん、頭のなかを占めているのは麻世のことだ。いったいどうしたらいいのか、いくら考えてもいい答えは出てこない。

「無血開城なあ……」

ぼそっと口のなかだけで呟いてみる。

これはついさっき、診療の終りがけに、また風邪をひいたといってやってきた、風鈴屋の徳三の言葉だ。

風邪は徳三の持病のようなもので、季節の変りめになると、鼻をぐずぐずさせながら必ずやってくる。そして診察が終って徳三が麟太郎にいう言葉がきまってこれだった。

「風鈴屋なんてのは、火の前の作業がほとんどなんだけど、なんで風邪なんかひくのかね。そこんところが、どうにもよく、わからねえんだけどね」

すぐに麟太郎は身を乗り出し、

「年を取ったということさ」

勝ち誇ったようにいうのだが、徳三も黙ってはいない。

「――年か。まあ、これもお互い様の話だよな」

と反撃が始まり、お互い江戸っ子同士の意地の張り合いになるのだが、今日はそれがほとんどなかった。

「ところで大先生、今日は顔色がよくねえし、元気もねえようだが、どこか具合でも悪いんじゃねえんですか」

心配そうな顔を向けてきた。

「病気ではないんですが、ちょっと心のほうというか何というか」

口のなかでむにゃむにゃ麟太郎はいう。

「心の病いねえ、なるほどねえ」

徳三は妙に納得した表情を浮べてから、ぽんと両膝を叩き、

「江戸っ子の勝手な我なんぞは、すべてかなぐりすてて、ここは相手を立てて丸く収める、無血開城――それしかねえんじゃござんせんか」

何かを勘違いしているようなことをいった。

「大体が大先生の麟太郎っていう名前は、八百八町といわれる江戸の町を薩長《さっちょう》の砲火から守って無血開城に導いた、勝麟太郎からとって先代がつけたもんでござんしょう。だったら大先生も――」

したり顔で徳三はいった。

これはその通りだった。

しかし、相手は勝麟太郎である。

どこからどう眺めても名前負けするのは確実で、そのために今まで、どれほど情けない思いをしてきたか。第一、麟太郎の麟の字は難しすぎて書きにくい。やっぱりここは倫の字だろうと思いつつも、麟太郎という名前を密《ひそ》かに気にいっていることも確かなのだが。

「無血開城なあ……」

再び麟太郎は口に出して呟き、天井を睨みつける。

そうするにはいったい、どうしたらいいのか。麻世を思い止《とど》まらせることができれば、いちばんいいのだが、その方法がまったくわからない。何しろ相手は、あの麻世なのだ。あの麻世が腹を括って梅村を殺すと決心しているのだ。これを覆えさせるとなると、どんな方法が……。

思考はいつも堂々巡りで終ってしまう。

それに麟太郎には他にも心配事があった。

ひとつは夏希ママの夜逃げの件で、もうひとつが先日麻世のすべてを話した際、かなり落ちこんだ様子を見せた潤一だ。このふたつを、どうしたらいいのか。

溜息をつきながら、麟太郎が白髪まじりの髪をかきむしったとき、居間につづく扉の開く音が耳を打った。

慌ててソファーの上に起きあがると、心配事の張本人である潤一が立っていた。

「おう」と声をあげると、潤一は軽く手をあげてから麟太郎の前のソファーに腰をおろす。少しやつれて見える。

「元気か」

短く声をかけると、

「まあ、そこそこ」

という答えが返ってきた。

しばらく沈黙が二人をつつみこむ。

「俺はよく、女性の看護師さんたちから食事に誘われるんだけど」

ふいに潤一が話し始めた。

「半年ほど前から、その誘いをずっと断りつづけてきた」

いったい何がいいたいのか、麟太郎にはさっぱりわからない。

「その理由をよく考えてみたら、ひとつの名前が俺の頭に浮んできた。つまり、麻世ちゃんが、この診療所にきてから、俺は看護師さんたちの食事の誘いを断り始めたということに気がついた」

ようやくわかってきた。相変らず理屈っぽいやつだ。

「親父たちは知らないだろうけど、どうやら俺は、あの年の離れた沢木麻世という元ヤンキーに好意を持っていたらしい」

そんなことは、みんな知っている。

が、麟太郎は口を挟まない。

「そのあげくに、親父から麻世ちゃんの衝撃の過去を聞かされて、俺は正直落ちこんだ。どう気持の整理をつけていいのか、わからなかった。だから、ここにもくることができなかった」

潤一は小さな吐息をもらして、体をちょっと揺らした。膝の上に置かれた両手は、色が変るほど固く握りしめられている。少なくとも、今日はこいつは本気だ。

「で、昨日のことなんだけど。俺は久しぶりに、外科病棟で一番という美人の看護師さんに、食事に誘われた。だけどそれを、俺は即座に断った。一瞬の迷いもなかった。何があろうが、かにがあろうが、俺はやっぱり沢木麻世という元ヤンキーが好きなんだということを思い知らされた瞬間だった。そういうことだ、親父」

潤一の話は終った。

面倒臭い男だが、これが真野潤一という人間のやり方なのだからしょうがない。

「そういうことか。そういうことなら、しかたがねえよな」

麟太郎は軽くうなずき、

「しかし、お前もやっぱり下町の人間だな。何があろうが、かにがあろうが、一本の筋はきちんと通す。これでお前も立派な江戸っ子の端くれだ」

励ますように、よく通る声でいう。

「来年の三社祭では、神輿を担ぐことができるかなあ」

潤一が軽口を飛ばした。ちょっと無理をしているようにも見えたが、こいつも少しは大人になったと麟太郎は思う。

「大丈夫だろうよ。もっとも、そいつは俺がきめることじゃねえから、任せとけとは、ちょっといえねえけどな」

麟太郎も軽口で答える。

二人は真直ぐ顔を見合せてから、

「とにかく、この難題をどうしたら乗り越えられるのか親父と相談したくって、麻世ちゃんのいないような時間帯を選んでやってきたんだけれど——」

まず、潤一が口を開いた。

「ここんとこ、四六時中それを考えつづけてるんだが、いい案は何も浮ばねえ。やるといったら麻世は必ず実行に移すだろうから、それを説得するのは至難の業だ」

麟太郎は強く頭を振る。

「親父の話では梅村を打ち殺すために、総合武術の道場にまた通い出して稽古をつんでるってことだし——母親の満代さんも、とても頼りになるような相手じゃないっていうし。これじゃあ、打つ手なしの、お手あげ状態だよな」

「満代さんも、以前はいい母親だったらしいが、俺が先日会ってきた限りでは何となく得体のしれねえ女——そんな状態だから、頼りにするのは無理だ」

「なら、いっそ」

潤一が切羽つまった声を出した。

「問題の暴行事件。あれを警察に持ちこんで、司直の手にゆだねたらどうだろう。そうすれば、ちゃんとした結果は出るような気がするけれど」

「そんなことをすれば」

麟太郎は言葉をそっと切ってから、

「麻世はここから姿を消して、二度と俺たちの前には現れねえだろうな。麻世には麻世の意地ってえのがあるだろうからよ」

掠れた声で淡々といった。

「面倒な女の子ですね」

独り言のように潤一がいった。

そう、麻世は一筋縄ではいかない女なのだ。それも、潤一とは違って筋金入りの。だが、その面倒な部分も『やぶさか診療所』にきて、かなり薄れたようだったが、今回だけは駄目だ。麻世の生き死にが懸かった、根っこの部分の問題なのだ。簡単に解決する事柄ではなかった。

「なあ、潤一」

麟太郎が真直ぐ潤一の顔を睨みつけた。

「もし、麻世が殺人を犯したら。そのときはお前、どうするんだ」

「もちろん、俺は彼女が出てくるのを待ちますよ。いつまでだって」

即座に答えた。

さっきは、こいつも少しは大人になったと思ったが、今の答えでは子供そのもの。大人の分別やら躊躇《ためら》いなどはまったく感じられないどころか、みごとに欠落していた。しかし、麟太郎はそれでいいと思った。甘かろうが何だろうが、潤一の口から即座にこの言葉が出たのが嬉しかった。

「もし、麻世ちゃんが殺人を犯したら、おそらく看護師にはなれませんよね」

ぽつりと潤一がいう。

「なれねえだろうな。仮に国家試験に通って資格が取れたとしても、そんな過去を持つ人間を雇ってくれる病院や医院はないだろうからな」

苦しそうにいう麟太郎に、

「ここを除いては……」

嗄れた声を潤一が出した。

一瞬、周囲を沈黙がつつんだ。

「うちでも無理だな。俺の本音をいえば雇ってはやりてえが、そこはやっぱり、医院というのは人の命を預かる場所だからな。重罪を犯した人間を入れるのは、無責任が過ぎることになる。それに、俺が死ねばこの診療所は廃院になる。そうなると、麻世の行き場はなくなる。やはり、他の仕事に就いたほうがいいだろうな」

力のない声で麟太郎はいった。

「麻世ちゃんは、殺人を犯したら看護師になることは無理だということを、知ってるんですか」

「わかってると思うよ。あいつは、けっこう頭のいい子だからよ。そんなことぐらいは、とうの昔によ。悲しいことだけどよ」

麟太郎の声からさらに力が抜けた。

「麻世のお母さんも、そのことは知ってるんですか」

「知ってるよ。先日アパートを訪ねて話をしていて梅村の声が玄関に聞こえたとき、俺は慌てて満代さんにこのことをいっている」

あのとき、梅村の声が玄関に響いた瞬間——。

「先生、今日のところはこれで、お願いですから、先生」

おろおろした声をあげる満代に、

「さっき、お母さんは麻世さんを看護師にしてほしいといってましたが、殺人を犯せばそれは無理です。殺人者を雇ってくれる病院は日本中のどこを探してもありません」

麟太郎は早口でまくしたてた。

満代の表情に絶望的なものが浮んだ。

「先生のところでは……」

絞り出すような満代の声に、麟太郎は慌てて首を左右に振った。そうとしか答えられなかった。

そのとき満代が、ふわっと笑った。

意味のわからない笑みだったが、それを詮索する余裕は麟太郎にはなかった。部屋に入ってくる梅村とすれ違いざまに廊下に出た。

その後は、何がどうなったかはわからない。

「お母さんも、俺と同じことをいいましたか」

話を聞いた潤一はぽつりといい、

「そして満代さんの問いかけに、親父ははっきりと首を横に振って、ノーと答えたんですね。それなら」

話を聞き終えた潤一が勢いこんでいった。

「それなら、何だ?」

「何か、事をおこしてくれるかもしれないと思って」

「それは無理だと思う。満代さんは梅村に溺れているかもしれないが、怖《おそ》れている部分も相当ある。いちばんいいのは満代さんが梅村を説得して、二人でどこかに消えてくれれば万々歳なのだが、金のない梅村がそんなことを承諾するはずがない」

潤一をじろりと睨みつけ、

「あとの望みは、満代さんが梅村ときっぱりと別れてくれること。そうすれば麻世の気持も微妙に変化することも考えられるが——先日の様子ではこれも見込みは薄い。ざっと話してしまえば、こういうことだ。情けない話だけどな」

いい終えた麟太郎は肩で大きく息をした。

「そうなってくると、あとの選択肢はと考えてみても残っているものは、何もないじゃないですか」

　叫ぶようにいった。

「そうだな。たったひとつを残して、あとは何もない」

「たったひとつを残してって、それは！」

　すぐに潤一が反応した。

「麻世が事をおこすとしたら、俺もそこへ一緒についていく。そして、イザというときには体を張って麻世と梅村の間に飛びこむ。俺がついていく以上、麻世を殺人者には絶対にさせないつもりだ」

　低い声でいい放った。

「親父が体を張って！　それなら俺も一緒に行く」

　潤一が怒鳴った。

「それは無理だ。俺一人なら、麻世も渋々承知するかもしれねえが、まだ信用度の低いお前が一緒に行くといっても麻世は承知しねえだろ」

「それは……」

　潤一は一瞬絶句してから、

「よろしく頼む、親父」

　麟太郎に向かって深々と頭を下げた。

「それから親父。俺たちは麻世ちゃんが勝つという前提で話をしているけど、その逆の結果になるってことも充分に考えられるから。何といっても梅村は麻世ちゃんのトラウマの元凶だ。蛇に見込まれた蛙状態になる可能性も、かなりあると思うから」

下げた頭を上げざまにいった。

「わかってるさ。それもあって俺は一緒に行くんだ。これ以上、あの男に麻世をいいようにはさせせん」

断言するように麟太郎はいう。

「それを聞いて安心したよ。しかし、親父、とんでもないことになっちまったな。メチャクチャというか支離滅裂というか。まさか、俺たちの日常に殺人が絡んでくることになるなんて……親父の人生においても、まさに究極のお節介になっちまったな」

頭を振りながらいう潤一に、その通りだと麟太郎も思う。

麻世というヤンキーの高校生を引き取ったことが、こんな結果を招くとは。だが引き取らなかったら、今頃麻世はどうなっていたのか……そう考えてみると、この究極のお節介は本物のお節介といえないこともない。

これでいいのだ。

江戸っ子は常に判官贔屓。

たとえそれが損な役回りだったとしても。

それに、駄目な子ほど可愛いものだ。

そんなことを考えていると「親父」と潤一が声をかけた。

「さっきの馬道通り裏のアパートでのやりとりのつづきなんだが、なぜ麻世のお母さんは親父がノーの返事をしたにもかかわらず、顔に笑みを浮べたんだろうな」

真剣な表情で訊いてきた。

「俺の診立てでは――」

麟太郎は一呼吸置いてから、

「満代さんは今の荒んだ毎日のなかで、心を病んでいるように思える。専門じゃねえから断定はできんが、かなりの強迫観念に苛《さいな》まれているような気がする」

ゆっくりとした口調でいった。

「そうか、心の病いか――もしそうなら、お母さんのほうも、何とか正常に戻してやらないといけないないな」

腕をくんで独り言のように潤一はいった。

やっぱりこいつは、優しいのだ。

ほっとする思いが体中をつつみこむ。

「そうだな。麻世も満代さんも、何とか幸せになってもらわねえとな」

そういったところで、玄関の扉が開く気配が伝わってきた。

しろよ」

麻世が帰ってきたらしい。

「おい、暗い顔は見せるなよ。あくまでも平常心でいけよ。何でもないふうに装って接しろよ」

鱗太郎は慌てて潤一に釘を刺す。

「わかってるよ。俺も一人前の大人だから、へまはやらないよ」

潤一がいい終えると同時に居間の扉が開き、麻世が顔を覗かせた。

「あっ、おじさんきてたの。ここんところ、ずっときてなかったのに珍しいね」

渦中のまっただなかにいるはずの麻世は、そんなことなどお構いなしといった感じで、やけに明るい声を出して潤一を見た。

夜になって鱗太郎は『田園』に顔を出した。

成功するかどうかは別にして、麻世の件にどう対処するかもきまったし、潤一の腹づもりもわかった。残るは夏希の夜逃げの件だけということできてみたのだが、あいにく今夜に限って店は混んでいた。

「あら大先生、いらっしゃい」

すぐに夏希が飛んできて、店の隅の二人席に座らせる。

「この状況ですから大事な大先生との、つもる話は、あとでゆっくりとね――ビールでよかったんですよね、大先生は」

　それだけいって夏希は麟太郎の前から離れ、代りに若い女の子がビールとツマミを持ってきて「ごめん、大先生」といって、これもすぐに離れていった。

　乾き物を口にしながら、麟太郎はビールを手酌で渋々飲む。たまにはこういう飲み方もいいものだ。ものをじっくり考えられて、有意義な時間を過すことができる……など と自分を無理やり納得させて、麟太郎は今日の麻世と潤一とのやりとりを思い出す。

「ずっときてなかったのに珍しいね」

と麻世にいわれた潤一はこんな言葉を口にした。

「麻世ちゃんのつくる、まずい料理が懐しくなって。それで、あの独特の味を楽しむために寄ってみた」

　これには麟太郎も驚いた。

　これまでは麻世のつくるどんな料理も、おいしいと誉め言葉を並べたてて食べていた潤一が初めてまずいという言葉を口にしたのだ。潤一のなかで何かが変ったとしか思えなかった。

　この言葉にいちばん気をよくしたのは、麻世だった。

　まずいものを無理をしてうまいといってもらうよりも、まずいものは正直にそのまま口に出してもらったほうが、どうやら麻世には嬉しいらしい。妙といえば妙だが、麻世という娘は元々、そういうちょっと変った性格の持主なのだから仕方がない。

「何だかおじさんも、お坊っちゃまから少し脱皮して、多少は大人になったような感じだな」

麻世もいいたいことをいう。

「俺もそう思うよ。近頃ようやく成人式を迎えたような気分で、身が引き締まる思いがするなって」

潤一も軽口を飛ばして対応する。

「ということは、ひょっとして彼女でもできたということか。よかったね、おじさん。末永く幸せにな」

「いや、そんなことは」

麻世の言葉に突然潤一は、うろたえたような声を出す。

「まあ、そんなことは、私にとってどうでもいいことだけど」

麻世はさらに一刀両断して、

「ところで、今夜は何が食べたいんだ。希望があったら聞いてやってもいいけど」

ぶっきらぼうにいう。

「なら、お言葉に甘えて、カレーっていうのはどうだろう」

まともな声に戻して潤一はいう。

「きまり。じゃあ、カレー焼きそばをつくるから、しっかり食べてよ」

面白そうにいった。

「いや、カレー焼きそばじゃなくて、カレーライスのつもりでいったんだけど」

カレー焼きそばは一度食べて懲りている。カレー味はするものの、麺がもつれ合ってぐちゃぐちゃ状態になり大変なことに……それを思い出して抗議するように潤一がいうと、

「カレー焼きそばも、カレーライスもカレーに違いはなし。男なんだから、一度口に出したことを訂正するのは、みっともない。男と男の約束は何があっても守らないと。それが、いっぱしの男というもの」

屁理屈を並べたてられ、潤一は顔を硬直させて黙りこむ。まだまだこいつは、修行が足らないようだ。

そんな潤一の様子を目の端において、麻世は「ふん」と鼻を鳴らして台所に去っていった。すぐに麟太郎の十八番である『唐獅子牡丹』の鼻歌が聞こえ出して、麻世の夕食づくりが始まった。

「しかし、あのカレー焼きそばは、まずすぎる。あれはいかにも、単なるエサというか……」

ビールを喉の奥に流しこんでから、麟太郎は口に出して呟く。

のろのろと時間は過ぎる。

一時間ほどして、ようやく夏希が麟太郎の席にやってきた。

「お待たせしました、大先生」

夏希はそういって、麟太郎の前の席に滑りこむように座る。ビールを手にして麟太郎のコップになみなみと注ぎ、持ってきた自分のコップにも注ぐ。

「乾杯っ」

とコップを合せて、夏希は一気に半分ほどビールを喉の奥に流しこむ。

「火の車だっていってたけど、けっこう繁盛してるじゃねえか」

ぼそっとした声をあげると、

「みんなに店を閉めるかもしれないって伝えたら、お客さんがどっと押しよせてきただけで、ここしばらくの間だけ。時間がたてばまた、元通りになるんじゃない」

何でもない口調で夏希は断言する。

「みんなに店を閉めるって、いったのか」

常連客は仕方がないとしても、みんなにいっているとは思ってもみなかった麟太郎は、ちょっと口を尖らす。

「いったわよ。郷里《くに》の母親の認知症が進んで、それで店をたたんで帰らなきゃならないかもしれないって」

「郷里の母親の認知症って——原因は借金じゃなかったのか」

　不審げな面持ちで麟太郎は訊く。

「何をとぼけたことをいってるんですか、大先生。借金で首が回らないなんてこと、いえるわけないじゃないですか。しっかりしてくださいよ」

　夏希の説明に麟太郎はようやく納得する。

「もちろん、夜逃げの話なんか、誰にもしてませんから。それをしたのは大先生だけ。だから、この話は胸の奥にね」

　とたんに麟太郎の胸に満足感が湧きあがる。現金なものである。

「で、その夜逃げなんだがよ」

　身を乗り出して麟太郎は声をひそめる。

「いったい、いつごろ決行するつもりなんだ。早いうちなのか、それともずっと先のことなのか」

「早いうちにきまってるでしょ。早いうちに、さっさとやるから夜逃げ。ずっと先のことなら、これは引越し。余裕のある人がやることで、めでたいことになっちゃう」

　顔をしかめて夏希はいう。

「そりゃあ、そうだがよ。で、その早いうちっていうのは、一週間とか十日とか、そんなくらいのものなのか」

さらに声をひそめて訊くと、

「それは……」

　麟太郎の顔を夏希がじっと見つめた。

「今度の日曜日――休みに乗じて、さっとここを出て行こうかと」

　麟太郎の胸がどんと鳴った。

「今度の日曜日って、あと四日しかないじゃねえか」

「そう、そのあと私は、この町の伝説の女として名を残すの」

　ささやくようにいう夏希に、

「伝説なんて、どうでもいいけどよ。本当にすまなかった。俺に甲斐性がねえばかりに、そんなことになっちまってよ。本当にすまねえ。この通りだ」

　麟太郎は深々と頭を下げる。

「あら、大先生。いつから私のパトロンになったの。そうじゃないでしょ。だから、そんなまねはよしにして」

　しんみりした口調で夏希はいい、

「だけど、また、きっと戻ってくるから。そのときは……」

　麟太郎を見る夏希の目に光が増した。

「麻世ちゃんが私を助けてくれれば、万々歳なんですけどね」

「麻世か――悪いがあいつのことは、あまり当てにしねえほうがよ」

低い声で麟太郎がいうと、

「駄目ですか、やっぱり。でも、諦めませんから。人の心は変りやすいものですから」

未練たらしい声を夏希はあげた。

「その麻世のことで、ひとつ訊きたいんだがよ。あいつは本当に、男にモテモテの女なのか。プロとして、ママから見てどうなんだ」

首を傾げながら麟太郎はいう。

「何を今更――」

夏希は首を振りながら、

「美人度は私のほうがやっぱり上ですけど、可愛らしさはあの子のほうがダントツ。悔しいですけどこれは事実。それが証拠に、ここに十人の男がいて、あの子がちょっと色目を使えば――いったい何人の男が、あの子になびくと思います、大先生」

逆に麟太郎に訊いてきた。

「そりゃまあ、四、五人ぐれえはよ」

「大外れ！」

叫ぶように夏希はいい、

「十人男がいたら、十人とも麻世ちゃんに惚れるはずです。永年、この商売をやってきた私がいうんだから間違いナシ」

断定するいい方をした。

いくら何でも十人が十人ともとはいいすぎだと思うが、それにしてもと頭に麻世の顔を浮べたとたん、それがふいに潤一のものに変った。何とも情けない顔をした潤一の顔だ。

「やっぱり、あいつにゃ無理かもしれねえな」

心の奥で呟いたところで、

「ですから、麻世ちゃんが、もし私の味方になってくれたとしたら。あの子の体を担保にすればお金なんかいくらでも出してもらえるはず、いくらでも」

何やら物騒なことをいい出した。

「おいおい、ママ」

慌てて麟太郎は声を張りあげる。

「あら、冗談ですよ、ほんの冗談――それにしても大先生。一緒に暮してて、麻世ちゃんの可愛らしさを感じないんですか。それってちょっと、おかしいような気がしますよ」

怪訝な表情を向けてきた。

「周りからいわせると、俺の美的感覚は古いんだそうだ。けど、そういわれても俺はやっぱり、ちゃんとした大人の女というか、しゅっとした美女というか。そういう女のほうがいいなあ」

とたんに夏希が身を乗り出した。

「大先生、偉い！　やっぱりちゃんと物が見えてる。要するに大先生は、麻世ちゃんより私のほうが格は上。私のほうが美しい。そういいたいんでしょう」

「それは、まあな」

歯切れの悪い言葉を出し、

「けどよ、ママは今度の日曜日に俺の前から消えちまうっていうしよ。いくら俺がママに熱をあげてもよ」

すがるような目を夏希に向けた。

「あっ、駄目ですよ、そんな目をしても。夜逃げのどさくさに紛れて私をクドこうとしても。私は、やり逃げだけは嫌ですからね」

ぴしゃりといった。

「俺は何も、そんなことはよ」

と麟太郎がしょげたところで、

「ママ、お願い」

店の女の子の声が飛んだ。どうやらまた、新しい客がきたようだ。

「じゃあ、大先生。またあとで」

夏希は右手をひらひらさせて、その場を離れていった。

淋しさだけが麟太郎の胸に残った。


夜の十時半過ぎ。

麟太郎は麻世と二人で小松橋通りを東に向かって歩いている。目指しているのは今戸神社の境内、十一時が約束の時間だった。

麻世の服装は穿《は》き古したジーンズに、ゆったりとした綿の上衣。靴はスニーカーという動きやすいものだ。

「麻世。お前、大丈夫なのか。体調はいいんだろうな」

麟太郎は、隣の麻世に心配そうな声をかける。

「私は大丈夫だよ。いつ、事におよんでも心は常に平常心。心配なんていらないよ」

と麻世はいうが、どことなく声に震えがあるようにも聞こえる。

「無理はするなよ。危ないと感じたら、さっさと逃げ出せよ。あんなクソ野郎のために命を張ることなんぞねえからよ」

「命は張るつもりだよ。そのつもりで出てきてるんだからね。でも、死にはしないよ。死物狂いで、あのクソ野郎に立ち向かっていくだけで、犬死にだけはしないつもりだよ」

「犬死にって、お前」

　麟太郎はひしゃげたような声を出し、

「ところで、その後ろのポケットに捩《ね》じこんである特殊警棒で、本当にあいつの脳天を砕くつもりなのか」

　恐る恐る訊いた。

「砕くよ、あのクソ野郎の頭蓋骨を。一撃であの世に送ってやるよ」

　珍しく嗄れた声が返ってきた。

「その、前にもいったように、その一撃をもう少し横にずらして、肩の骨を砕くぐらいでは駄目なのか。それなら、単なる傷害罪ですむんだがよ」

「駄目っ。私は、あのクソ野郎を殺すために闘うんだから。そうでないと、私の心は壊れてしまうから」

　叫ぶようにいった。

　どうやら口とは裏腹に、麻世の心は平常心とはほど遠い状態のようだ。

　麟太郎が今夜のことを知ったのは、二日前の日曜日のことで、夏希が夜逃げを決行する日だった。

　午前中に『田園』の前に行き、扉を押してみたが開く気配はなかった。といっても、日曜は店の定休日なので扉が閉まっているのは当然のことでもあるが。

昼食のとき、一緒に食卓についている麻世に、麟太郎は思いきって声をかけてみた。

梅村の件だ。どうなっているのか訊いてみると、即座に答えが返ってきた。

「二日後の夜に、決着をつけようと思っている」

はっきりした口調で麻世は、こういった。

「二日後って、それはもうきまっているのか。それともまだ、仮定のことなのか」

おろおろ声を麟太郎はあげた。

「きまってる。あのクソ野郎にも連絡ずみのことだよ」

麟太郎の顔を見ないで麻世はいった。

「連絡って、どうやって連絡したんだ。電話でもしたのか」

という麟太郎の問いに、アパートの郵便受けに手紙を入れてきたと麻世はいった。

『一対一で勝負をつけよう。

得物は自由。当方は特殊警棒持参』

内容はこれだけで、あとは日時と場所の指定のみという簡単な手紙だった。

「なぜ、手紙を出す前に、俺に相談してくれなかったんだ」

叫ぶようにいう麟太郎に、

「相談っていっても何もないし、どうせ止めにかかるだけだろうし」

麻世はほんの少し、すまなそうにいった。

「出しちまったもんは仕方がねえ。だけど、俺も一緒に行くから、それだけは認めろよ、麻世」

「一緒に行くったって、これは一対一の勝負だから、じいさんは邪魔になるだけだと思うけど。余計な手出しをしてもらっても、困るしな」

「手出しはしねえ。ただ、勝負が公正に行われるかどうかを見極める、検分役だ」

これは嘘である。イザとなったら、飛び出して悲惨な結果になることだけは避けなければならない。

「とても、本当とは思えないんだけど」

ぼそっと麻世はいう。

「そのあたりは信用してもらわねえとな。それにな」

真正面から麻世の顔を睨みつけた。

「お前は勝つつもりでいるようだが勝負は時の運で、お前が負けることも大いに考えられる。そんなとき、今戸神社の境内に横たわっているお前を見て、あのクソ野郎は何もしないで黙って帰ると思うか」

麟太郎の言葉に麻世が「あっ」と叫んだ。顔から血の気が引いて蒼白《そうはく》になった。唇は紫色に変っている。

「酷いことが、またおきることになる。俺はそれを阻止するために一緒に行くんだ。お前をこれ以上、泣かせるわけにはいかねえからよ。むろん、お前が負けた場合、あのクソ野郎は俺に向かってくるだろう。俺がいては、お前を自由にすることはできねえからな。だが、俺はあの男とは闘わん」

鱗太郎は大きくうなずいてから、

「闘って俺が負ければ、やっぱり悲惨なことになるのは間違いない。だから俺は、あの男が俺に向かってきたら、即座に浅草署にケータイから電話を入れる。それがお前を守る、最良の方法だからな」

噛んで含めるようにいった。

「そこまでは考えてなかった。勝つことしか頭になかった。いいよ、ついてきても。もう、あのクソ野郎にいいようにされるのは嫌だから。でも、勝負が終るまで、手出しはしないことだけは約束してくれよ」

掠れた声でいう麻世に「わかった」と鱗太郎は首を縦に振る。

こんなやりとりが二人の間であって、約束の場所に向かって歩いているのだ。

今戸神社の境内に着いたのは、十一時五分前。まだ梅村はきていないようだ。

麻世は境内の中央、鱗太郎は絵馬の吊るしてある木枠の陰にそっと立つ。街灯の光と空には十三夜の月。明りは充分だった。辺りは澄みきっている。

十一時を過ぎた。

梅村はまだ姿を現さない。

本当にくるのか、手紙はちゃんと手に渡っているのか。そんな心配を麟太郎が胸に抱き始めたころ、東側の参道に大きな影が見えた。やってきたのだ、あのクソ野郎が。

「おうい麻世。元気か。手紙を見て俺は嬉しくて嬉しくてよ。また、お前を抱けるかと思うと、この辺りが疼《うず》きまくってよ」

梅村は右手で股間の部分を、ぽんぽん叩いた。左手に提げているのは、あれは木刀だ。梅村の得物だ。多分、今までに何度も使ってきた、梅村の得意の武器だ。

「お前の胴にこいつで一撃を加えれば簡単に失神する。そうしたらその体を夜の明けるまで、丁寧に可愛がってやるからよ」

嬉しそうにいう梅村に、

「そうはいかんぞ、クソ野郎」

怒鳴ると同時に、麟太郎は木枠の陰から境内にのそりと出た。

「何だ。てめえも一緒か、くそったれのオイボレ医者。二人がかりで向かってくるつもりか」

梅村の顔が醜く歪んだ。

正真正銘、獣の顔だ。

「勘違いするんじゃねえよ。俺は二人の勝負の検分役で麻世に加勢するつもりはねえ。ただ、麻世が負けたときは、お前さんの獣の所業だけは阻止するつもりだがよ」

一語一語、はっきりいった。

「ほざけ、死にぞこない。麻世を倒して、てめえも倒せば邪魔する野郎は誰もいねえ。同じこった、莫迦野郎が」

いうなり、梅村は木刀を右手に持ちなおして素振りをした。びゅっと風を切る音が、はっきり聞こえた。やはりこいつは、この木刀をかなり使いこなしている。

麻世が後ろのポケットから特殊警棒を抜いて、ひと振りした。がちゃりと音がして、警棒は六十センチほどに伸びた。

得物を手にして二人は向かいあった。

間合は四メートルほど。

梅村は木刀を右肩に担ぎ、麻世は警棒を目の前に伸ばした片手青眼。むろん、左構えだ。周りの空気がぴんと張りつめた。勝負は一瞬できまるような気がした。麟太郎は、いつでも飛び出せるように態勢を整える。

そのとき参道に小さな人影が見えた。

あれはと麟太郎は、その影を見すえる。

満代だ。麻世の母親の満代が、この場にやってきたのだ。麻世の顔に驚きの表情が浮びあがった。梅村もびっくりしたようで、満代に向かって声を張りあげた。

「てめえ、何しにきやがった。どこで手紙を盗み見しやがった。クソ女が」

梅村の蟀谷《こめかみ》に太い血管が浮きあがるのがわかった。これで、梅村が麻世を抱ける確率はさらに低くなった。満代は梅村の斜め後ろに無言で立った。

「参る」

麻世が古風な言葉を口にした。

表情は元に戻っていつもの顔だ。

麻世がつっかけた。一気に間合をつめた。梅村が肩に担いだ木刀を野球のバットを振るように、麻世の体に向けて叩きつけた。乾いた音が響いた。その瞬間、木刀は警棒ではね返され、梅村の手から離れて宙を飛んだ。

ここしかない。麟太郎は得物を失った梅村の体に向かって飛びこんだ。だが、麻世の動きのほうが速かった。

警棒が梅村の脳天に向かって飛んだ。

そして額のすぐ上、三センチほどのところでぴたりと止まった。麻世は梅村を殺さなかった。麻世の表情は澄んでいた。麟太郎が梅村の体に体当たりをしたのは、その直後だった。

そのとき、麟太郎の目が不思議な光景をとらえていた。あれは満代だ。満代が両手に何かを握りしめて突進してくる。包丁だ。包丁を握りしめて、もつれあった梅村と麟太郎に向かって突進してくるのだ。麟太郎の背筋が凍りついた。満代はひょっとしたら自分を……。

二人の体に満代がぶつかった。

叫び声をあげたのは梅村だ。

梅村の脇腹に出刃包丁が半分ほど突き刺さっていた。

「お母さん――」

麻世が悲鳴をあげた。

血が地面を赤黒く染めていった。

「麻世、救急車だ」

麟太郎の声に、麻世はポケットからケータイを取り出してプッシュする。満代は地面に座りこんで放心状態だ。麟太郎は上衣を脱いで、梅村の傷口に押しあてる。

「じいさん、どんな塩梅だ」

電話をかけ終えた麻世が、呻き声をあげる梅村の体を覗きこむ。

「傷は深くはない。だが、出血が多すぎて、予断は許さない」

必死に傷口に上衣を押しつけながら、麟太郎の目は満代に注がれる。

そのとき満代が麟太郎を見た。

放心状態の満代の表情が和らいだ。

ふわっと笑った。

妙に清々《すがすが》しい顔に見えた。

満代は何かを吹っ切ったのだ。

あの包丁は心を病んでいた満代の精一杯の結論、最後の手段なのだ。それにしても……。

だが、ただひとつ確実にいえることは、麻世が人殺しになることだけは避けられた。これが唯一の救いだった。

「麻世、お前は大丈夫か。何ともないか」

叫んだ。

「うん、私は大丈夫」

いいながら麻世は満代に近づいた。

放心状態の体を抱きしめた。

このとき、何の脈絡もなしに麟太郎の脳裏に夏希の顔が浮んだ。日曜日に夜逃げをするといっていた夏希だったが、昨日の夜、店は開いていて、夏希は嬉しそうに店内を飛びまわっていた。

それはそれでよかった。

すべてが何とか収まった。

麻世と満代には辛い結果だったが、最悪の事態だけは避けられた。

救急車のサイレンの音が聞こえてきた。

「クソ野郎、お前も頑張れ」

梅村の耳元で麟太郎は大声をあげる。

「きたっ」

麻世の叫び声と同時に、救急車が参道脇にぴたりと停まった。

解説

吉田伸子

新たな物語が動き出す時はいつもどきどきする。医師・真野麟太郎が浅草で開いている診療所を舞台にした本書は、シリーズ第一作となるはずだからだ。シリーズものの始まりに立ち会えることは、読み手として幸せなことだと思う。

それにしても、池永さんは舞台立てが巧《うま》い、と思う。本書に先行した作品で、テレビドラマ化もされた「珈琲屋の人々」というシリーズが池永さんにはあるのだが、そちらはJR総武線沿線の商店街にある昔ながらの喫茶店「珈琲屋」が舞台。主人公は父の代から店を継いだ店主で、彼の幼馴染《おさななじみ》をはじめ、店を訪れる商店街の人たちのドラマが描かれている。喫茶店も本書の舞台である診療所——診療所の前が緩い坂道になっていることから、近隣の人たちは親しみを込めて「やぶさか診療所」と呼んでいる——も、自然に人が集まる場所である。だから、そこでドラマが生まれる流れに無理がない。自然である。そういう〝場〟を背景に選ぶところに、池永さんの巧みさがある。

主人公の麟太郎は六十一歳。十一年前に妻の妙子を蜘蛛膜下出血《くもまくかしゅっけつ》で亡くしている。息子の潤一も医師で、こちらは大学病院勤務だ。潤一は実家を出て一人暮らしだが、大学病院が休みの日には、麟太郎の診療所を手伝っている。診療所にやって来るみんなから、麟太郎は大先生《おおせんせい》、潤一は若先生と呼ばれていて、イケメンな若先生が手伝いにくる日は患者数が多いことを、麟太郎はほんのちょっと癪《しゃく》に感じている。

下町の診療所にやって来るのは、具合が悪い人だけ、ではない。身体の具合というよりも、気持の具合を麟太郎に汲《く》んでもらいたくて来る人たちもいる。例えば、八十五歳になる米子なんて、「目がかすんで」とやって来る。麟太郎が、俺は眼科医じゃねえから、目のほうはよくわからねえ、と言うと、じゃあ、腹の塩梅《あんばい》がよくないんだ、と返す。では、と診察してみても腹の調子は悪くなく、疲れ、それも気疲れかもしれねえなあ、と麟太郎が言った途端、米子の口からは「それだよ」と。そこから米子は年金暮らしにもかかわらず、パチンコ三昧の夫の愚痴を言い始める。十五分ほど愚痴を吐き続けた米子は、けろっとした表情で診察室を出て行った。

米子ばかりではない。米子の後にも似たような患者が数人続いた後、珍しくあらわれたのが、十六歳高校二年、という沢木麻世だった。顔は可愛《かわい》らしいのに、見た目はずばりヤンキーな麻世の手にはナイフでできたような切創痕があり、それは明らかに麻世自身がつけた傷だった。自傷か、と問う麟太郎に、自殺の失敗だ、と答える麻世。自殺の理由を聞いても、麟太郎のことが信用できないので話せない、という麻世に麟太郎は言う。それならば、五日後の抜糸の時に信用してくれると嬉《うれ》しいな、と。

麻世が自殺をしようとまで思い詰めたのは、母親の愛人に力ずくで犯されたためで、実はその時から家には帰っていない、という。居場所がない、と漏らした麻世に、麟太郎は、それならば、しばらくこの診療所にいればいい、と申し出る。空き部屋はいくつもあるから、と。ここから、麟太郎を〝あんた〟呼ばわりするのを改めることを条件に、麟太郎と麻世の共同生活が始まる。麻世が〝あんた〟の代わりに選んだのが「じいさん」だった。あたかも、祖父と孫のような二人の暮らしが始まる。

この麻世が登場するのが第一章。第二章から第六章までは、診療所にやって来る人々のドラマが描かれていて、最終章である第七章では、再び麻世に焦点が当てられている。ひょんなことから始まった麟太郎と麻世の二人暮らし。麻世は、麟太郎の家と診療所の待合室という居場所を得ることで、少しずつ麟太郎に心を開いていく。その様がいい。家事などやったことがなかった麻世だったが、麟太郎の家の家事を預かることになり、少しずつ料理を覚えていく。麻世は麻世で素直なキャラではないし、麟太郎は麟太郎で下町気質の無骨な男なので、二人の会話はぶっきらぼうだったりするのだが、それでも少しずつ、距離が縮まっていくのだ。

この、麟太郎と麻世の日々が物語の縦糸ならば、横糸は診療所を訪れる人々のドラマだ。大概は、米子婆《ばあ》さんのような、日頃の鬱憤を麟太郎に聞いてもらいたくてやって来る〝患者〟たちだが、中には重いものを抱えてやって来る人もいる。それは、第二章「二人三脚」で語られる、診療所と同じ町内で時計店を営む矢田だったり、第三章「底の見えない川」で語られる、心室性の不整脈から心肺停止になり、この二年間、ずっと植物状態のままでいる夫を持つ靖子だったりする。

矢田は八十一歳で、心臓に疾患をかかえているとはいえ未《いま》だ矍鑠《かくしやく》としているのだが、七十六歳になる妻の久子は五年ほど前からアルツハイマー型の認知症を患っていた。夫妻には一人息子がいるが、大阪の大学を出て、向こうで所帯を持っているため、当てにはできない。典型的な老老介護の日々、矢田はゆっくりと、ゆっくりと疲弊していく。認知症という病の前では、今の今はまだなす術《すべ》のない麟太郎は、忸怩《じくじ》たる思いを募らせている。

靖子の夫の場合も同様で、いつ目覚めるのか、先が全く見えない看護の日々。「死んでるのでもなく、生きてるのでもなく」、嵩《かさ》んでいくのは医療費だけ。所帯を持っている一人息子には、もうじき最初の子どもが生まれることになっているため、頼りにはできないし、したくない。ガソリンスタンドで働く自分の収入だけで、かつかつの暮らし。この暮らしはいつ終わるのか。

矢田といい、靖子といい、現代社会の昏《くら》い部分も織り込まれているため、物語がただの下町人情話に陥っておらず、読み手の胸に一つ一つ、フックがかけられていく。そこが絶妙だ。矢田と靖子は私かもしれないし、あなたかもしれない。そういうリアルさが、本書にはある。

それにしても、物語の牽引力《けんいんりょく》となっているのは、何といっても麟太郎のキャラだろう。「金の取れねえ年寄り連中」が患者に多い上、「極力、薬は出さねえ主義」のため、「客単価がべらぼうに安い」。それが「やぶさか診療所」なのだ。けれど、訪れる人々にとっては、麟太郎がそこにいて、話を聞いてくれることが何よりの薬になっている。いいなぁ、こんなお医者さんがご近所にいて欲しいなぁ。こんなお医者さんに、かかりつけ医になってもらいたいなぁ。二時間待って診察は十分、なんて理不尽がまかり通っている昨今の病院事情とは真逆の「医は仁術」が、麟太郎の「やぶさか診療所」には、ある。

「やぶさか診療所」は立地もいい。浅草警察署のすぐ近く、という下町情緒あふれる場所なのだ。浅草を訪れたことのある方はお分かりかと思うが、古き良き昔の佇《たたず》まいを残していて、風情《ふぜい》のある街なのである。とりわけ、路地裏に趣があって、浅草に行くたびに、いい街だなぁ、と思う。

本書は「珈琲屋の人々」同様、テレビドラマ化にぴったりの物語だと思うのだけど、どうでしょうか。私なりのキャスティングは、麟太郎役には遠藤憲一、息子の潤一役には林遣都《けんと》。麻世役には広瀬すず、夏希役には吉瀬美智子。診療所を支える看護師の八重子さんにはキムラ緑子、敏之役には塚本晋也。これ、結構自信のキャスティングであります！

さてさて、冒頭で書いた通り、本書はシリーズ第一作になる、と私は確信しているのだけど、本書を読んだ方ならば、誰しもそう思うのではないか。麟太郎と亡くなった妻・妙子のドラマも読みたいし、若かりし頃、駆け出しのお医者さんだった頃の麟太郎の話も読んでみたい。麻世がこれからどんなふうに成長していくのかも見てみたいし、風鈴職人の徳三さんのドラマも読みたい。池永さんが、本書をどんなふうに膨らませていってくれるのか、楽しみに待ちたいと思う。

（よしだ・のぶこ　文芸評論家）

本書は、「ｗｅｂ集英社文庫」二〇一六年八月～二〇一七年十一月に
配信されたものを加筆・修正したオリジナル文庫です。

ＪＡＳＲＡＣ　出１８１３２３３-８０１

集英社文庫

下町《したまち》やぶさか診療所《しんりょうじょ》

2018年12月25日　第1刷　　定価はカバーに表示してあります。

著　者　池永《いけなが》　陽《よう》

発行者　徳永　真

発行所　株式会社　集英社
東京都千代田区一ツ橋2-5-10　〒101-8050
電話　【編集部】03-3230-6095
【読者係】03-3230-6080
【販売部】03-3230-6393（書店専用）

印　刷　大日本印刷株式会社

製　本　大日本印刷株式会社

フォーマットデザイン　アリヤマデザインストア　　マークデザイン　居山浩二

ISBN978-4-08-745824-4 C0193